Astrid Fritz studierte Germanistik und Romanistik in München, Avignon und Freiburg. Anschließend arbeitete sie als Fachredakteurin in Darmstadt und Freiburg und verbrachte drei Jahre in Santiago de Chile, bevor sie Bestsellerautorin wurde. Heute lebt sie in der Nähe von Stuttgart. Im Rowohlt Taschenbuch Verlag erschienen bisher: «Die Hexe von Freiburg», «Die Tochter der Hexe», «Die Gauklerin», «Das Mädchen und die Herzogin», «Der Ruf des Kondors», «Die Vagabundin», «Die Bettelprophetin», «Der Pestengel von Freiburg», «Die Himmelsbraut» und, als erster Band einer Reihe historischer Kriminalromane aus dem spätmittelalterlichen Freiburg, «Das Aschenkreuz».

Mehr über die Autorin finden Sie unter *www.astrid-fritz.de*

Astrid Fritz

Hostienfrevel

Historischer
Roman

Rowohlt Taschenbuch Verlag

4. Auflage Juli 2020

Originalausgabe
Veröffentlicht im Rowohlt Taschenbuch Verlag,
Reinbek bei Hamburg, September 2014
Copyright © 2014 by Rowohlt Verlag GmbH,
Reinbek bei Hamburg
Umschlaggestaltung any.way, Barbara Hanke / Cordula Schmidt
(Abbildung: Daniel Murtagh / Trevillion Images;
Alinari Archives / Corbis; akg-images;
Heritage Images / Corbis;
The Art Archive / National Gallery of Art Washington / Superstock;
thinkstockphotos.de)
Satz DTL Vanden Keere PostScript (InDesign) bei
Pinkuin Satz und Datentechnik, Berlin
Druck und Bindung CPI books GmbH, Leck, Germany
ISBN 978 3 499 26796 3

Das für dieses Buch verwendete Papier ist FSC®-zertifiziert.

HOSTIENFREVEL

Dramatis personæ

Die Hauptpersonen

SERAFINA STADLERIN: Hat zwar die dreißig eben überschritten, zieht aber mit ihrem hübschen Gesicht und den tiefblauen Augen unter dunklen Brauen noch immer so manche Männerblicke auf sich, selbst in ihrer Beginenkutte. Ihre forsche, neugierige Art bringt sie gern in Teufels Küche. Sie fühlt sich wohl in ihrer neuen Heimatstadt Freiburg, doch ihre Konstanzer Vergangenheit droht sie immer wieder einzuholen.

ADALBERT ACHAZ: Studierter Medicus. Groß und kräftig, stellt er ein reifes, durchaus stattliches Mannsbild dar. Als einsamer Wolf lebt er mit seiner alten Magd zusammen und gibt sich der Frauenwelt gegenüber eher unbeholfen. Der frischgebackene Stadtarzt kommt ebenfalls von Konstanz nach Freiburg, und das anfangs ganz und gar nicht zu Serafinas Freude. So stehen sich die beiden auch mitunter mehr im Wege, als es dem Lauf der Dinge förderlich wäre.

Die Schwesternsammlung zu Sankt Christoffel

GRETHE: Die Jüngste im Bunde. Fröhlich, großherzig und allem zugetan, was mit Kochen, Backen und mit Essen überhaupt zu tun hat. Letzteres ist ihrem rundlichen Leibesumfang deutlich anzusehen. Ist für Serafina schnell zur guten Freundin geworden.

ADELHEID VON EDERLIN: Jung und schön, aus vornehmstem Freiburger Geschlecht. Ist künstlerisch begabt und liest heimlich mystische Schriften, was in einer Zeit allseitigen Ketzereiverdachts nicht ungefährlich ist. Ansonsten lässt sie liebend gern andere für sich arbeiten.

HEILTRUD: Sie gibt die frömmlerische, sauertöpfische Meckertante, doch Serafina weiß inzwischen, wie sie sie zu nehmen hat.

METTE: Ein ängstliches, kränkliches Persönchen, das sich als Magd krumm und bucklig geschuftet hat. Darf jetzt ihren Lebensabend mit leichteren Arbeiten wie Kerzenziehen gestalten.

MEISTERIN CATHARINA: Hält als strenge, aber gutmütig-gerechte Meisterin Aufsicht über die Ordnung des kleinen Konvents. Vor allem im Streitschlichten hat sie ein begnadetes Händchen und lässt auch mal fünfe gerade sein. Hat vielleicht auch sie ihr kleines Geheimnis?

Und natürlich SERAFINA als Neuzugang – siehe oben.

Serafinas Bekanntenkreis

BETTELZWERG BARNABAS: Als seltsamer Kauz und Narr stadtbekannt und Serafina in großer Verehrung zugeneigt. Nur allzu gern unterstützt er sie daher bei ihrer Spurensuche.

KRÄUTERFRAU GISLA: Klein und wendig und dank ihrer Kräutertränke fit im hohen Alter. Von ihr bekommt Serafina manch guten Tipp.

RATSHERR LAURENZ WETZSTEIN: Zunftmeister der Bäcker. Schmerbauchiger kleiner Mann, der als besonnen und gerecht gilt. Für Serafina ein Fels in der Brandung, wenn den übrigen Freiburger Ratsherren wieder einmal nicht zu trauen ist.

DIE WETZSTEININ: Laurenz Wetzsteins Ehegenossin. Eine herzliche und auskunftsfreudige Frau, die Serafinas Schwesternsammlung großzügig unterstützt.

IRMLA: Adalbert Achaz' bärbeißige alte Magd. Aus rauem Holz geschnitzt, ihrem Dienstherrn dafür umso treuer ergeben.

DER ROTE LUKI: Freiburger Betteljunge, der gegen ein paar Silberpfennige alles macht – oder machen lässt

DIE BEUTLERZWILLINGE: Enkel der alten Beutlerwitwe. Auf die Bekanntschaft der beiden bildhübschen Tunichtgute, die stets auf Zwist und Händel aus sind, könnte Serafina liebend gerne verzichten.

Freiburger Bürger

DER JUDENSCHUSTER MENDEL: Außer in seinem Handwerk auch sehr rührig im Geldverleih, was ihm unter den Freiburgern nicht nur Freunde beschert. Ansonsten ein fescher Kerl im besten Alter und in Sachen Frauen kein Kostverächter.

RUTH MENDELIN: Mendels schüchterne junge Frau, die ihrem Mann ein Kind nach dem anderen gebiert und ansonsten brav schweigt.

DIE JUDEN LÖW UND SALOMON: Mendels Freunde und Glaubensgenossen, die im Fernhandel äußerst erfolgreich sind – sehr zum Leidwesen der christlichen Freiburger Kaufmannschaft.

GLASMALER FRIDLIN GRASMÜCK: angenehmer, ein wenig schwatzhafter Mensch, der erst vor kurzem als Meister nach Freiburg gekommen ist. Hat ein begnadetes Händchen für die Malerei; weit weniger allerdings für die Frauenwelt.

BENEDIKTA GRASMÜCKIN: Fridlins Ehegefährtin – jung, bildschön und maßlos verwöhnt.

RATSHERR SIGMUND NIDANK: Gehört zu den Edlen der Edlen Freiburgs, wobei seine geheimen Vorlieben alles andere als edel sind. Einem anderen wäre dies längst zum Verhängnis geworden, nicht indessen diesem aalglatten, mächtigen Ratsherrn.

KORNHÄNDLER NIKOLAUS ALLGAIER: Schwager von Fischhändler Fronfischel. Schwerreicher Maul- und Weiberheld, der in unserer Geschichte eine stumme, dafür umso gewichtigere Rolle spielt.

ALLGAIER JUNIOR: Frischgebackener Medicus aus Bologna, auf der Suche nach einer Anstellung. Ist seinem Vater Nikolaus Allgaier alles andere als wohlgesinnt.

FISCHHÄNDLER SEBAST FRONFISCHEL: Der nette Mann vom Markt, der über Gott und die Welt zu tratschen weiß. Steht nur leider unter dem Pantoffel seiner ganz und gar nicht netten Ehegefährtin

ELSE FRONFISCHELIN: Sie hat die Hosen an im Hause Fronfischel. Um im Leben voranzukommen, lässt sie sich keine Steine in den Weg legen, im Gegenteil ...

KÜSTER DER MÜNSTERPFARRKIRCHE: Freundlicher, älterer Mann von einfachem Gemüt, der sich weidlich ausnutzen lässt und damit eine böse Geschichte ins Rollen bringt.

In kleineren, dennoch wichtigen Rollen

DER ALTE KREUZBRUDER: Wächter des Münsters, dem seine Gebrechlichkeit zum Verhängnis wird.

SILBERKRÄMER SCHNEEHAS: Bei den Juden hochverschuldeter Ratsherr. Ausgerechnet er dient als Schöffe dem Gericht.

BRUDER MATTHÄUS: Der offenherzige Prior der Wilhelmiten-Mönche ist ein guter alter Bekannter von Meisterin Catharina.

QUINTLIN, DER GOLDSCHMIED: Fürchtet um das Seelenheil seiner lieben Frau und fährt aus diesem Grund gegen die Beginen scharfes Geschütz auf.

METZGERMEISTER EBERHART GRIESWIRTH: Gehört mit allerlei schmerzhaften Zipperlein zu den Dauerpatienten des Stadtarztes.

HURE THERESIA: Scheut in ihrem Handwerk nicht davor zurück, auch Außenseitern dienstbar zu sein, was ihr zum Verhängnis zu werden droht.

CLAUSMANN: Kranker alter Scherenschleifer, den unsere Schwestern aus gutem Grund nur zu zweit besuchen.

BEUTLERWITWE: Ebenfalls eine von Serafinas Patienten, an deren kranken Fuß sie ihre Heilkünste erprobt.

WITWE SCHWENKIN: Gehört zu den ewig Gestrigen, die immer noch glauben, die Juden seien auf Knabenblut aus.

PONGRATZ: Seines Handwerks ein Seiler und für die Christoffelsschwestern die gute Seele von nebenan.

WUNDARZT MEISTER HENSLIN: Darf trotz seines niedrigen Ranges hin und wieder in besseren Kreisen wandeln (wenn auch nur in schäbigen Hinterzimmern).

GALLUS SACKPFEIFFER: Als Büttel ein äußerst grober Klotz, was manches Mal allerdings auch hilfreich sein kann.

RUPERT: vierschrötiger, zottelbärtiger Kerl, seines Zeichens Hundeschläger und Kloakenkehrer, der zu derben Scherzen neigt.

Historische Mitspieler

ELISABETH MARSCHELKIN: Sie war zu Anfang des 15. Jahrhunderts Meisterin der frommen Schwestern Zum Lämmlein, die sich hauptsächlich durch ihren Gewerbefleiß im Spinnen und Weben hervortaten.

DER EDLE HANMAN VON TODTNAU: Anno 1415 Freiburger Schultheiß und damit Gerichtsvorsitzender. Entstammte, wie es in Freiburg für dieses höchste Amt üblich war, einem vornehmen Geschlecht.

HERZOG FRIEDRICH IV. VON TIROL: Der auch «Friedrich mit der leeren Tasche» genannte Habsburger regierte seit 1402 die österreichischen Vorlande, wozu auch das Breisgau mit Freiburg gehörte. Sein Bündnis mit dem Gegenpapst Johannes XXIII. brachte den Herzog jedoch in arge Bedrängnis. Als dessen Fluchthelfer wurde er zur Strafe von König Sigismund entmachtet, und Freiburg wurde (bis 1427) Freie Reichsstadt – zum ersten und einzigen Mal in der Geschichte.

KÖNIG SIGISMUND: Ab 1411 war der hochgebildete und lebenslustige Spross aus dem Geschlecht der Luxemburger römisch-deutscher König, von 1433 an schließlich römisch-deutscher Kaiser. Auf dem Konzil zu Konstanz schaffte er es tatsächlich, die Einheit der Kirche wiederherzustellen, was dem obigen Freiburger Landesherrn nicht gut bekam.

Prolog

Der alte Kreuzbruder, der das Münster bis zum nächtlichen Torschluss zu bewachen hatte, gähnte. Von draußen hörte er den Nachtwächter sein Lied singen: «... Böser Feind, hast keine Macht, Jesus betet, Jesus wacht ...»

Wo blieb der Küster nur so lange? Ihm war kalt, und er hatte wieder dieses Reißen in den Gliedern. Statt hier im Halbdunkel auszuharren, wünschte er nichts sehnlicher, als sich endlich auf dem Bett ausstrecken zu dürfen, drüben in seinem bescheidenen Häuschen an der Friedhofsmauer.

Einmal mehr beklagte er sich innerlich, dass er in seinem hohen Alter einem solch harten Broterwerb nachgehen musste. Selbst im Sommer war es hier in Unser Lieben Frauen Münster, der Pfarrkirche der Freiburger, kalt, düster und feucht, während draußen die Sonne brannte, und an manchen Tagen, wenn das Wetter umschlug wie heute, bekam er kaum noch die Knie gebeugt, tappte steifbeinig hin und her wie auf Stelzen. Sich einmal nur, für ein kleines Weilchen, auf den Bänken der Vornehmen oder im Chorgestühl auszuruhen war ihm streng verwehrt.

Nein, das war nicht schön. Doch was blieb ihm anderes übrig, wollte er nicht der Armenfürsorge zur Last fallen? Angehörige, die für ihn aufkamen, hatte er keine.

Er zuckte zusammen. Was war das plötzlich für ein Geräusch? Es klang, als ob sich jemand an einer Tür oder Schublade zu schaffen machte. Ein leises Klopfen, dann wieder das Scharren und Ruckeln. Es kam aus Richtung des Kreuzaltars, dessen Kerzen er bereits gelöscht hatte, nachdem der letzte Kirchgänger fort war.

Im schwachen Schein seiner Tranlampe schlurfte er verunsichert durch die Finsternis. Nur noch ein Ewiges Licht brannte jetzt in der Tiefe des Kirchenschiffs. Huschte dort nicht ein Schatten vom Tabernakel weg? Sein Herz schlug schneller.

«Wer da?», rief er mit brüchiger Stimme. Niemand antwortete. Er lauschte in die Stille, mit gesenktem Kopf und eingezogenen Schultern, bis er mit einem Mal schräg hinter sich eilige Schritte vernahm. Ihr Hall pflanzte sich durch das Kirchenschiff fort, als ihn im nächsten Augenblick auch schon ein dumpfer Schlag gegen den Hinterkopf zu Fall brachte. Ihm wurde schwarz vor Augen. Unter dem dünnen Stoff seines Mantels spürte er die Kälte des Steinbodens, dann etwas Süßes, Klebriges an den Lippen. Jemand flößte ihm eine Flüssigkeit ein, ohne dass er sich zu wehren vermochte. Es schmeckte und roch nach schwerem, altem Wein. Was für ein guter Tropfen, dachte er noch. Ein wirklich guter Tropfen, wäre da nicht dieser bittere Beigeschmack ...

Dass er nur wenig später quer durch das Münster geschleift wurde, spürte er schon nicht mehr.

Kapitel 1

«Nein, du musst draußen bleiben!», sagte Serafina streng. «Das weißt du doch.»

Der kleine hellbraune Hund, der sie vom Hühnerstall zur Haustür begleitet hatte, legte den Kopf schief und begann mit seiner drollig geringelten Rute zu wedeln. Gleichzeitig hob er bettelnd eine Pfote. Serafina musste lachen und kraulte ihm den Nacken.

«Ach Michel, mach mir's doch nicht so schwer. Du bist ein Hofhund und kein englisches Schoßhündchen! Außerdem hast du ganz dreckige Pfoten.»

Michel war Serafina im Sommer dieses Jahres zugelaufen und lebte seither als einziges männliches Wesen in der kleinen Schwesternsammlung Zum Christoffel. Er hatte sie einst aus einer mehr als brenzligen Situation gerettet, und zum Dank dafür hatte er bleiben dürfen. Fortan wachte er nicht nur über Haus und Hof, sondern begleitete Serafina und ihre Mitschwestern durch die Freiburger Gassen, wenn sie sich bei Einbruch der Dämmerung auf den Weg zu den Kranken oder Sterbenden der Stadt machten. So klein und zierlich das Tier war, so kämpferisch stellte es sich allem entgegen, was sich den Frauen auf mehr als zwei Schritte näherte. Auch wenn in ihrem Regelbuch verzeichnet stand, dass man das Haus eigentlich nur zu zweit verlassen durfte, war dies mit Michels Einzug nun keine Frage mehr.

«Du bist wie immer die Letzte!» Heiltrud zog Serafina mit einem missbilligenden Kopfschütteln zu sich in den Flur herein. «Nun mach schon!»

Hastig schloss sie die Tür, bevor der Hund womöglich hereinschlüpfen würde. Die Wahrheit war: Zwar mochte auch Heiltrud nicht auf Michels nächtlichen Begleitschutz verzichten, doch leiden konnte sie den einstigen Straßenköter deshalb noch lange nicht.

Sie nahm Serafina das Körbchen mit den Eiern aus der Hand. «Wir werden noch zu spät zur Frühmesse kommen.»

«Ach was.» Serafina kniff ihr in die hagere Wange. «Jetzt schau nicht so grämlich drein. Das wird ein wunderschöner Tag heute, sonnig und warm wie im Frühjahr.»

Sie wechselte die Holzpantinen gegen ihre Straßenschuhe, als sich die Stubentür öffnete und nacheinander Meisterin Catharina, die schöne Adelheid und die krumme alte Mette in den Flur traten. Als Letztes erschien Grethe, die Jüngste im Bunde und Serafinas beste Freundin. Sie alle waren bereits gerichtet an diesem frühen Sonntagmorgen, im langen Kapuzenumhang über der aschgrauen Tracht und mit festem Schuhwerk. Grethe kaute verstohlen mit vollen Backen, und Serafina verkniff sich ein Grinsen. Wahrscheinlich hatte die Gute sich noch rasch einen Zipfel Wurst in den Mund gestopft, als Wegzehrung. Täuschte sie sich, oder war Grethe in letzter Zeit noch rundlicher geworden?

Sie streifte sich ihren Umhang über, während die anderen in die Trippen schlüpften, die auf dem Bänkchen neben der Haustür bereitstanden. Seit etlichen Tagen schon konnte man die

Straße nicht mehr ohne diese hölzernen Untersätze betreten, so verschlammt war alles vom ewigen Herbstregen. Durch ihren Hof hatten sie schon kreuz und quer Bretter verlegt, um nicht durch den knöcheltiefen Matsch waten zu müssen.

«Können wir?», fragte die Meisterin über die Schulter blickend.

«Ja», erwiderte Serafina und fuhr rasch mit ihren Schuhen in das Lederband der Holztrippen. In letzter Zeit wurde sie morgens tatsächlich meist als Letzte fertig, was aber nur daran lag, dass sie für die Hühner und Ziegen zuständig war und noch vor der Messe die Eier aus dem Stall holte. Und auch daran, dass sich die Suche nach den Eiern zur kalten Jahreszeit hin immer schwieriger gestaltete. Je weniger die Hennen legten, umso geschickter wussten sie ihre Eier zu verstecken.

«Warte.» Heiltrud zupfte ihr an Schleier und Gebände herum. «Wie das aussieht! Überall stehen Haare heraus. Wird Zeit, dass wir sie dir wieder kurz schneiden.»

Serafina stieß einen übertriebenen Seufzer aus. Einst war ihr langes, kräftiges Haar, das mit seiner dunklen Farbe in auffallendem Gegensatz zu ihren blauen Augen stand, ihr ganzer Stolz gewesen. Und hier, bei den Freiburger Schwestern, wurde es viermal im Jahr fast stoppelkurz geschnitten. Was für ein Frevel!

«Jetzt lass gut sein, Heiltrud.» Sie schob ihre Gefährtin mit sanfter Nachdrücklichkeit in den Hof hinaus, wo die Meisterin schon wartete, um endlich abzuschließen. «Gib lieber acht, dass du nicht vom Brett rutschst.»

Auch wenn ihr Heiltruds verbiesterte Art manchmal gehörig gegen den Strich ging, so hatte sie sie doch längst ins Herz geschlossen – wie die anderen Frauen auch, mit denen sie nun schon seit ihrer Ankunft in Freiburg im Frühjahr in engster

Gemeinschaft lebte. Jede von ihnen hatte ihre Eigenheiten und war doch auf ihre Art liebenswert: die schöne Adelheid aus vornehmem Hause, die sich vor jeder handfesten Arbeit drückte, um sich ihren mystischen Schriften zu widmen, die alte, kränkliche Mette, sie sich als Magd krumm geschafft hatte und nun ihren Lebensabend außer mit tätiger Nächstenliebe beim Kerzenziehen in ihrer kleinen Werkstatt verbrachte, dann Catharina, die als gewählte Meisterin auf mütterliche Weise so streng wie nachsichtig Haus und Gemeinschaft zusammenhielt, dazu Grethe, ihre fröhliche, unbeschwerte und stets hungrige Freundin, die als Köchin des Hauses eine wahre Meisterin war, und eben jene verhärmte Heiltrud, der das Schicksal in jungen Jahren übel mitgespielt hatte und die ihren weichen Kern hinter einem griesgrämigen, frömmlerischen Wesen verbarg.

Es musste lustig aussehen, wie sie da jetzt, alle im gleichen dunklen Kapuzenumhang gewandet, hintereinander über die Holzbohlen stapften, quer durch den Hof im Gänsemarsch, wobei Heiltrud, die vor Serafina einherstakste, eher an einen ausgemergelten alten Storch erinnerte. Und wieder einmal, wie so oft, durchfuhr Serafina ein Schauer des Glücks, dass sie an diesem Ort gelandet war. Das war erst vor einem guten halben Jahr gewesen, doch manchmal kam es ihr vor, als lebte sie schon seit Jahren mit diesen Frauen im Haus Zum Christoffel.

Sie traten durch den Torbogen hinaus aufs Brunnengässlein, das still und verschlafen in der kühlen Morgendämmerung lag. Die Läden von Seilermeister Pongratz' Werkstatt gleich gegenüber waren noch fest verschlossen.

«Es ist wirklich ein herrlicher Morgen!» Grethe deutete nach oben. «Keine einzige Wolke am Himmel. Dazu diese klare Luft!»

Auch die anderen waren stehen geblieben und blickten freudig überrascht in den wolkenlosen Himmel. Bald schon würde sich die Morgensonne über die Dächer der Stadt schieben und ihnen einen milden Herbsttag bescheren. Damit hatte das nasskalte Schmuddelwetter der letzten Wochen wohl hoffentlich vorerst ein Ende, indessen würde es noch Tage dauern, bis die Gassen und Plätze getrocknet waren.

Und bis die fauligen Dämpfe verflogen waren, dachte Serafina und rümpfte die Nase. Selbst in ihrem engen, verwinkelten Gässchen, in dem keine schweren Fuhrwerke den aufgeweichten Boden durchpflügten, stand eine stinkende Brühe in den Mulden und Löchern. Die ansässigen Handwerker, zumeist einfache Schneider, Schuhmacher und Seiler, warfen hier wie anderswo Küchenabfälle und Stallmist einfach vor die Haustür, auch wenn das inzwischen verboten war. Wer keine Abortgrube im Hof besaß, wie die meisten hier, entsorgte heimlich im Dunkeln die Nachttöpfe oder die Schüsseln mit dem Aderlassblut durch das Fenster.

Ein Paradies für Ratten, umherstreunende Schweine und Hunde war das, und was von den Tieren verschmäht wurde, verfaulte und mischte sich mit dem schlammigen Boden zu einem ekligen Morast. Gepflastert waren nämlich nur die vornehme Salzgasse und die Große Gass als Marktgasse, doch selbst dort verstopfte der allgegenwärtige Unflat die Gossen auf der Straßenmitte und hatte bei dem ständigen Regen das Pflaster mit einer glitschigen Masse überzogen. Da halfen die paar Trittsteine hie und da wenig, um sauberen und trockenen Fußes voranzukommen. Kein Wunder, dass sich die vornehmen Geschlechter der Stadt in Sänften durch die Gegend tragen ließen.

Ob es den Menschen je gelingen würde, über ihren eigenen Dreck Herr zu werden?

Grethe schien ihre Gedanken erraten zu haben.

«Wart ab, spätestens kurz vor Martini taucht ein Heer von Mistdirnen und Kloakenkehrern auf und schafft den ganzen Mist auf großen Fasskarren vor die Stadt. Weil dann die fremden Kaufherren zum Jahrmarkt nach Freiburg kommen und es schön haben sollen.»

«Nur leider nicht in unserem Brunnengässlein.» Die Meisterin setzte einen vorsichtigen Schritt über die erste Pfütze und verzog das Gesicht. «Da müssen wir wohl wieder selbst mit Hand anlegen. Dabei schaffen wir Frauen unseren Unrat brav jede Woche vor die Stadt.»

Grethe und Serafina folgten ihr. So zaghaft, wie sie sich durch die verschlammte Gasse arbeiteten, würden sie tatsächlich zu spät zur Messe kommen, auch wenn es bis zur Klosterkirche der Barfüßermönche, unter deren geistlicher Betreuung die Freiburger Regelschwestern standen, nur ein Katzensprung war.

«Was den Martinimarkt betrifft», nahm Grethe den Faden wieder auf und sah dabei ihre Meisterin auffordernd an, «werden wir wieder zusammen hingehen? Das letzte Mal hatten wir so viel Spaß mit all den Gauklern und Spielleuten.»

«O ja, bitte!» Der angeekelte Ausdruck aus Adelheids Gesicht verschwand sofort. «Gleich zu Martini selbst, da ist am meisten los in der Stadt.»

«Meinetwegen.» Catharina lächelte gutmütig. «Aber dir, Grethe, sag ich's gleich: Nicht dass du wieder heimlich zum Tanzboden verschwindest.»

Serafina starrte angestrengt vor sich hin. Und das nicht etwa, weil sie Angst hatte, ihre Trippen in dem klebrigen Morast zu verlieren.

Grethe stieß sie in die Seite. «Was ist mit dir?»

«Nichts. Gar nichts.»

Dabei hatte sich ihr eben bei den Worten Jahrmarkt und Gaukler die Brust schmerzhaft zusammengezogen. Nein, sie war noch lange nicht darüber hinweg, auch wenn sie es sich in ihrer neuen Freiburger Heimat so gerne einredete. In Konstanz hatte sie sich wenigstens bei ihren Freundinnen ausheulen können, wenn ihr wieder einmal das Herz schwer wurde darüber, dass sie ihren Sohn zuletzt als zehnjährigen Knaben gesehen hatte. Hier indessen musste das ein Geheimnis bleiben – ein Geheimnis, an dem sie noch immer trug wie an einem Mühlstein um den Hals.

Kapitel 2

Eigentlich hatte Serafina eine gute Kindheit verlebt. Im berg- und waldreichen Hinterland der Habsburgerstadt Radolfzell am Bodensee war sie auf dem Dorf groß geworden, mit allen Pflichten und Entbehrungen, die Kinder auf dem Land hinzunehmen hatten, aber auch mit vielen Freiheiten. Da ihr Vater, Petermann Stadler, Schultes war und somit ein angesehener Mann, hatten sie auch in kargen Jahren niemals hungern müssen. Und das, obwohl das ganze Haus voller Kinder war und noch dazu eine unverheiratete alte Muhme mitversorgt werden musste.

Sie selbst war die Drittgeborene, nach zwei Brüdern. An ihre Mutter erinnerte sie sich kaum, verlor sie doch zwei Geburten später im Kindbett ihr Leben. Da war Serafina gerade erst vier oder fünf Jahre alt gewesen. Der kleine Säugling folgte der Mutter schon kurz nach der Taufe in die Ewigkeit, und so lebte ihr Vater eine Zeitlang als Witwer allein mit seinen beiden Söhnen Peter und Nikolaus, die schon kräftig auf den Feldern und bei der Stallarbeit mithalfen, sowie Serafina und der nachgeborenen Elisabeth. Damit sich jemand um die Mädchen kümmerte, hatte ihr Vater schließlich seine unverheiratete Base Irmgart auf den Hof geholt, die bald schon mit eiserner Hand regierte. Serafina musste ihr beim Kochen, Putzen und Waschen zur Hand gehen, lernte Brot zu backen, zu buttern, Fleisch zu pökeln und Feldfrüchte einzumachen. Hin und wieder entkam sie dem strengen Blick ihrer Muhme, wenn sie hinausgeschickt wurde, um Löwenzahn für die Hasen und Ziegen zu pflücken oder Beeren, Pilze und Kräuter zu sammeln. Oder im Herbst dann die Nüsse, die für den Winter zu Öl gemahlen wurden.

Die alte Irmgart war es auch gewesen, die ihrem Vater in den Kopf setzte, sich wieder zu verheiraten. Petermann Stadler war ein stattlicher und kluger Mann, den Serafina zeitlebens bewundert hatte. Er wusste über alles Bescheid: über den Lauf der Gestirne, darüber, wie man Bier braute, wie Schleif- und Papiermühlen arbeiteten oder was die Köhler in ihren Meilern draußen im Wald taten. Trotz der Arbeit auf dem Hof und seiner Aufgaben als Dorfschultes hatte er noch immer die Zeit gefunden, seinen beiden Knaben Lesen, Schreiben und ein klein wenig Rechnen beizubringen. Serafina hatte diese Welt der Zahlen und Buchstaben mehr als aufregend gefunden und nach einigem Betteln bei den Unterrichtsstunden still dabeisitzen dürfen. Sie würde nie vergessen, wie ihr Vater Mund und Augen aufgesperrt hatte, als sie ihm eines Abends stockend aus der Heiligen Schrift vorgelesen hatte, wobei sie natürlich keinen Deut all dieser lateinischen Worte verstand.

Wie eine alte Kupplerin hatte ihre Muhme Irmgart eines Tages ein junges Mädchen aus Radolfzell ins Haus geschleppt – nicht sonderlich hübsch, aber gesund und kräftig. Jung genug, um dem nicht mehr ganz so jungen Petermann Stadler noch weiteren Nachwuchs gebären zu können. Auch wenn der Herrgott so manches der Kinder wieder zu sich genommen hatte – auch ihren älteren Bruder Nikolaus, der an den Pocken starb –, so lebten doch mit der neuen Mutter bald sieben Kinder im Haus, aufgeteilt auf zwei Schlafkammern unterm Dach, die sie noch mit der Magd und der Muhme teilten.

Da fiel es nicht weiter auf, dass auch Ursula, Serafinas beste Freundin von Kindesbeinen an, bei ihnen ein und aus ging, als würde sie dazugehören. Die zarte und ein wenig kränkliche Tochter des Schmieds hatte als Einzige im ganzen Dorf keine Geschwister: Ihre Mutter hatte nach ihr eine Fehlgeburt erlitten und konnte seither keine Kinder mehr bekommen. Hierüber war die Frau der Melancholie verfallen, würdigte ihre einzige Tochter keines Blickes, und auch ihr Ehegefährte wurde mehr und mehr zu einem bärbeißigen Sonderling. Diesem freudlosen Haus entfloh Ursula nur allzu oft, ging es doch beim Dorfschultes meist fröhlich zu. Daran änderte auch die Tatsache nichts, dass Serafinas Stiefmutter ihre angeheirateten Kinder nicht sonderlich mochte und sich, eitel und putzsüchtig, wie sie war, zeitlebens zurück in die Stadt sehnte.

So war Serafina älter und größer geworden, hütete die jüngeren Geschwister, bestellte ganz allein den Gemüsegarten, kümmerte sich um Essen und Vorräte und fand doch immer wieder Zeit, mit Ursula und den anderen Kindern durch die Gegend zu streifen. Am Ende pflegte sie die alte Irmgart bis zu deren Tode – da war sie schon zu einem hübschen jungen Mädchen herangewachsen, mit ebenmäßigen Gesichtszügen und einem feingezeichneten Mund. Dazu hatte sie von der Mutter das kräftige dunkle Haar und vom Vater die tiefblauen Augen geerbt. Sie selbst war sich ihres Aussehens nicht bewusst, bemerkte aber sehr wohl die begehrlichen Blicke, die sie seitens der Männerwelt auf sich zog.

Das war auch die Zeit, in der die Stiefmutter sie am liebsten im Haus eingesperrt hätte und ihren Streifzügen durch die Wiesen und Wälder kurzerhand ein Ende machte.

«Du weißt gar nicht, was da draußen alles geschehen kann – kein Mensch kommt dir zu Hilfe, wenn ... wenn ...»

«Wenn was?» Serafina hatte ihre Stiefmutter herausfordernd angesehen.

«Nun ja, wenn eben die Mannsbilder an dich gehen und mit dir Dinge tun, die du nicht verstehst. Und die dich ins Verderben stürzen.»

Da hatte sie fast laut lachen müssen. Weder ihr noch den anderen Mädchen hier im Dorf hätte man erklären müssen, was in der Natur der Sache lag: Die Rüden bestiegen die läufigen Hündinnen, die Bullen die Kühe, und die Menschen taten, kaum dass sie erwachsen waren, ebendasselbe. Auch ihre Stiefmutter und ihr Vater liebten sich, wenn sie des Samstags nach dem wöchentlichen Bad in ihrer Kammer verschwanden, mit unüberhörbarem Stöhnen, was ihre Brüder oft genug nachäfften, unter dem allseitigen Gelächter der anderen.

Ohnehin hatte Serafina längst keinen Spaß mehr an Kindereien wie Bäche aufstauen oder Waldhütten bauen. Viel spannender war nun, was im Dorf geschah. Nach den Sonntagsgottesdiensten, wenn die Männer im Wirtshaus verschwanden und die Frauen zu Hause in ihren Küchen, trafen sich die Jungen unter der Linde, neckten sich und beäugten sich, wobei sich so mancher Anlass zu einem verstohlenen Kuss fand. Erst recht bei den Dorffesten oder zu Ostern und zur Kirchweih beim Tanz, an Pfingsten beim Wettlauf und Ringstechen, am Johannifeuer zur Sommersonnwende, zur Weinernte, zum Schlachtfest um Martini und im Winter dann nach der Arbeit in den Spinnstuben – Gelegenheiten, einander näherzukommen, gab es zuhauf.

Im Gegensatz zu der schüchternen Ursula fand Serafina nichts dabei, dass die Burschen aus dem Dorf nun ganz anders mit ihnen umgingen als früher. Wobei es, was Serafina betraf, große Unterschiede gab: Die einen starrten sie, wo immer sie auftauchte, unverhohlen an, nicht selten mit einem blöden Grinsen im Gesicht, die anderen blickten scheu zur Seite oder wurden rot bis über beide Ohren, wenn Serafina sie anlachte. Mitunter, wenn zu viel Bier im Spiel war, konnten die frecheren unter den Burschen auch unflätig und grob werden. Doch Serafina wusste sich zu wehren. Obschon sie immer noch recht zierlich und klein gewachsen war, war sie kräftig, wendig und zäh. Das hatte sie schon als Kind so manche Rauferei gewinnen lassen.

Diese unbeschwerte Zeit fand ein jähes Ende, als ihre Stiefmutter sie mit vierzehn Jahren fortschickte, in Stellung als Magd bei einer ihrer weitläufigen Verwandten in Radolfzell. Serafina hatte Rotz und Wasser geheult beim Abschied von den Geschwistern und erst recht von ihrer Freundin.

«Das ist nun mal der Lauf der Dinge», versuchte Ursula sie zu trösten. «Und besser Dienstmädchen in einem feinen Bürgerhaushalt als Stallmagd auf einem verlotterten Hof. Wahrscheinlich hast du sogar ein Riesenglück.»

«Aber warum musst *du* nicht fort?»

«Weil ich das einzige Kind bin und mich zudem um die kranke Mutter kümmern muss. Glaub mir, das ist auch nicht immer schön.»

So war Serafina denn an Martini, wenn das Gesinde gemeinhin seine neue Stellung antrat, losgewandert, bei kaltem Nieselregen und mit brennendem Schmerz in der Brust. Ihr Vater hatte sie begleitet, ein Handpferd mit ihrem wenigen Gepäck am Strick, wortlos und ebenso traurig wie sie selbst.

Das Haus von Bäckermeister Frühauf befand sich an der Gasse zwischen Obertor und Markt. Es war um einiges größer und vornehmer als alle Häuser, die Serafina je von innen gesehen hatte, mit seinem ausladenden steinernen Sockel, der Backstube und Lager beherbergte, und den vielen Räumen in den Stockwerken darüber. Und doch fühlte sich Serafina eingesperrt wie in einem Kerker, denn außer zum Kirchgang und hin und wieder zum Markt kam sie oft tagelang nicht hinaus. Und wenn, sah sie sich ringsum von kahlen Mauern und Hauswänden umgeben. Die Arbeit hingegen war nicht leichter und nicht schwerer als gewohnt: Sie ging der Hausherrin in der Küche zur Hand, war für Feuerholz und Frischwasser zuständig, putzte täglich Backstube, Küche, die vier Schlafkammern und die gute Stube. Ein solcher Raum war ihr bislang unbekannt gewesen und schien ihr gänzlich überflüssig, hatte doch bei ihnen das gemeinschaftliche Leben in der großen Küche stattgefunden.

Frei hatte sie nur am Sonntagnachmittag bis Sonnenuntergang, indessen war das die Zeit, mit der sie am wenigsten anzufangen wusste. Sie kannte keine Menschenseele in Radolfzell, zumal die Anverwandten ihrer Stiefmutter kein einziges Mal zu ihnen aufs Dorf herausgekommen waren, und sie mochte auch niemanden kennenlernen. Den meisten Städtern nämlich galten die Dörfler als dreckig, roh und einfältig, und das ließen die Nachbarn sie auch spüren. So litt sie stumm an Heimweh, den ganzen Herbst und Winter über, sehnte sich nach dem Grün ihrer Hügel und Wälder, dem Duft nach Heu und Sommerregen, nach ihrer Freundin Ursula, ihren Geschwistern und ihrem Vater. Wenn es doch nur bald Ostern wäre – dann würde sie erstmals für einen Tag und eine Nacht nach Hause dürfen!

Dabei waren die Frühaufs nicht einmal unfreundlich zu ihr.

Den alten Bäckermeister bekam sie nur bei den Mahlzeiten zu Gesicht, ansonsten stand er in der Backstube oder legte sich zum Schlafen nieder. Auch mit der Meisterin kam sie zurecht, sie war nicht kühler als ihre Stiefmutter, nicht mürrischer als einst ihre alte Muhme. Vier Kinder hatten die Frühaufs, drei Mädchen und einen Jungen. Die beiden kleinen Mädchen waren recht brav, die älteste Tochter hingegen faul und zudem dünkelhaft, vor allem ihr als Magd gegenüber.

Wäre da nur nicht das Kehren der Backstube und des Lagerraums jeden Nachmittag gewesen. Frühaufs Knecht Hamann, ein breitschultriger junger Mann, der nach ihrem Dafürhalten mit einem Spatzenhirn und zwei linken Händen versehen war und mithin für jede Taglohnarbeit besser geeignet als für das Bäckerhandwerk, hatte sie von Anfang an mit den Augen schier verschlungen. Während sie beim Kehren war, pflegte er die Gerätschaften zu putzen. Dabei ging ihm Wälti zur Hand, Frühaufs einziger Sohn, der die städtische Knabenschule besuchte und kaum älter war als sie selbst. Der Meister hatte sich zu diesem Zeitpunkt für gewöhnlich schon aufs Ohr gelegt, und so war Serafina mit den beiden allein.

Bald schon begann Hamann sie herauszufordern, indem er sich breitbeinig vor ihr aufbaute und sie angrinste. Oder unflätige Bemerkungen zu Wälti machte, so laut, dass sie es hören musste. Sätze wie: «Hast eigentlich schon mal an ein Weib hingelangt, Wälti?», oder: «Die vom Land sind leicht zu gebrauchen, denen fliegt schon der Rock hoch, wenn einer wie du sie nur anschaut.» Und schließlich, als der junge Wälti sie tatsächlich mehr und mehr anzustarren begann: «He, Junge, dir wird wohl schon das Eisen hitzig?»

Da war Serafina der Geduldsfaden gerissen.

«Gib bloß acht, dass du dir nicht mal deine dreckigen Pfoten verbrennst», hatte sie Hamann angefaucht. Längst hätte sie sich bei der Meisterin beschweren sollen, doch damit würde sie auch den Sohn des Hauses anschwärzen, und das wollte sie nicht. So beschloss sie stattdessen, mit tauben Ohren durch die Backstube zu gehen.

Vielleicht hätte sie ja ein paar Jahre durchgehalten, um danach mit ihrem Ersparten ins Dorf zurückzukehren, wäre da nicht jener grauenvolle Abend gewesen, der ihr ganzes Leben mit einem Schlag verändern sollte.

Es war der Sonntag nach Lichtmess, der mit Sonnenschein und hellblauem Himmel schon einen Anflug von Frühling übers Land brachte. Nichts hatte Serafina mehr in der Stadt halten können, und so hatte sie ihre freien Stunden am See verbracht, hatte die frische Luft, das Glitzern der Wasserfläche unter dem wolkenlosen Himmel in vollen Zügen genossen. Dabei hatte sie sich in der Zeit vertan, denn als sie sich auf den Heimweg machte, begann es bereits zu dämmern. Um abzukürzen, nahm sie den Fußweg durch eine baumbestandene Brache, auf die im Herbst die Schweine der Bürger zur Mast getrieben wurden.

Plötzlich stand eine Gruppe junger Männer vor ihr, die sie lärmend begrüßte. Einer von ihnen war Frühaufs Knecht.

«He, Dorfprinzessin! Was für eine Freude!»

Hamann stellte sich ihr in den Weg, an seiner Seite vier Burschen, allesamt jünger als er und allesamt reichlich betrunken. Auch Wälti, der Sohn ihres Brotherrn, war dabei.

«Lass mich in Ruh, Hamann.»

Serafina schob ihn zur Seite.

«Immer langsam, meine Schöne. Es ist gefährlich, als Weib so allein im Finstern.» Hamann wandte sich an die anderen: «Wollen wir sie heimgeleiten?»

Die Kerle grölten vor Begeisterung.

«Na, dann los. Aber zur Belohnung wollen wir noch unsern Spaß haben.» Hamann umfasst ihre Hüfte und zog sie auf einen Trampelpfad, der mitten in den Buchenhain führte. Vergebens versuchte Serafina sich loszureißen, als sie auch schon gegen einen Baumstamm gedrückt wurde. Zwei der Burschen, die sie nicht kannte, hielten sie mit eisernem Griff fest, während Hamann ihr den Rock hochschob. Ihr wurde eiskalt vor Angst.

«Komm her, Wälti, auf dass dein Traum wahr wird. Jetzt machen wir einen Mann aus dir.»

Was nun folgte, war der schlimmste Alp ihres Lebens. Sie wollte schreien, doch Hamanns harte Schläge in ihr Gesicht ließen sie nur ein Röcheln herausbringen. Schon stopfte ihr jemand ein Stück Tuch in den Mund, ein anderer warf sie zu Boden und riss ihr die Wollstrümpfe von den Beinen, woraufhin sich Wälti keuchend an ihr zu schaffen machte. Sie spürte, wie die Zweige in ihre nackten Beinen stachen, wie der Bäckersohn sich in ihre Arme krallte und ihr dabei seinen heißen Atem ins Gesicht stieß, während sie sich verzweifelt hin und her wälzte und dafür von den anderen weitere Schläge einsteckte. Hörte trotz des Rauschens in den Ohren die anfeuernden Rufe: «Gib's ihr, Kleiner! Pfeffer sie, wie sich's gehört!», und dann, ganz plötzlich, durchfuhr sie dieser brennende Schmerz, der ihr den Unterleib zu zerreißen drohte. Ihr wurde schwarz vor Augen, und sie gab auf, ließ sich halb ohnmächtig gebrauchen wie ein Haufen alter Lumpen.

Als sie wieder bei sich war, hatten sich ihre Peiniger aus dem Staub gemacht. Über ihr leuchtete wie zum Hohn ein heller, freundlicher Mond durch die Zweige, Enten schnatterten vom Seeufer her, ein Käuzchen antwortete. Alles an ihr war taub, sie fühlte weder Kälte noch Schmerz. Sie wusste nicht, wie viel Zeit vergangen war – eine Stunde – eine ganze Nacht? Nach Wälti war Hamann über sie hergefallen, dann ein plumper, dicker Junge, dann ein dürrer Kerl mit knochigen Hüften ...

Sie schluchzte laut auf. Unter Mühen kam sie auf die Beine, ordnete mit zitternden Händen ihre Kleidung, als sie etwas Feuchtes an der Innenseite ihrer Schenkel herabrinnen spürte. In heftigen Krämpfen übergab sie sich, so lange, bis nur noch Galle kam.

An jenem Abend war sie nicht zu ihrer Herrschaft zurückgekehrt. Nachdem sie den Stadtgraben vor dem Obertor erreicht hatte, verwundert darüber, dass ihre Beine sie immer noch trugen, schlug sie stattdessen den mondbeschienenen Weg ins Hinterland ein, setzte mit taubem Verstand einfach Schritt vor Schritt, schleppte sich Stunde um Stunde voran, ohne jemandem zu begegnen, bis sie mitten in der Nacht den Vorplatz der Dorfschmiede erreichte. Erst als sie sich dort nach einer Handvoll Steinen bückte, fuhr ihr wieder messerscharf dieser Schmerz in den Unterleib, und sie unterdrückte einen Schrei. Nachdem sie mit schwachem Wurf Stein für Stein gegen Ursulas Fensterladen geworfen hatte, sank sie kraftlos in sich zusammen und begann zu weinen.

«Serafina!»

Jemand zog sie am Arm in die Höhe, sie stolperte mit halb geschlossenen Augen ein paar Stufen hinauf, hörte die Glut von Herdfeuer knacken, dann schleppte sie sich mit letzter Kraft eine steile Stiege empor. Nicht einmal als sie gewaschen und in frischem Hemd in Ursulas Bett lag, wagte sie, die Augen zu öffnen und ihre Freundin anzusehen, so sehr schämte sie sich dafür, was mit ihr geschehen war.

Serafina blieb den folgenden Tag und die folgende Nacht reglos in Ursulas Bett liegen. Dann bemerkte der Dorfschmied, wen seine Tochter da unter ihrem Dach beherbergte, und benachrichtigte umgehend Serafinas Familie. Statt ihres Vaters erschien Peter, der älteste Bruder.

«Ich bring dich zurück in die Stadt.» Seine Stimme klang hart. «Das wird ganz schön Ärger geben.»

«Ich geh dort nicht mehr hin. Ich will mit Vater sprechen.»

«Er ist schwerkrank. Jede Aufregung könnte ihn ins Grab bringen. Los jetzt, komm endlich.»

So hatte sie sich denn mit Peter als Bewacher an der Seite wieder auf den Weg gemacht. Ursula hatte sie ein gutes Stück begleitet, dabei immer wieder ihre Hand gedrückt und zu weinen angefangen. Als sie sich auf halber Strecke verabschiedeten, ahnten sie beide nicht, dass sie sich erst Jahre später in Konstanz wiedersehen würden.

«Deine Ursula hat gelogen», knurrte Peter grimmig. Sie waren vor dem Radolfzeller Stadttor angelangt. «Das waren keine Wegelagerer, gib's zu.»

Serafina blieb stumm und kämpfte gegen die Tränen an.

«Ich warne dich, Serafina: Mach unserer Familie ja keine Schande!»

Schlimme Wochen folgten. Jedes Mal, wenn sie Wälti oder Hamann begegnete, wurde ihr speiübel, wobei ihr der Knecht weiterhin frech ins Gesicht grinste, während der Sohn des Hauses ihr schamvoll aus dem Weg ging. Bald schon musste sie des

Morgens tatsächlich spucken, und bis zum Sommer begann sich ihr Leib merklich zu runden. Da hatte sie allen Mut zusammengenommen und ihrer Dienstherrin offenbart, was geschehen war.

«Du lügst!», hatte die Meisterin zu schreien begonnen. «Du verdorbenes Hurenbalg lügst! Dich von irgendeinem Kerl besteigen lassen und es dann unserer Familie anhängen wollen! Geh auf deine Kammer, ich will dich heut nicht mehr vor Augen haben.»

Am Abend dann hatte Frühauf die Tür zu ihrer Kammer aufgerissen, sie wortlos beim Handgelenk gepackt und durch die Gassen bis zum Spital gezerrt.

«Hier arbeitest du bis zu deiner Niederkunft als Magd. Und wagst du es noch einmal, meinen Sohn oder Knecht zu beschuldigen, bring ich dich wegen Ehrverletzung vor den Rat.»

Ende Oktober schließlich hatte sie, nach einer qualvoll langen Geburt, ihren Sohn zur Welt gebracht, im Armenzimmer des Spitals. Sie war überzeugt gewesen, dass sie das Kind, das man ihr aus dem Leib gezogen und auf den Namen Vitus getauft hatte, hassen würde. Indessen genügten wenige Tage, um in ihr eine tiefe Liebe zu diesem zarten, verletzlichen Wesen zu entfachen. Angesichts des bevorstehenden Winters und der Tatsache, dass der Junge zu früh zur Welt gekommen und daher recht schwächlich war, behielt man Vitus und sie selbst als Nährmutter bis Gertrudis im Spital.

An jenem Morgen aber nahm man ihr das Kind aus dem Arm, um es in die Badstube zu tragen, und brachte es nicht mehr zurück. Sie selbst wurde von zwei Bütteln abgeholt, zur Marktzeit mit einem Strohkranz auf dem Kopf an die Schandsäule gestellt und anschließend unter Rutenstreichen aus der Stadt gejagt. Zuvor jedoch hatte ihr eine mitfühlende alte Magd des Spitals zugeraunt, man habe ihren Sohn in ein Kloster bei Konstanz gebracht. In diesem Augenblick war zu dem Gefühl von Schuld und Scham erstmals etwas anderes getreten: eine unermessliche Wut auf die feinen Radolfzeller Bürger, auf ihren eigenen Bruder Peter und auf die Männerwelt als Ganzes.

Kapitel 3

Grethe nahm sie besorgt beim Arm.
«Du hast doch was?» Sie waren auf dem freien Platz zwischen Ratskanzlei und Barfüßerkloster angelangt. «Die ganze Zeit hast du kein Wort geredet und bist mindestens dreimal mitten in den Morast gepatscht.»

Serafina schüttelte so heftig den Kopf, als wolle sie alle Gedanken an die Vergangenheit von sich abwerfen. Vielleicht hätte sie damals besser daran getan, Vitus zu vergessen, anstatt ihre neue Heimat in der Bischofsstadt Konstanz zu suchen. Dorthin, zu den Benediktinern von Petershausen auf der anderen Seite des Seerheins, hatte man nämlich Vitus zusammen mit einer großzügigen Schenkung gebracht, dort war ihr Sohn herangewachsen, und sie hatte es schließlich sogar geschafft, den Bruder Pförtner zu erweichen, sie gegen einen kleinen Obolus zu Vitus in den Klostergarten zu lassen. Fortan machte sie sich, sobald sie einen Pfennig übrig hatte, auf den Weg über die hölzerne Rheinbrücke, um mit ihrem Sohn ein paar kurze Augenblicke zu verbringen und ihm bei jedem Abschied aufs Neue zu geloben wiederzukommen. Sie hatte damals harte Jahre in Konstanz durchgestanden, in jenem Hurenhaus, in dem sie gestrandet war, und nur diese wenigen Momente des Glücks hinderten sie daran, nicht der Verzweiflung zu verfallen oder auch die Stadt zu verlassen. Einmal war sie dort vollkommen zufällig ihrer Kinderfreundin begegnet, die frisch verwitwet auf dem Weg zu einem Advocaten war. Ursula hatte ihr schon nach wenigen Sätzen die traurige Wahrheit über ihr Dasein als Hübschlerin entlockt und sie überreden wollen, mit ihr zusammen nach Freiburg zu gehen, wo eine entfernte Muhme bei den Christoffelsschwestern lebe. Um ihres Sohnes willen hatte Serafina abgelehnt.

Doch nicht einmal dieses kleine bisschen Glück war ihr auf Dauer vergönnt. Ein neuer Klosterpförtner trat sein Amt an und jagte sie von dannen: Eine Hure als Mutter bringe den Sohn nur vom rechten Weg ab. Doch das war nicht alles. Zugleich erfuhr sie, dass Vitus weggelaufen sei, fortgezogen mit einer Züricher Gauklertruppe. Seither hatte sie ihn nie wiedergesehen noch von ihm gehört.

Was indessen niemals erlosch, war die Hoffnung. Wann immer und wo immer ein Trupp Spielleute angekündigt war, hatte sie sich ein Wiedersehen mit ihrem Sohn erträumt. Und war doch jedes Mal enttäuscht worden.

«Jetzt aber rasch! Die Glocken läuten schon», trieb die Meisterin sie an. Dann hielt sie inne: «Du siehst ja totenbleich aus, Serafina!»

«Ein wenig Kopfweh, das vergeht schon wieder.»

Gerade als sie die Stufen zum Portal der Barfüßerkirche hinaufgehen wollten, trat ihnen die große, kräftige Gestalt Adalbert Achaz' entgegen. Die Gelehrtenkappe und der bodenlange dunkelgrüne Mantel wiesen ihn als studierten Medicus aus.

Nicht zum ersten Mal trafen sie sich hier vor der Sonntagsmesse, wenn er seinerseits auf dem Weg zum Münster war, der Pfarrkirche der Bürger. Der Freiburger Stadtarzt wohnte gleich hier bei den Barfüßern, und Serafina hatte sich schon oft gefragt, ob er sie und ihre Mitschwestern nicht regelrecht abpasste, um ein wenig mit ihnen zu plaudern. Und hierfür im Münster sogar eigens die Frühmesse besuchte, anstatt wie die große Mehrzahl der Bürger jene am Sonntagvormittag.

Heute war er nicht allein, sondern in Begleitung eines Mannes und einer Frau. Dem schlanken, bartlosen Mann war Serafina schon einige Male in der Stadt begegnet. Besaß er nicht eine Malerwerkstatt in der Nähe der Ratsstube? Seine Kleidung war eher nachlässig zu nennen mit den groben dunklen Strümpfen, dem festen Schuhwerk, wie sie Schmiede oder Zimmerleute trugen, und dem aus der Zeit gefallenen knielangen Mantel aus gewalktem Grautuch. Einzig seine Kopfbedeckung fiel auf: eine leuchtend rote Gugel, deren endlos langer Kapuzenzipfel wie ein Turban um den Kopf geschlungen war und nur hie und da ein paar rotblonde Locken freigab.

Nachdem Achaz sie mit einem strahlenden Lächeln begrüßt hatte, stellte er ihnen seine beiden Begleiter vor.

«Glasmaler Fridlin Grasmück und seine Ehegefährtin Benedikta. Wir kennen uns flüchtig aus meiner Zeit beim Konstanzer Konzil und haben uns hier in Freiburg wiedergetroffen. Wie das Leben so spielt.» Er blinzelte gegen die ersten Strahlen der Morgensonne.

Das also waren die Grasmücks! Serafina musste an die Geschichte denken, die ihre Freundin Grethe neulich auf dem Markt erlebt und ihr grinsend erzählt hatte. Die junge Frau des Glasmalers hatte wohl während des Einkaufs unverhohlen mit Fischhändler Sebast Fronfischel geplänkelt, und der, kein Mann von Traurigkeit, war nur allzu gerne darauf eingegangen. Hatte ihr unter süßlichsten Schmeicheleien und mit schmachtenden

Blicken den eingepackten Fischleib überreicht, als Fridlin Grasmück sich auch schon mit hochrotem Kopf durch die Menge schob und seiner Frau den Fisch entriss. Nur um ihn im nächsten Augenblick dem völlig verdutzten Händler rechts und links um die Ohren zu klatschen. Das Volk rundum hatte lautstarken Beifall gespendet, während Grasmück seine Frau von dannen gezerrt und Fronfischel ihm wütende Flüche hinterhergerufen hatte.

Serafina musterte die beiden eindringlich. Ihn schätzte sie auf ihr eigenes Alter, so etwa um die dreißig, und auffällig waren seine etwas vorstehenden hellgrauen Augen in dem ebenmäßig geschnittenen Gesicht, die jetzt lebhaft von einer zur anderen wanderten, um anschließend mit einem beseligten Ausdruck zu seiner schönen Begleiterin zurückzukehren. Benedikta Grasmückin – fast noch ein Mädchen mit ihrer glatten hellen Kinderhaut – war im Gegensatz zu ihm wie eine Gräfin ausstaffiert. Ihr Gürtel war ebenso wie ihr langes Ohrgehänge und ihr Halsschmuck über und über mit glitzernden Steinen besetzt, auf dem zu Muscheln geflochtenen Haar saß schief und keck ein Pelzhütchen mit Pfauenfedern. Mit ihren überlangen Schnabelschuhen verstieß sie unverhohlen gegen die neueste Stadtverordnung, wonach selbst bei vornehmen Bürgern die Schuhspitze einen Fuß Länge nicht überschreiten durfte. Der offene, pelzverbrämte Umhang ließ ein in Gold und Königsblau gemustertes Gewand mit bis zum Boden reichenden Zattelärmen sehen, beider Saum schleifte gehörig über den Boden und damit durch den Straßendreck.

Dennoch musste sie freiweg zugeben, dass die junge Frau ausnehmend schön war mit ihren feinen Zügen und dem goldblonden Haar. Und so war es nicht verwunderlich, dass der Mann an ihrer Seite sie mit seinen Blicken geradezu verschlang. Sie unterdrückte ein Lachen, als sie wieder an Grethes Geschichte dachte. Ja, das musste schon eine wahrhaft große Liebe sein, wenn ein Mannsbild sich vor aller Welt so zum Affen machte. Ihr selbst waren vor Eifersucht tobende Männer immer ein Gräuel gewesen.

«Dann seid Ihr also die berühmte Christoffelsschwester, die jenen Blutwundermord aufgeklärt hat?», hörte sie in diesem Augenblick Grasmück sagen. Er hatte sich ihr zugewandt und betrachtete sie voller Neugier. «Die ganze Stadt hat von Euch gesprochen, als wir diesen Sommer hierhergezogen sind. Ehrlich gesagt hatte ich mir Euch ganz anders vorgestellt, sozusagen ein gestandenes Weibsbild, mit Bärenkräften. Nein, wie man sich täuschen kann! Erst letzte Woche hab ich ...»

«Sie ist neuerdings auch eine begnadete Salbenmischerin», unterbrach Achaz seinen Redefluss, und Serafina überhörte geflissentlich den spöttischen Tonfall in seiner Stimme. Seitdem sie ihr heilkundiges Wissen erweitert hatte und ihre Kranken selbst behandelte, geriet sie mit dem Medicus immer wieder aneinander. Als Stadtarzt durfte er es selbstredend nicht gutheißen, dass sie den ihm unterstellten Wundärzten mit ihren Eigenmächtigkeiten in die Kur pfuschte. In diesem Augenblick allerdings war sie Achaz fast dankbar, dass er das Gespräch in eine andere Richtung lenkte, denn es war ihr noch immer unangenehm, im Beisein ihrer Meisterin auf die Geschichte mit dem Blutwunder angesprochen zu werden. Hatte sie doch damals ums Haar ihre Aufnahme bei den Christoffelsschwestern verwirkt.

«Ach was? Eine heilkundige fromme Schwester also?» Grasmücks schmales Gesicht verzog sich zu einem Lächeln, und er zwinkerte ihr zu. «Da muss ich Euch doch demnächst einmal aufsuchen, Schwester Serafina. Ich habe nämlich ein hartnäckiges Problem, dem mein hiesiger Bader bislang noch nicht beikommen konnte.»

«Ihr mögt gern einmal bei uns im Haus Zum Christoffel vorbeischauen, werter Meister Grasmück.» Catharina nahm Serafina beim Arm. «Nun aber rufen uns unsere geistlichen Pflichten. Und wenn Ihr rechtzeitig zur Frühmesse ins Münster kommen wollt, solltet Ihr Euch ebenfalls sputen.»

Als sie die schmucklose, mit einigen wenigen schlichten Wandmalereien versehene Kirchenhalle betraten, hatten sich die Mönche mit ihren braunen Kutten und den nackten Füßen in den Sandalen bereits im Chorraum versammelt und sangen das Eröffnungslied. Catharina und ihre Mitschwestern beeilten sich, ihren Platz auf der Frauenseite einzunehmen. Im Unterschied zu anderen Orden hielten die Barfüßer ihre Messen offen für jedermann, und anders als drüben im Münster trennte hier auch kein hoher Lettner den Bereich der Mönche und der Gläubigen, zu denen neben den Freiburger Regelschwestern immer auch eine Handvoll Bürger gehörten. Deutlich konnte Serafina den missbilligenden Blick des Gardians wahrnehmen, den er jetzt ihrer Meisterin zuwarf. Dabei waren sie, wie immer bei den sonntäglichen Frühmessen, bei Gott nicht die Einzigen, die zu spät kamen. Der Gesang ging über in das Schuldbekenntnis, auf das Kyrie folgte das Gloria – und noch immer betraten Menschen den Kirchenraum. Während der Schriftlesung dann kam spürbar Unruhe auf unter den Kirchgängern. Ein Raunen und Flüstern brandete vom Portal her durch das Mittelschiff, und Serafina glaubte Satzfetzen zu vernehmen wie: «Drüben im Münster ist was geschehen ... Etwas Schreckliches ... Ein

Brand? Ein Feuer? ... Aber nein, dann hätte doch die Feuerglocke geläutet ...»

Von der Natur mit einer ausgeprägten Neugier versehen, über die schon ihr Vater geseufzt hatte, konnte Serafina den Abschluss der Messe kaum erwarten. Endlich war die Eucharistiefeier vorüber, und mit dem Segen des Priesters wurden sie entlassen.

Vor ihr drängten die Lämmlein-Schwestern, die ihr reiches Regelhaus gleich neben der Ratsstube hatten, aufgeregt tuschelnd nach draußen. Serafina war drauf und dran, ihre Abneigung gegenüber deren Meisterin zu überwinden und die dicke Elisabeth Marschelkin anzusprechen, als Catharina ihr zuvorkam.

«Gelobt sei Jesus Christus.» Catharina nahm ihre Gefährtin im Geiste zur Seite.

«In Ewigkeit. Amen.» Die Lämmlein-Meisterin sah sie von oben herab an.

«Nur auf ein Wort, Elisabeth – weißt du, was drüben im Münster geschehen ist?»

Die oberste Lämmlein-Schwester verzog schmerzvoll ihr feistes Gesicht. «Ich kann es nicht fassen! Jemand hat die geweihten Hostien geschändet und solcherart auf dem Altar ausgelegt.»

Ihre Stimme erstarb, und sie schlug erschüttert das Kreuzzeichen.

«Wer sagt das?», mischte sich Serafina ein.

Die Frau zuckte die Schultern. «Es ging durch die Reihen der Kirchgänger.»

«Dann mag es ebenso gut Geschwätz sein.»

«Das waren die Hebräer!», rief hinter ihnen eine schrille

Frauenstimme. Jetzt erst bemerkte Serafina, dass sich eine Menschentraube um sie gebildet hatte.

«Das hat man ja ahnen können», fuhr die Frau sichtlich außer sich fort, während die Umstehenden eifrig nickten. «Wir Bürger waren schon immer dagegen, dass wieder Juden aufgenommen werden. Aber uns fragt ja keiner.»

«Genau! Man presst uns Zinsen, Steuer und Ungeld ab, ansonsten haben wir das Maul zu halten.»

«Derweil das Judenpack gehätschelt wird wie die Schoßhündchen!»

Kopfschüttelnd bahnte sich Meisterin Catharina den Weg durch die Menge und bedeutete ihren Gefährtinnen zu folgen. Ihre Miene war angespannt.

«Gehen wir nach Hause. Heute Mittag, wenn sich die erste Aufregung gelegt hat, werden wir in Erfahrung bringen, was sich wirklich ereignet hat. Derweil erscheint mir das alles nur als ein Haufen dummer Gerüchte.»

Serafina wusste, dass die Meisterin seiner guten Arbeit wegen ihre Schuhe beim Schusterjuden Mendel kaufte – heimlich, wie so einige Bürger hier. Von Rechts wegen durfte Mendel nämlich nur an seine Glaubensgenossen verkaufen, seine Kundschaft waren jüdische Hausierer und Viehhändler aus dem Umland. Sie selbst kannte Mendel nicht, hatte ihn im Sommer nur hin und wieder von weitem in seiner offenen Werkstatt sitzen sehen.

«Wir könnten doch trotzdem einen kleinen Umweg über die Marktgasse machen», schlug Serafina vor, und Grethe nickte zustimmend. «Es schadet nie zu wissen, was die Leute so reden.»

Meisterin Catharina schüttelte den Kopf. «Ich muss dringend nach Hause. Aber geht nur, ihr beiden. Ihr könnt mir ja dann berichten.»

Längst war die unglaubliche Nachricht wie ein Lauffeuer durch die Gassen gezogen und versetzte die Stadt in helle Aufregung. Überall standen die Leute beieinander, man ereiferte sich über nichts anderes als über den Hostienfrevel im Münster. Und schon ging die Rede von einer neuen Judenverschwörung.

Serafina hielt eine junge Bürgersfrau am Arm fest: «Wisst Ihr, was genau im Münster geschehen ist?»

«Aber ja! Jemand hat heut Nacht geweihte Hostien zerschnitten und durchstochen, bis sie zu bluten begannen wie einst unser Herr Jesus Christus am Kreuz! Der ganze Altar war rot, überall lief Blut herab ...»

«Habt Ihr es gesehen?», unterbrach Grethe sie fassungslos.

«Das nicht. Ich stand zu weit weg, und dann mussten wir ja alle ganz schnell hinaus.»

«Aber ich hab's gesehen, mit eigenen Augen», rief eine andere. «Auf einer der Hostien erschien sogar das Abbild des Gekreuzigten, wie er sich vor Schmerzen wand! Ich sage Euch, das war der Mendel, der ...»

Serafina wandte sich ab und gab ihrer Freundin einen Wink weiterzugehen. «Lass uns heut Nachmittag bei Gisla vorbeischauen. Sie ist immer eine der ersten Kirchgänger im Münster, und was sie erzählt, hat Hand und Fuß.»

Grethe nickte, und so machten sie sich stumm auf den Heimweg. Um sie herum brandeten die ersten Rufe auf: «Hinweg mit den Juden! Hinweg aus unserer Stadt!»

Da flammte also der alte Judenhass wieder auf, nach ewig langer Zeit! Angewidert schüttelte Serafina den Kopf. Im Dorf ihrer Kindheit hatte der Viehhändler Levi gewohnt, den alle mochten, gerade sie als Kinder, weil er mit ihnen gutmütig auch noch den dümmsten Schabernack mitmachte. Und jedes Frühjahr war der Wanderjud zu den Frauen gekommen, mit seinen Garnen, Borten und Nadeln, und hatte bei einem Krug Most von der Welt erzählt. Niemand im Dorf wäre auf den Gedanken gekommen, den Hebräern Böses nachzusagen. Andrerseits wusste Serafina von dem großen Judenmorden in alten Zeiten, als allerorten in den Städten die Männer, Frauen und Kinder ins Feuer getrieben wurden und qualvoll verbrannten, sofern sie sich nicht hatten taufen lassen. Doch das war lange, lange her, wenn auch seither in den meisten oberdeutschen Städten kaum noch Juden lebten. Sollte sich dieses Grauen nun etwa wiederholen?

Dabei wohnten hier in Freiburg gerade einmal drei Juden mit ihren Familien. Sie waren erst vor wenigen Jahren hergezogen: der bescheidene Schuster Mendel, der Haus und Werkstatt in guter Lage an der Großen Gass hatte, gleich gegenüber der Spitalkirche, dann dessen Schwager Löw in der Webergasse, der Fernhandel mit Getreide und indischem Pfeffer betrieb, sowie Löws Nachbar und Freund Salomon, der erfolgreich mit Pelzen und Tuchen handelte.

Gegen eine hohe Kopfsteuer war ihnen seitens der Habsburger, denen Freiburg seinerzeit noch unterstand, erlaubt worden, sich in der Stadt niederzulassen, und eine Judenschul aus alten Zeiten gab es hier auch noch. Dafür mussten sie sich streng an die Vorschriften halten: Außer Haus hatten sie ihre spitzen, gelben Hüte zu tragen, durften sich nicht in den christlichen Farben rot und grün kleiden, mussten in der Karwoche und an hohen Feiertagen daheim bleiben und alle Türen und Fenster, die zu Christenhäusern gingen, geschlossen halten. Als schließlich König Sigismund in diesem Frühjahr den Habsburger Herzog Friedrich mit der leeren Tasche entmachtet und Freiburg zur freien Reichsstadt erklärt hatte, änderte das für die hiesigen Juden nichts. Da sie nie Anlass zur Klage gegeben hatten, wurde ihnen vom Rat Wohnrecht und Gewerbelizenz sogar verlängert, gegen eine doppelt so hohe Steuer allerdings.

«Glaubst du diesen ganzen Unsinn?», fragte Serafina ihre Freundin, als sie in das Brunnengässlein einbogen.

Grethe zuckte die Schultern. Ihr sonst so fröhliches Wesen wirkte bedrückt.

«Ich hoffe von Herzen, dass an der ganzen Sache nichts dran ist – auch wenn ich den Schuster Mendel nicht besonders mag», fügte sie hinzu.

Kapitel 4

Auch im Haus Zum Christoffel wurde über nichts anderes gesprochen. Als Grethe und Serafina aus der Stadt zurückkehrten, hatten sich die Frauen in der großen Stube versammelt. Schon von der Haustür her hörten sie ihre erregten Stimmen.

Grethe seufzte. «Ich mach mich dann mal ans Kochen.»
«Soll ich dir helfen?»
«Nein, geh nur zu den anderen. Du würdest eh nur die ganze Zeit dein Ohr in Richtung Stube halten. Außerdem sind heut keine Gäste angesagt, da komm ich schon allein zurecht.»

Damit verschwand sie in der kleinen Küche, ließ aber die Zwischentür zur Stube weit auf.

Gab es bei ihnen an Werktagen, ganz wie bei den einfachen Leuten, nur zwei schlichte Mahlzeiten am Tag – am Vormittag einen warmen Brei, nach Feierabend dann etwas Reichhaltigeres mit Gemüse, Speck oder Eiern –, so durfte Grethe zum Sonntagsessen ganz ihrer Kochkunst frönen. Dann zauberte sie Köstlichkeiten wie Brathuhn mit Zwetschgen, knuspriges Schafffleisch auf gerösteten Zwiebeln, gesottenen Fisch in Senf und Honig und dergleichen mehr.

Hierzu lud die Meisterin nicht selten Gäste ein: Mal die Freiburger Hausarmen, mal vornehme Bürgerinnen und Bürger, die ihre Sammlung unterstützten. Auch Bruder Matthäus, der Prior der Wilhelmiten, tauchte zur Freude der Meisterin hin und wieder auf. Heute nun würden sie also unter sich sein, was Serafina ganz recht war.

Sie betrat die Stube. Der schlichte helle Raum im unteren Stockwerk diente den Schwestern zugleich als Gemeinschaftsraum, als Refektorium und mit seinem kleinen Marienaltar auch zur Andacht.

Erwartungsvoll wandte sich Catharina ihr zu. «Habt ihr etwas herausfinden können?»

Sie saß, wie es ihr als Meisterin geziemte, am Kopfende des großen Eichenholztisches auf einem alten Lehnstuhl, die übrigen Frauen rechts und links von ihr auf den Bänken.

«Viel böses Gerede und dazu reichlich Unsinn», erwiderte Serafina und zwängte sich neben Heiltrud auf die Bank. «Anscheinend sehen die Leute in Mendel den Anführer einer neuen Judenverschwörung. *Er* muss jetzt herhalten, weil die beiden anderen Juden nämlich gar nicht in der Stadt sind. Sind wohl vorgestern schon in Geschäften nach Frankfurt aufgebrochen.»

Die Meisterin zog die Brauen zusammen, was ihrem sonst so gutmütigen breiten Gesicht etwas ungewohnt Finsteres verlieh. «Verschwörung! Als ob Mendel einen solchen Frevel begehen würde, wenn er als einziger der Juden in der Stadt ist ... Das hieße ja sich selbst die Schlinge um den Hals legen.»

«Ich sag's ja: Dummes Geschwätz. Jeder da draußen hat die unglaublichsten Schilderungen parat, was im Münster geschehen sein soll. Der Kreuzaltar muss demnach in Blut geradezu geschwommen sein.»

Heiltrud schüttelte den Kopf. «Jetzt will auf einmal halb Freiburg sonntags zur ersten Frühmesse im Münster gewesen sein. Dabei hab ich mir sagen lassen, dass man die Kirchgänger zu dieser Stunde an einer Hand abzählen kann.»

Von der Küche her drang der verführerische Duft von gebratenem Speck zu ihnen herüber. Doch Serafina verspürte keinen Hunger.

Die alte Mette beugte sich zu ihr. «Hast du herausgefunden, wann das alles geschehen ist? Ich meine, der Mendel wird doch nicht beim Einzug des Priesters und der Messdiener zum Altar marschiert sein und dort vor aller Augen die Hostien geschändet haben?»

«Natürlich nicht. Die ganze Bescherung war wohl bereits geschehen, als der Küster in aller Frühe die Tore aufschloss. Da waren der Pfarrer und die Ministranten noch in der Sakristei zugange.»

«Dann versteh ich's erst recht nicht.» Mette wiegte ungläubig den Kopf. «Wenn das Münster nachts abgeschlossen war, konnte Mendel auch nicht hinein. Und am Vorabend, solange es nach der Vesper noch offen ist, wacht der alte Kreuzbruder drinnen.»

Da schlug Catharina so laut mit der Hand auf den Tisch, dass alle erschrocken zusammenfuhren.

«Jetzt hört endlich auf, von Mendel zu sprechen! Ich hoffe doch, dass keine von euch diesen Unsinn glaubt. Schon einmal hat man in der Vergangenheit eine Judenverschwörung herbeigeredet. Als die deutschen Lande von der Pest bedroht waren, hatte man damals Tausende unschuldiger Männer, Frauen und Kinder gemordet, und dann kam die Pest doch – als Strafe Gottes nämlich.»

Nachdem alle betreten schwiegen, fuhr sie fort: «Sofern es

tatsächlich stimmt, dass die heiligen Hostien geschändet wurden, kann dies ebenso gut ein böser Bubenstreich sein, wenn auch ein äußerst verabscheuungswürdiger. Ich selbst hab das als Kind in Straßburg erlebt: Da hatte eine Bande von Bettlerkindern das Tabernakel aufgebrochen, die Hostien zerschnitten und mit Blut besudelt. Es sollte wohl eine Mutprobe sein.»

«Vielleicht geht's ja auch um Zauberei?» Grethe erschien im Türrahmen zur Küche. «Meine Mutter hat mal erlebt, wie in Sankt Peter eine Magd geweihte Hostien gestohlen hat, um damit Schadenszauber zu betreiben. Kurz drauf ist von jetzt auf nachher die Kuh ihres Dienstherrn verreckt – der Bauch hatte sich immer mehr aufgebläht, bis er zerplatzt ist.»

«Oder aber», erhob nun zum ersten Mal Adelheid das Wort, und ihre Stimme zitterte leicht, «es ist ein göttliches Wunder. In den alten Schriften liest man hiervon immer wieder. Dass eine Hostie, als Leib unseres Herrn Jesus Christus, ganz von selbst zu bluten begonnen hat. Vielleicht also hat Christus voller Schmerz über unsere unselige Zeit erneut sein Blut vergossen ...»

Ein scharfer Blick der Meisterin in Richtung Grethe und Adelheid brachte sie zum Schweigen, und auch Serafina verzog das Gesicht. Von Blutwundern hatte sie die Nase gestrichen voll.

Catharina erhob sich. «Du liest zu viel in deinen Schriften, Adelheid, anstatt dich um die Welt da draußen zu kümmern. Bevor jetzt mit euch allen die Phantasie durchgeht, möchte ich unsere Versammlung aufheben, auf dass jede sich ihren üblichen sonntäglichen Verrichtungen widmet.»

Ihre Miene wirkte fast ärgerlich. Dennoch fragte Serafina sie: «Was hältst du davon, wenn ich nach dem Essen die Kräuterfrau

Gisla aufsuchen würde? Sie ist immer beizeiten im Münster und weiß bestimmt mehr als wir alle. Außerdem: Wenn jemand die Dinge mit Ruhe und Verstand betrachtet, dann Gisla.»

Wider Erwarten nickte Catharina. «Ich werde dich begleiten. Ich muss ohnehin noch bei den Lämmlein-Schwestern vorbei. Die haben sich mal wieder bei der Zunft beschwert, dass wir mit unserem neuen Webstuhl drei Tuchstücke weben würden statt der erlaubten zwei.»

«Diese Neiderinnen!», entfuhr es Heiltrud. «Statt christlicher Nächstenliebe haben die doch nur noch ihre eigene Weberei im Kopf! Und scheffeln damit Geld ohne Ende, während wir damit nicht mal unser Leben bestreiten können.»

Auch Serafina erhob sich. «Ich werd dann mal den Stall ausmisten.»

War Grethe für Einkauf und Küche zuständig, so musste sich Serafina um die beiden Ziegen und die Hühner kümmern. Dazu kamen noch ihr Garten in der nahen Lehener Vorstadt und die Hausapotheke, die sie mit Unterstützung der Kräuterfrau Gisla in den letzten Monaten aufgebaut hatte. Beidem widmete sie sich mit Hingabe, auch wenn sie für ihr Empfinden längst zu wenig Zeit für ihre eigentlichen Pflichten als Begine hatte, nämlich den Armen in der Stadt bei Krankenpflege und Sterbebegleitung zur Seite zu stehen oder mit ihren Gebeten zum Seelenheil der Verstorbenen beizutragen. Auch die anderen Frauen hatten ihre Aufgaben im Haus, zumal sie getreu ihrem Regelbuch von ihrer Hände Arbeit lebten und niemandem mit Almosengesuchen zur Last fallen wollten. So oblag Catharina, als gewählter Meisterin, neben der Hauswirtschaft die Buchführung, und sie hatte ihre festen Tage in der Elendenherberge draußen in der Vorstadt. Heiltrud verdingte sich als Wäscherin in Bürgerhaushalten und ging hierfür täglich ins öffentliche Waschhaus, die alte Mette betrieb in der kleinen Werkstatt im Hinterhaus das Kerzenziehen, Adelheid stickte und malte wunderschöne Andachtsbildchen, allerdings nur sofern sie Lust dazu hatte. Ihre Trägheit in diesen Dingen wurde jedoch durch die großzügigen Spenden ihrer wohlhabenden Familie mehr als wettgemacht. Und dann besaßen sie seit einiger Zeit ebenjenen Webstuhl mitsamt Lizenz der Weberzunft, an dem sie im Wechsel arbeiteten. Der Freiburger Kaufherr Pfefferkorn hatte ihn ihnen im Sommer zum Geschenk gemacht, als Dank an Serafina für die Aufklärung der schrecklichen Todesumstände seines jüngsten Sohnes.

Während sich Serafina mit gebeugtem Rücken daranmachte, den Mist aus dem Hühnerstall zu schaffen, kreisten ihre Gedanken immer wieder um die Juden der Stadt. Wenn schon die aufgebrachten Bürger den Schuldigen bereits gefunden zu haben glaubten, blieb nur zu hoffen, dass wenigstens die Herren Räte kühlen Kopf bewahrten. Sonst konnte das für Mendel und die beiden anderen ganz schnell peinvolle Marter und am Ende gar den Tod bedeuten.

Kapitel 5

Sie brauchte bedeutend länger als sonst für ihre Stallarbeit, und als sie ins Haus zurückkehrte, um sich in der Küche die Hände zu säubern, hatten sich ihre Mitschwestern bereits um den Tisch versammelt, auf dem eine Platte mit dampfenden Würsten, Kraut und Speckeiern wartete.

«Na endlich.» Grethe, die eben einen Krug Wein aus der Vorratsammer holte, schob sie vor sich her in Richtung Stube. «Dein kleiner Verehrer ist übrigens zu Gast.»

Tatsächlich – am andern Ende der Tafel thronte Barnabas, der Bettelzwerg, auf einem eigens für ihn gezimmerten hohen Schemel. Der verwachsene kleine Mann war der Einzige, der es sich erlauben durfte, auch unangemeldet zum Sonntagsessen zu erscheinen. Beim Anblick Serafinas hüpfte er augenblicklich vom Sitz, ergriff ihre beiden Hände und verbeugte sich so tief, dass sein viel zu großer Kopf mit dem borstigen, strohgelben Haarschopf und den Abstehohren fast den Boden berührte.

«Der schönen Serafina zum Gruße!», sprach er feierlich von unten herauf.

Serafina zog ihn in die Höhe. «Hast du ein neues Gewand?»

«Jawohl!» Schwungvoll drehte sich Barnabas um die eigene Achse und brachte die Schellen, die an Kragen, Ärmeln und

Saum seines bunten Flickenrocks befestigt waren, zum Klingeln. «Alles selbst drangenäht.»

«Nun lasst uns endlich das Tischgebet sprechen und essen», unterbrach die Meisterin ihre Begrüßungsplauderei.

Dabei war Serafina froh darum, dass Barnabas ein wenig Ablenkung in ihre Runde brachte. Nachdem er sich satt gegessen hatte und den Löffel zur Seite legte, blickten ihn alle gespannt an, welche Art von Hilfe er ihnen heute anbieten würde. Auch wenn Barnabas in der Stadt nur der «Bettelzwerg» genannt wurde, war er doch viel zu stolz, um zu betteln, und packte stattdessen mit an, wo er konnte. Was die Christoffelsschwestern betraf, so hatte er es sich überdies zur Gewohnheit gemacht, immer, wenn er sonntags zum Essen auftauchte, seine Unterstützung in Haus, Hof oder Garten anzubieten. Manches, was ihm hierzu in den Kopf kam, war allerdings auch reichlich unsinnig: Einmal hatten sie ihn nur mit Mühe davon abhalten können, das Tor zur Straße hin feuerrot anzustreichen, ein andermal hatte er im Ziegenverschlag eine Bürste anbringen wollen, damit sich die Tiere daran den Rücken schrubben konnten.

Die Meisterin lächelte. «Sprich, Barnabas. Was hast du uns heute anzubieten?»

«Bald kommt mit Eis und Schnee der Winter daher. Der kleine Hund braucht ein Häuschen. Gebt mir das Holz, und ich bau es euch.»

«Das ist ja mal ein vernünftiger Gedanke.» Catharina nickte, und auch Serafina freute sich über diesen Vorschlag. Bislang hatte Michel immer unter dem Vordach des Ziegenverschlags Schutz gesucht.

Noch bevor hierzu jemand etwas sagen konnte, war der Zwerg auch schon von seinem Schemel geklettert, hatte die

Hände aneinandergelegt und begann zu murmeln: «Hab Dank, o Herr, für Speis und Trank.»

«Warum so eilig heut?», fragte Catharina erstaunt.

«Will noch nach draußen, den Leuten aufs Maul schauen. Wegen der Juden. Die Freiburger werden einen Freudentanz aufführen, wenn sich die Hebräer jetzt bald in Luft auflösen.»

«Sprich nicht so, Barnabas!», unterbrach ihn Catharina schroff. Doch Serafina starrte ihn verdutzt an.

«Was ist», fragte sie leise in die Runde, «wenn jemand mit der Schändung der Hostien dem Mendel an den Karren fahren will? Es ist doch sonnenklar, dass jedermann gleich die Juden verdächtigt.»

Die Frauen sahen sie erschrocken an.

«Willst du damit etwa behaupten, einer der Bürgersleut hätte ...» Catharina unterbrach sich und schüttelte missbilligend den Kopf.

«Warum nicht? Das liegt näher als ein Dummejungenstreich oder», sie warf einen Seitenblick auf Adelheid, «ein göttliches Wunder. Man müsste nur herausfinden, wer Grund hierzu hätte. Warum möchte man gerade diesen braven, bescheidenen Schusterjuden loswerden?»

«Man merkt, dass du noch nicht lange in der Stadt bist», entgegnete ihr Adelheid. «Mendel mag vielleicht nach außen hin brav und bescheiden leben, aber er stammt aus reicher Familie und ist neben Löw der wichtigste Geldverleiher hier in Freiburg. Die halbe Stadt ist bei den beiden verschuldet.»

«Ist das wahr?», wandte Serafina sich erstaunt an die Meisterin.

Die nickte bestätigend. «Zu Mendel gehen die einfachen Leute, zu Löw die Rats- und Kaufherren, wenn sie in Geldnöten sind.»

Serafina stieß ein bitteres Lachen aus. «Wenn nun aber der Spitzbube, der das im Münster verbrochen hat, gar nicht gewusst hat, dass die beiden jüdischen Kaufleute auf Reisen sind? Dann könnte es ebenso gut gegen den Löw gerichtet sein. Oder gegen alle drei.»

Eine Handbewegung Catharinas ließ sie verstummen. Die Meisterin beugte sich vor und blickte Serafina ernst in die Augen: «Ich bitte dich, Serafina, halt dich für diesmal zurück mit deinen wilden Vermutungen! Ich will nicht, dass du wieder in Teufels Küche gerätst. Oder hast du vergessen, in welche Gefahr du dich im Sommer gebracht hast?»

Kapitel 6

Am Nachmittag machte sich Serafina mit ihrer Meisterin auf den Weg in die Schneckenvorstadt zur Kräuterfrau Gisla. Catharinas Ermahnung nach dem Sonntagsessen hatte ihren erwachenden Spürsinn keineswegs gezügelt, und so fiel ihr nicht einmal auf, wie wunderbar warm die Sonne vom herbstlichen Himmel schien, als sie jetzt in Richtung Martinstor schritten.

Wem der Freiburger Bürger würde es zupasskommen, die Juden loszuwerden? Besser gefragt: Wer von den hohen Herren stand womöglich alles bei ihnen in der Kreide? Als Erstes schoss ihr Ratsherr Sigmund Nidank durch den Kopf, mit dem sie eine ganz persönliche Feinschaft verband. Seit letztem Sommer war er seine einträglichen Ämter los und frönte doch weiterhin der Spielsucht, wie die halbe Stadt wusste. Und seiner geheimen Vorliebe für Knaben auch, was indessen weit weniger Menschen bekannt war. Kalte Wut stieg in ihr auf.

Der feine Herr steckte mit Sicherheit in Geldnöten, hielt er sich doch nach wie vor teure Pferde für die Jagd und für seinen Vierspänner, mit dem er über Land zu fahren pflegte. Und in der Stadt ließ er sich ganz vornehm von seiner Dienerschaft in der Sänfte durch die Gassen tragen, nur damit seine feinen, weichen Schnabelschuhe nicht schmutzig wurden. Diesem aalglatten Mann, der noch immer in so vielen Angelegenheiten der Stadt die Fäden in der Hand hielt, traute sie alles zu.

Dann fiel ihr der Kornhändler und Ratsherr Nikolaus Allgaier ein, dessen bedauernswerte Frau gelähmt im Spital lag und dort als Reichenpfründnerin versorgt wurde. Dem Kornhändler war der Jude Löw der ärgste Widersacher im Getreidehandel ebenso wie im Geldverleih, in dem Allgaier sich neuerdings hervortat, wie sie von ihren Mitschwestern inzwischen wusste. Lagen die beiden nicht sogar in erbittertem Streit miteinander? Serafina mochte ihn nicht, diesen selbstgefälligen Prahlhans, der sich trotz seines fortgeschrittenen Alters als elender Weiberheld gebärdete.

Und was war mit all den anderen Kaufleuten, die im Fernhandel unterwegs waren, genau wie Löw und Salomon? Auch wenn die meisten von ihnen sich als Stifter und Wohltäter der Stadt hervortaten, sich nach außen bescheiden und zurückhaltend gaben, sagte das nichts über ihre Einstellung zu den Juden aus.

«So schweigsam heute?», riss Catharinas Stimme sie aus ihren Überlegungen. Sie hatten das Tor zur Schneckenvorstadt erreicht, wo die beiden Wärter müßig an den warmen Mauersteinen lehnten und das Gesicht in die Sonne hielten.

Serafina zwang sich zu einem Lächeln. Sie wollte eben etwas Belangloses erwidern, als ihnen im engen Torbogen die Beutlerzwillinge entgegenschlenderten. Die Enkel der alten Beutlerwitwe, um die sich die Christoffelsschwestern ihres schlimmen Fußes wegen immer wieder kümmerten, waren in Wirklichkeit in nur einem Jahr Abstand geborene Brüder – Zwillinge wurden die beiden Halbwüchsigen genannt, weil sie sich in ihrer Gestalt und erst recht mit ihrem blondgelockten Engelshaar wie ein Ei dem anderen glichen und stets gemeinsam auftraten. Dies zum

Leidwesen der braven Bürger: Ganz im Gegensatz zu ihrem ansprechenden Äußeren nämlich lungerten sie nach Feierabend müßig auf den Gassen herum, auf der Suche nach Zwist und Händel. Auch Serafina war schon mit ihnen aneinandergeraten, als sie die beiden einmal voller Ärger aufgefordert hatte, ihrer armen kranken Großmutter unter die Arme zu greifen.

Jetzt machten diese Tunichtgute keinerlei Anstalten, ihnen aus dem Weg zu gehen, und da auch Serafina nicht zur Seite wich, stieß sie prompt mit einem von ihnen zusammen.

«Kannst du nicht achtgeben?»

«Ach herrje.» Der Junge grinste ihr frech ins Gesicht. «Da hab ich Euch doch wahrhaftig übersehen in Eurer grauen Kutte.»

«Könntest dich wenigstens entschuldigen.»

Statt einer Antwort drehte der Kerl ihr den Rücken zu, bückte sich, zog sich mit einem Ruck die grüne Strumpfhose herunter, um ihr den blanken Hintern entgegenzustrecken. Dann spazierte er unter dem schallenden Gelächter seines Bruders davon.

«Na warte, du nichtsnutziger Schelm!»

Serafina wollte ihm nachsetzen, doch Catharina hielt sie am Arm fest. «Das bringt nichts. Diese verwöhnten Muttersöhnchen wirst du nicht mehr ändern.»

Kurz darauf erreichten sie Gislas bescheidenes Häuschen gleich neben dem Spitalbad. Das heißt, eigentlich war es nicht ihr Häuschen, sondern das des Baders, und sie bewohnte es auch nicht allein, sondern zusammen mit den beiden Bademägden. Serafina hatte die alte Frau einmal gefragt, warum sie sich keine ruhigere Unterkunft suche, denn an den Badetagen, an denen nicht nur der Körperpflege gedacht, sondern auch reichlich getrunken und gefeiert wurde, ging es vor dem Haus zum einen sehr lautstark zu, zum andern schleppten die Mägde nicht selten die männlichen Gäste in ihre Kammern, auch wenn das streng verboten war.

«Das stört mich nicht», hatte sie ihr erklärt. «Der Mietzins ist niedrig, und außerdem hab ich den Bader zum Aderlass oder zum Schröpfen gleich im Nachbarhaus. Das ist in meinem hohen Alter von großem Vorteil.»

Dabei wirkte Gisla keineswegs gebrechlich, im Gegenteil. Die kleine Frau, die die siebzig gewiss schon überschritten hatte, war zäh und wendig und mit noch immer scharfen Sinnen gesegnet. Beim ersten Hahnenschrei war sie auf den Beinen, um vor der Stadt auf Kräutersuche zu gehen und ihre Ausbeute anschließend an die Apotheker zu verkaufen. Daher erwischte man sie nur in den späten Nachmittagsstunden oder aber, wie heute, an Sonn- und Feiertagen, den einzigen Tagen im Übrigen, an denen sie die Frühmesse im Münster besuchte.

«Kommt doch herein», wurden sie von ihr begrüßt, und ihr fast zahnloser Mund zeigte ein freudiges Lächeln. «Hab eben einen Kräuterwein heiß gemacht.»

Sie führte sie in ihre Kammer, deren beide Fenster zum Stadtbach hin offen standen. Der Geruch nach Fischabfällen und den stinkenden Häuten der Gerber war fast auf der Zunge zu schmecken – dagegen kamen auch die zahllosen Büschel mit Heilpflanzen nicht an, die überall von den Deckenbalken hingen.

«So setzt euch doch.»

Nachdem sie einen kräftigen Schluck von dem heißen, würzigen Wein genossen hatten, fragte die Meisterin ohne Umschweife:

«Du warst doch heut früh gewiss eine der Ersten im Münster?»

«Aber ja. Was für eine schreckliche Geschichte!» Sie bekreuzigte sich flüchtig. «Der Küster hatte uns aufgeschlossen, und wir sind gemeinsam in Richtung Kreuzaltar. Dort haben wir dann die grausige Bescherung entdeckt – der Küster hat so laut geschrien vor Schreck, dass gleich der Pfarrer aus der Sakristei gerannt kam. Wie gelähmt war der vor Entsetzen, und der Kornhändler hat ihn sogar stützen müssen, sonst wär er vor dem Altar zusammengebrochen.»

«Der Kornhändler Allgaier?», unterbrach Serafina.

«Ja. Der war heut schon früh auf den Beinen, hat mich auch gewundert. Er und der Pfarrer sind dick befreundet, seitdem Allgaier das Amt des Münsterpflegers innehat.»

Nikolaus Allgaier! Serafina musste sich zurückhalten, ihre Gedanken nicht laut auszusprechen: Wenn Allgaier mit der Münsterpflege betraut war, hätte er somit nicht jederzeit Zugang zum Münster?

«Was genau hast du auf dem Altar vorgefunden?», fragte Catharina weiter.

«Drei Hostien lagen dort, die eine zerschnitten, die beiden anderen mit Nägeln zerstochen. Drum herum viel, viel Blut – aber ich sage euch was.» Sie senkte die Stimme. «Wenn mich meine immer noch gute Nase nicht täuscht, war es Hühnerblut!»

«Von wegen blutender Leib Christi», murmelte Serafina vor sich hin.

«Wie dem auch sei ...», fuhr die alte Kräuterfrau fort. «Die Sache wird üble Folgen für die Hebräer haben.»

Catharina nickte bekümmert. «Die Frage ist doch, ob gestern spätabends jemand den Mendel in der Nähe der Kirche gesehen hat.»

«Nein, das wohl nicht», wusste Gisla zu berichten. «Ich hab gehört, dass der Stadtarzt zu später Stunde noch zu Metzgermeister Grieswirth zur Urinschau gerufen worden war. Der wohnt ja gleich hinter dem Münster. Und auf dem Heimweg hat Achaz wohl im dunklen Chor des Münsters einen flackernden Lichtschein gesehen. Es war also jemand dort.»

Stellte sich nur die Frage, wer, dachte Serafina.

«Eine Sache verstehe ich nicht», wagte sie nun doch einen Vorstoß, wofür sie auf Anhieb einen warnenden Blick ihrer Meisterin erntete. «Wenn der Frevler am Vorabend in das Münster eingedrungen ist, als es noch nicht abgeschlossen war, so muss ihn doch spätestens bei seiner Tat der alte Kreuzbruder überrascht haben. Das Tabernakel aufzubrechen geht doch nicht ohne Geräusche vor sich.»

«Der Alte war wohl sturzbesoffen. Der Küster hat ihn in seiner Hütte an der Friedhofsmauer gefunden, regungslos auf dem Bett und nach Wein stinkend. Hat ihn nicht mal wach bekommen! Ich frag mich allerdings, ob da nicht noch was anderes im Spiel war als nur Wein.»

Als sie Gislas Haus verließen, war die Sonne verschwunden. Stattdessen zog kalter Nebel in den Gassen auf, und die Leute beeilten sich, die weit geöffneten Läden ihrer Werkstätten und Fenster wieder zu schließen. Aus einer Hofeinfahrt hörten sie eine Männerstimme fluchen: «Eine verdammte Schande, dass der Mendel noch immer auf freiem Fuß ist!»

Ansonsten herrschte eine fast beklemmende Ruhe in den Gassen. Die Ruhe vor dem Sturm, dachte Serafina.

«Ich versteh die Freiburger nicht», murmelte Catharina. «Haben unsere Juden nicht stets versucht, unauffällig und angepasst zu leben? Keiner von denen hat sich je was zuschulden kommen lassen, sie halten sich an alle Regeln, die ihnen auferlegt sind.»

Stumm kehrten sie zurück in die Innenstadt, wo die Lämmlein-Schwestern gleich hinter der Ratsstube ihre weitläufige Wohnstätte hatten.

«Bleibt nur zu hoffen», brach die Meisterin das Schweigen, als sie an der Ratskanzlei vorbeikamen, «dass die Stadt zögern wird, gegen Mendel und seine Freunde vorzugehen. Immerhin nimmt man eine hohe Judensteuer ein, und diese Quelle wird man nicht versiegen lassen wollen. Also wird man den Fall gewiss ganz genau prüfen.»

«Darauf würd ich mich nicht verlassen», gab Serafina leise zur Antwort.

Sie erreichten das Tor zu den Häusern der Regelschwestern, und Serafina blieb stehen. Sie verspürte keinerlei Lust, der hochnäsigen Elisabeth Marschelkin zu begegnen. Schon gar nicht in dieser Angelegenheit. Heiltrud hatte ganz recht gehabt mit ihrer Bemerkung. Die Lämmlein-Schwestern betrieben mit ihren Webstühlen eine regelrechte Manufaktur, anstatt sich um Arme und Kranke zu kümmern. Ihre Geschäftstüchtigkeit war nach und nach so weit gediehen, dass sie ihr Stammhaus um mehrere Nachbarhäuser hatten erweitern können. Und jetzt neideten sie den Schwestern von Sankt Christoffel doch tatsächlich ihren einzigen kleinen Webstuhl!

«Ich warte hier draußen.»

«Gut. Es wird nicht lange dauern.»

Der Nebel wurde noch dichter, während Serafina gegen die plötzliche Kälte von einem Bein aufs andere trat. Ihr schräg gegenüber befand sich das Haus des Glasmalers Grasmück mit dessen Werkstatt. Das ganze Anwesen wirkte einigermaßen bescheiden, mit seinen brüchigen Fensterläden und dem hie und da abbröckelnden Putz. Seltsam, dachte Serafina, dass so jemand eine Ehefrau hatte, für die das Äußere so wichtig ist.

Da erst bemerkte sie, wie aus der offenen Werkstatttür der Fischhändler trat, mit einem leisen Lachen. Sie wollte ihm schon einen freundlichen Gruß zurufen, als hinter ihm Grasmück erschien und ihn erregt am Arm packte. «Nehmt das», er überreichte Fronfischel einen kleinen Beutel. Dann flüsterte er etwas, das klang wie: «Wenn Ihr bloß schweigt!»

Gleich darauf war der Fischhändler auch schon mit einem fröhlichen Pfeifen auf den Lippen im Nebel verschwunden, woraufhin der Glasmaler krachend die Werkstatttür hinter sich ins Schloss fallen ließ. Äußerst wunderlich, befand Serafina. Zumal jene Begegnung, als Grasmück dem andern wutentbrannt seinen Fisch um die Ohren geklatscht hatte, noch gar nicht allzu lange zurücklag.

Noch ehe sie weiter über dieses geheimnisvolle Gebaren nachsinnen konnte, kehrte die Meisterin zurück.

«So – ich denke, das hätten wir geregelt.»

«Was hast du der Lämmlein-Meisterin gesagt?»

«Dass sie bitt schön keine falschen Gerüchte in die Welt setzen solle, sonst würden wir uns beim Rat und unseren Franziskanern schriftlich beschweren. Da hat sich die Marschelkin fast schon entschuldigt und alles auf eine ihrer übereifrigen Schwestern geschoben. Nun ja, warten wir ab.»

Catharina zog sich die Kapuze ihres Umhangs über den Schleier, und sie beeilten sich, in der nebligen Dämmerung nach Hause zu kommen.

Kapitel 7

Am nächsten Morgen bat Serafina ihre Meisterin inständig, gemeinsam den Schuster Mendel aufzusuchen. Sie hatte die Nacht über schlecht geschlafen, weil sie immer wieder darüber nachdenken musste, wie man ihm in dieser misslichen Lage helfen konnte. Mit Catharina an ihrer Seite würde sie gewiss mehr ausrichten können.

«Schließlich kennt ihr beide euch, wo du doch deine Schuhe bei ihm kaufst. Wir sollten ihn zumindest fragen, wo er an dem besagten Abend war und ob ihn da vielleicht jemand gesehen hat. Und er sollte wissen, dass wir Christoffelsschwestern nicht an diesen Unsinn einer Judenverschwörung glauben.»

Catharina seufzte übertrieben laut. «Du lässt also nicht ab von deinen Nachforschungen. Aber vielleicht hast du recht. Mir will auch nicht in den Kopf, dass der arme Mendel damit was zu tun haben soll. Gehen wir also nach dem Morgenessen. Und du hältst dich zurück, versprochen?»

«Versprochen, Meisterin.»

Mendels Haus, ein Eckhaus von der Großen Gass zur Barfüßergasse, wirkte recht bescheiden, ohne Schnörkel und Zierrat. Aber es war in frischem, sauberem Weiß getüncht, und vor der Haustür fand sich kein Krümchen Mist oder Unrat. In der Werkstatt trafen sie den Schuster an, der sie freundlich empfing.

«Friede sei mit Euch, werte Meisterin, und auch mit Euch, Schwester.» Er lächelte Catharina mit einer überraschenden Offenheit ins Gesicht.

«Gott zum Grusse, Mendel», gab Catharina zurück und stellte ihm Serafina vor. Zu deren Erstaunen war Mendel noch recht jung, dabei gut gewachsen und mit seinen dunkelbraunen Locken und dem sauber gestutzten Bart ein wahrhaft ansehnliches Mannsbild.

«Ist Eure liebe Frau auch zu Hause? Für diesmal geht es nicht um neue Schuhe, wie Ihr Euch vielleicht denken könnt.»

Mendels Miene wurde ernst. «Fürwahr, das Ganze ist ein elender Schlamassel. Gestern Abend wollte das Geschrei vor unserm Haus gar kein Ende nehmen. Meine Ruth konnte kaum einschlafen vor Angst.»

Er zog seinen Arbeitsschurz aus und bat sie, ihm zu folgen. Serafina hatte noch nie ein jüdisches Haus betreten, doch die Wohnstube über der Werkstatt, in die er sie nun führte, unterschied sich in nichts von der in einem Christenhaushalt. Abgesehen davon, dass selbstredend nirgendwo ein Kruzifix zu sehen war. Und abgesehen von diesen fremdartigen Schriftzeichen, die den Einband einiger Bücher zierten. Dass sich im Haus eines Schusters Bücher fanden, war ungewöhnlich genug, doch Serafina hatte davon gehört, dass die Hebräer ein gelehrtes Völkchen sein sollten.

Sie nahmen auf der am Fenster eingelassenen Steinbank Platz, als nun auch Mendels Frau erschien und sie mit scheuem Lächeln begrüßte. Sie trug ein schlichtes dunkles Kleid und ein dunkles Kopftuch, was ihr schmales, gramvolles Gesicht noch blasser erscheinen ließ. Dazu zeugten die tiefen Ringe unter den Augen von einer schlaflosen Nacht.

Sie brachte drei Becher, die im Gegensatz zu der anspruchslosen Einrichtung ringsum aus kostbarem Zinn gefertigt waren, und schenkte ihnen Rotwein ein.

«Zum Wohlsein», sagte sie leise und zog sich in die Ecke zurück, in der eine Wiege stand. Mendel setzte sich ihnen gegenüber auf den Schemel neben dem klobigen Tisch und hob seinen Becher.

«Zum Wohlsein.»

Sein Gesicht entspannte sich, während er einen tiefen Schluck nahm.

Catharina und Serafina taten es ihm nach.

«Was ist mit Euch, Mendelin?», fragte die Meisterin. «Trinkt Ihr nicht mit uns?»

«Meine gute Ruth stillt ja wieder», antwortete Mendel anstelle seiner Frau. «Da bekommt ihr der starke Burgunderwein nicht so recht.»

«Ihr habt also Kinder?», fragte Serafina neugierig.

«O ja, mehr als eines. Jedes Jahr aufs Neue ist meine liebe Frau mit einem Kindchen gesegnet, und bis jetzt hat uns der Herr auch noch keines genommen. Der Kleine in der Wiege ist unser viertes.»

Er lächelte sie voller Vaterstolz an. Verblüfft fragte sich Serafina, ob dieser Mann keine Angst hatte. War ihm womöglich gar nicht bewusst, in welcher Gefahr er und seine Familie schwebten?

Catharina räusperte sich. «Wir sind hier, um Euch in diesen schweren Stunden unserer Unterstützung zu versichern. Glaubt mir, nicht alle Bürger denken wie der Pöbel dort in den Gassen, der für die Freveltat in unserem Münster so vorschnell einen Sündenbock gefunden zu haben glaubt. So wie wir Schwestern von Sankt Christoffel haben gewiss die meisten Achtung vor Eurem Glauben, schätzen Euch als anständige Freiburger. Und vielleicht können wir Euch sogar behilflich sein. Wenn Ihr uns nun eine Frage beantwortet: Wart Ihr, Mendel, vorgestern Abend noch außer Haus, vielleicht in einer Schenke oder beim Wundarzt oder Apotheker? Wer immer Euch außer Haus gesehen hat, wir würden ihn aufsuchen und bitten, dies zu bezeugen.»

Ganz kurz glaubte Serafina, bei Mendel ein unruhiges Flattern der Augenlider zu erkennen. Aber sofort war sein Blick wieder ruhig.

«Ich – ich will Euch zunächst danken, für Eure Teilhabe, für Euren Einsatz ...» Er deutete zu seiner Frau, die mit gesenktem Kopf neben der Wiege des schlafenden Kindes kauerte. «Es war doch unser Schabbat, und den haben wir zu Hause gefeiert, meine Frau, die Kinder und ich. Wenn Ihr wollt, kann ich die beiden Großen herrufen, sie sind oben mit der Magd.»

Jetzt war auch deutlich das Fußgetrappel über ihnen zu hören. Catharina schüttelte abwiegelnd den Kopf.

«Normalerweise», fuhr Mendel nun ruhiger fort, «sitzen wir am Schabbat alle beisammen, zumeist bei Salomon, weil der neben der alten Synagog wohnt. Aber der ist ja wie auch Löw derzeit in Frankfurt.»

«Demnach wart Ihr also bis zur Schlafenszeit hier im Hause.»

«Das ist richtig. – Nicht wahr, Ruth?», rief er über seine Schulter hinweg.

Die Meisterin wandte sich an Mendels Frau: «So könnt Ihr also bezeugen, dass Euer Mann den ganzen Abend über bei Euch war?»

Ruth wich ihrem Blick aus, sah zu Mendel und schlug die

Augen nieder. Dann nickte sie. Plötzlich wusste Serafina, dass sie log. Überhaupt: Warum hockte sie die ganze Zeit über stumm und eingeschüchtert in ihrer Ecke? Das war ihnen gegenüber fast schon unhöflich zu nennen.

Und noch etwas war Serafina aufgefallen. Bis auf einen kurzen Augenblick hatte Mendel, trotz seiner misslichen Lage, keinmal seine Selbstsicherheit und seine ganz und gar zuvorkommende Freundlichkeit verloren. Mehr noch: Was er gegenüber Catharina mit Blicken tat, war fast gar liebäugeln zu nennen. Immer wieder musterte er sie ausgiebig, nur allzu oft während ihres Gesprächs waren seine Augen zu ihr gewandert, um eine Spur zu lange auf ihrem Gesicht zu verharren, und das alles vor den Augen seiner Frau.

«Nun denn.» Etwas ratlos rieb Catharina sich die Hände. «Um einiges einfacher wäre die Sache natürlich, wenn Ihr zu besagter Zeit in einer Schenke gewesen wäret oder bei einem Bürger der Stadt. – Dass Eure Freunde Löw und Salomon Freiburg bereits verlassen hatten, wisst Ihr aber mit Sicherheit.»

«Aber ja. Schon am Vortag. Die Torwächter werden das bezeugen können, weil sie ja ein ganzes Fuhrwerk mit Waren dabeihatten.»

«So sind wenigstens die beiden aus dem Schneider», entfuhr es Serafina.

In diesem Augenblick stieß Ruth in ihrer Ecke ein unterdrücktes Schluchzen aus.

«Das wird ihnen rein gar nichts nützen. Man wird es auf jeden Fall wieder als eine Verschwörung von uns allen sehen, wie dazumal bei der Großen Pest.»

«War denn schon jemand von den Herren Richtern hier?», fragte Catharina.

Mendels Miene wurde plötzlich mutlos. Es war, als ob er jetzt erst aus einer Traumwelt erwachte. Bekümmert schüttelte er den Kopf.

«Nein, aber das wird wohl nicht mehr lange dauern.» Und dann fügte er leise hinzu: «Auch wenn es nicht so aussieht, bin ich auf das Schlimmste gefasst.»

Catharina erhob sich. Von draußen lärmten plötzlich erregte, wütende Stimmen.

«Verliert nicht die Hoffnung, Mendel! – Nein, lasst nur», wehrte sie ab, als der Schuster Anstalten machte, sie hinauszubegleiten. «Wir finden selbst zur Tür. Bleibt Ihr besser bei Eurer lieben Frau. Ich fürchte, sie nimmt das alles sehr mit.»

Die Mendels hatten allen Grund, sich zu ängstigen. Unten auf der Gasse hatte sich ein gutes Dutzend junger Burschen zusammengerottet, darunter auch, wie sollte es anders sein, die Beutlerzwillinge, und man begann unter lautem Gejohle Rossbollen und faulige Äpfel gegen die Hauswand zu schleudern. Einer hatte gar ein Fässchen Schweinegülle vor die Schwelle zur Werkstatt gekippt, die einen ekligen Gestank verbreitete. Dazu brüllten die Beutlerzwillinge im Chor: «Wir kriegen euch, Judenpack!»

Zu ihrem Glück – der erste Rossbollen flog um Haaresbreite an Serafinas Kopf vorbei – und noch mehr zu ihrem Erstaunen eilten bereits in ihren grünen Röcken und grünen Hüten zwei Stadtweibel heran. Nicht gerade zimperlich schlugen sie mit ihren Knüppeln mitten in die Meute und hatten binnen kurzem auch den Letzten verjagt. Dann stellten sie sich breitbeinig rechts und links der Haustür auf.

«Gott sei Dank, dass Ihr gekommen seid, Männer», stieß Catharina mit hochrotem Kopf hervor. Selten hatte Serafina sie so aufgebracht gesehen. «Haltet Ihr jetzt vor Mendels Haus Wache?», fragte sie.

«Ja, so hat's der Rat angeordnet.»

«Die Stadt hält also doch ihre schützende Hand über die Juden», sagte Catharina leise. «Ich wusste es.»

Doch als wirklichen Trost angesichts der Schweinerei vor Mendels Haus empfand Serafina das nicht. Sie hatte den Gestank nach Fäulnis und Gülle noch immer in der Nase, als sie um die Ecke in die Barfüßergasse abbogen.

«Glaubst du, Mendels Frau sagt die Wahrheit?», fragte sie nach einer längeren Pause. «Dass ihr Mann zu Hause war, meine ich.»

«Meinst du etwa, sie lügt?»

«Ich weiß es nicht.»

Noch weniger wusste sie, was sie von diesem jüdischen Schuster halten sollte. Dennoch unterdrückte sie gegenüber Catharina jegliche Bemerkung über das, was ihr aufgefallen war.

«Wollen wir nicht noch eben beim Stadtarzt vorbeischauen?», fragte sie stattdessen. «Bitte! Nur ganz kurz – er wohnt ja ohnehin hier in der Gasse.»

«Ach, Serafina.» Catharina rieb sich die Nase, wie immer, wenn sie sich im Widerstreit mit sich selbst befand. «Das wird mir alles schon wieder viel zu ... viel zu undurchschaubar.»

Dennoch blieb sie vor dem Haus Zum Pilger stehen und schlug dreimal mit dem Türklopfer gegen den Beschlag. Achaz' alte Magd Irmla öffnete ihnen. Mit wie immer unbewegter Miene und einem nachlässig genuschelten Gruß ließ sie sie in die Diele eintreten.

Mittlerweile wusste Serafina, dass diese Frau, die dem Stadtarzt schon seit Baseler Zeiten zu Diensten stand, zwar aus rauem

Holz geschnitzt, indessen ihrem Dienstherrn aufs treueste verbunden war. «Sie ist eine Perle von Hauswirtschafterin», hatte Achaz einmal geschwärmt. «Sie denkt an alles, vergisst nichts, behält den Überblick – ohne sie wär ich verloren! Und wenn Ihr Sie näher kennen würdet, wüsstet Ihr auch, wie feinfühlig und großherzig sie sein kann.» Nun, Letzteres würde Serafina wohl nie herausfinden, doch inzwischen mochte sie die griesgrämige Alte recht gern.

Die Tür zur großen Stube, die dem Stadtarzt als Wohnraum und ärztliches Laboratorium zugleich diente, stand offen. «Macht Euch also keine Sorgen, Meister Grieswirth», hörten sie ihn sagen, «die Urinschau hat keinerlei bösen Befund ergeben. Künftig ein bisschen weniger an rotem Fleisch, an Süß- und Eierspeisen und ein bisschen mehr Bewegung an der frischen Luft – dann kommt der Säftehaushalt auch bald wieder ins Gleichgewicht.»

Ein unglaublich dicker Mensch, fast so breit wie lang, trat aus der Stube, und Serafina erkannte Eberhart Grieswirth, den Zunftmeister der Metzger. Der verzog das feiste rote Gesicht zu einem leutseligen Grinsen und grüßte sie mit «Wie geht's, wie steht's, liebe Schwestern?», bevor er schnaufend zum Haus hinaus war.

Achaz trat ihnen entgegen.

«Gott zum Gruße, liebe Schwestern. Wie schön, Euch hier zu sehen.» Er schenkte Serafina ein warmes Lächeln. «Der Ärmste. Meister Grieswirth hat grässliche Verdauungsprobleme. Er meint, mit einem Aderlass hie und da könne er weiter fressen wie zuvor.»

«Ein Aufguss aus Anis, Basilikum, Minze und Bohnenkraut jeden Abend würde mehr helfen», gab Serafina trocken zurück.

«Ach ja?» Achaz hob seine rechte Braue und biss sich auf die Lippen, als müsse er sich ein Grinsen verkneifen. Dann wurde er ernst.

«Was also führt Euch zu mir?»

«Wir haben nur eine Frage, lieber Stadtarzt», kam die Meisterin Serafina zuvor. «Und wollen auch nicht lange stören.»

Sie wandte sich Irmla zu, die sofort verstand und sich nach oben zurückzog. «Es geht um Mendel und den Hostienfrevel», fuhr sie leise fort. Der Blick aus Achaz' Augen wurde besorgt.

«Eine wirklich furchtbare Sache. Zumal ...» Er stockte. «Zumal der alte Kreuzbruder jetzt tot ist.»

«Tot?» Serafina und ihre Meisterin bekreuzigten sich.

Achaz nickte. «Vor etwa einer Stunde hat man ihn leblos in seiner Hütte gefunden. Angesichts dieser Freveltat musste ich ihn untersuchen. Und ich fürchte, jetzt wird es eng für die Juden – jetzt, wo noch Meuchelmord hinzukommt.»

«Aber wieso Mord?», fragte Serafina erschrocken. «Ich habe gehört, der Mann sei betrunken gewesen.»

«Nein. Jemand hat ihm nicht nur einen Schlag auf den Hinterkopf versetzt, sondern zudem starken Wein mit Bilsenkraut verabreicht, um ungestört das Tabernakel aufbrechen zu können. Ein kräftiger Kerl hätte das vielleicht überlebt, nicht aber dieser alte, schwächliche Mann. Für den Rat ist somit klar: Der Frevler ist zugleich ein Mörder.»

Serafina war sprachlos. Da hatte die alte Kräuterfrau also das richtige Gespür bewiesen. Plötzlich dachte sie an den Aufruhr vor Mendels Haus und daran, was geschehen würde, wenn diese Nachricht die Runde machen würde.

Ihre Meisterin hatte sich schneller wieder gefasst. «Wart Ihr an jenem Sonntagmorgen auch im Münster?»

«Leider war ich zu spät, und das Portal hatte man schon zugesperrt. Dafür war die Aufregung unter den Kirchgängern, die alles gesehen hatten, umso größer.»

«Es heißt, Ihr wäret am Vorabend zu später Stunde am Münster vorbeigegangen.»

«Ihr verdächtigt doch nicht etwa mich?», entgegnete Achaz mit gespielter Empörung. «Alsdann, was wollt Ihr wissen?»

«Habt Ihr irgendwen ins Münster schleichen sehen? Oder von innen Stimmen gehört?»

«Nein, nichts. Wohl aber hab ich aus dem Kirchenschiff ein Geräusch vernommen und auch durch die Fenster einen wandernden Lichtschein gesehen, hab mir aber nichts dabei gedacht. Manchmal macht ja der Küster noch seinen Rundgang, bevor er zur Nacht abschließt.»

«Und in der Nähe des Münsters? Vielleicht draußen auf dem Kirchhof?»

Er räusperte sich: «Na ja, man weiß doch, was sich da am Wochenende bei Einbruch der Dunkelheit so abspielt ... Und Samstagabend war ja eine sternenklare Nacht. Da geht's im Schutz der Mauern schon mal zu wie auf dem Jahrmarkt. Ich hab mich aber nicht weiter drum gekümmert, wer sich da auf dem Friedhof herumtreibt, und mich beeilt, nach Hause zu kommen.»

«Also keine Gestalt in langem Mantel und Judenhut?», hakte Catharina nach.

Der Stadtarzt schüttelte bestimmt den Kopf. «Nein.»

«Habt Dank. Dann wollen wir Euch nicht weiter aufhalten.» Catharina wandte sich zur Tür.

Serafina, die sich mit Mühe zurückgehalten hatte, drehte sich beim Hinausgehen noch einmal zu Achaz um.

«Wie steht unser Freund Nidank eigentlich zu den Juden?» Sie blickte ihm offen ins Gesicht.

«Er hat wohl im Wirtshaus schon öfter gegen die Judenpolitik der Stadt gewettert.» Der Stadtarzt zuckte die Achseln. «Ich weiß, was Ihr denkt, Schwester Serafina. Und ich mag Nidank genauso wenig wie Ihr. Aber vor kurzem soll ein steinreicher Oheim von ihm gestorben sein, und damit ist er wohl alle Geldsorgen los.»

Fast war sie enttäuscht über diese Auskunft. In all seiner Überheblichkeit und Dünkelhaftigkeit wäre ihr Nidank der liebste Verdächtige gewesen.

«Aber mit Sicherheit wisst Ihr es nicht, oder?», setzte sie nach.

«Nein.»

«Und was ist mit Ratsherr Allgaier, dem Kornhändler? Der liegt doch im Streit mit dem Juden Löw?»

Achaz' Antwort kam prompt: «Der ist ein Großmaul – aber so etwas? Niemals!»

Fast unsanft schob die Meisterin sie zur Tür hinaus.

«Ich hatte dir gesagt, du sollst dich zurückhalten, Serafina», raunte sie, nachdem die Tür hinter ihnen ins Schloss gefallen war. «Ich bitte dich, häng dich nicht weiter rein in diese Angelegenheit.»

«Und was, wenn sie Mendel gefangen setzen und peinlich befragen? Jetzt, wo es sogar einen Toten gegeben hat. Was, wenn sie die Juden mitsamt ihren Familien ins Feuer jagen?» Ihre Stimme zitterte. «Du wirst doch nicht mit ansehen wollen, dass Unschuldige für diese Tat büßen.»

«So weit wird es nicht kommen, Serafina. Auf jeden Fall haben wir als Beginen getan, was wir konnten, und damit muss gut sein. Auch für dich, verstanden?»

Zu Serafinas großer Überraschung zögerten die Ratsherren tatsächlich, den jüdischen Schuster gefangen zu nehmen, denn bis zum nächsten Tag geschah mit Mendel erst einmal gar nichts. Im Gegenteil: Man postierte sogar die ganze Nacht über zwei mit Kurzschwertern bewehrte Büttel vor Mendels Haus.

Kapitel 8

Als die Christoffelsschwestern am nächsten Morgen die Frühmesse verließen, bei herrlichstem Sonnenschein, kam ihnen die nächste Schreckensnachricht zu Ohren. Von überall aus den Gassen ertönten aufgebrachte Rufe:

«Ein Knabenmord! Die Juden wollten ein Kind opfern!», schrie jemand. Und andere: «Gestern der Kreuzbruder, heut ein unschuldiges Kind!» – «Mörder!» – «Kinderschänder!» – «Ins Feuer mit der ganzen Brut!»

Die Meisterin hielt zwei Bürgerfrauen auf, die ihnen mit fassungslosen Gesichtern die ganze Geschichte berichteten. Ein Freiburger Betteljunge sei am Vorabend zu später Stunde bei Meister Henslin, dem etwas tumben Wundarzt und Scherer, aufgetaucht, mit einer langen, blutigen Schnittwunde mitten auf der Brust. Im Dunkeln sei er überfallen worden, an der großen Baustelle hinter dem Münsterchor, wo er immer nach Essensresten suche. Und zwar von einem Mann mit spitzem Judenhut und langem dunklem Mantel, wie ihn die Hebräer auf der Straße tragen mussten. Der habe versucht, ihm mit roher Gewalt die Brust aufzuschlitzen, aber der Junge habe um sein Leben gekämpft, bis wilde Hunde gekommen und auf die beiden losgegangen seien. Da erst habe der Mann abgelassen von ihm, sodass der arme Kerl fliehen konnte.

Serafina war wie vor den Kopf gestoßen. Jetzt schlug die Aufregung noch höhere Wellen als über den Hostienfrevel und den Tod des alten Kreuzbruders. In diesem Augenblick hetzte die alte Schwenkwitwe an ihnen vorbei. Deren Schwester, die Kandlerin, hatten sie im letzten Sommer bis zum Tode gepflegt.

«Wartet, Schwenkin.» Serafina hielt sie am Arm fest. «Wohin so eilig?»

«Na, zum Jud. Der den armen Bettelbub hat abstechen wollen.»

«Dann glaubt Ihr also all dieses Zeug?» Sie hatte die Alte, eine einfache Frau, bislang immer gut leiden mögen.

«Ihr etwa nicht?» Die Schwenkin blickte sie fast böse an. «Das weiß man doch, dass diese Unholde mit Knabenblut ihr ungesäuertes Brot herstellen! Und zum Schabbat trinken sie es aus goldenen Kelchen.»

Damit machte sie sich von Serafina los und lief in erstaunlich flinkem Schritt weiter. Ohne weiter nachzudenken, rannte Serafina ihr hinterher.

«Wo willst du hin?», hörte sie noch die Meisterin rufen, dann war sie schon um die Ecke gebogen.

In der Großen Gass strömte trotz der frühen Stunde schon der Mob vor Mendels Haus zusammen. Noch immer standen die zwei Büttel davor, die Läden der Werkstatt und sämtlicher Fenster waren verschlossen.

«Dem Himmel sei Dank», stieß Serafina hervor. Die Wachleute machten indessen keinerlei Anstalten, die Menschen fortzuschicken, die kaum noch zu halten waren.

«Gebt den Mendel heraus!», brüllte es rundum. «Die Christusmörder sollen brennen!»

Steine polterten gegen die Fensterläden, jemand schleuderte eine Brandfackel gegen das Dach, die zum Glück noch im Fluge verlosch. Zwei Weiber, die ihre Kinder im Arm hielten, begannen zu kreischen: «Wen trifft's als Nächstes? Wer schützt unsre armen Kinder?»

Zu Serafinas großer Überraschung zwängte sich plötzlich ihre Meisterin durch die wütende Meute und stellte sich auf die oberste Treppenstufe der Haustür. So viel Mut hätte Serafina ihr gar nicht zugetraut.

«So hört mir zu, ihr Leute, und beruhigt euch!» Catharina hatte alle Mühe, den Lärm zu übertönen. «Den Knaben muss jemand anders niedergestochen haben – der Mendel hätte das Haus gar nicht verlassen können, weil hier seit gestern Wachen stehen. Geht das nicht in euern Kopf?»

«Halt's Maul, Begine!», kam es vielstimmig zurück.

Beschwörend legte Serafina einem der Wächter die Hand auf den Arm.

«Ich bitt Euch, guter Mann: Sagt den Leuten, dass hier seit gestern keiner zum Haus raus ist.»

Doch der Mann blieb stumm. Überhaupt war Catharinas beherzter Einsatz vergeblich.

«Haut endlich ab, Schwestern, sonst holt Ihr Euch eine blutige Nase», hörte man jemanden rufen, und sofort rückte die Menge bedrohlich näher. Schon versuchten die Ersten, die Büttel zur Seite zu drängen, rüttelten am Türknauf, warfen sich gegen das Werkstatttor, als endlich Verstärkung herbeistürmte. Die drei Scharwächter schafften es immerhin, mit ihren Spießen die aufgebrachte Meute auf die andere Straßenseite zurückzudrängen.

«Ihr auch, Schwestern. Fort hier.» Der Anführer schob Serafina und die Meisterin mit dem Schaft seines Spießes von der Tür weg. Dann besprach er sich im Flüsterton mit den Bütteln, die gleich darauf im dunklen Hausflur verschwanden.

«Was geschieht jetzt mit Mendel?», fragte Serafina den Mann schreckensbleich. «Ihr wollt ihn doch nicht holen?»

«Genau das. Er kommt in den Turm.»

«Aber das mit dem Knaben kann er gar nicht getan haben, das wisst Ihr doch selbst.»

«Verschwindet und lasst uns unsere Arbeit tun.»

Da legte sich ihr ein Arm um die Schulter. Es war Catharina.

«Lass gut sein. Es ist zu Mendels eigenem Schutz.» Sie wandte sich an den Scharwächter. «Auf ein letztes Wort, Meister: Was geschieht mit der Frau und den Kindern? Ihr könnt sie doch nicht wehrlos dem Pöbel überlassen.»

«Das ist nicht Sache der Scharwache. Die müssen sich schon selber zu Wehr setzen.»

Mit sorgenvollem Gesicht wandte Catharina sich zum Gehen.

«Die arme Ruth. Jetzt muss sie erst recht Angst haben um sich und die Kinder.»

Serafina dachte genauso. Die Stadt wäre in der Pflicht, diese Familie zu schützen, solange kein Schuldeingeständnis vorlag. Für Serafina selbst war spätestens mit dem Überfall auf den Betteljungen eines sonnenklar: Hier hatte jemand ein ungeheures Ränkespiel in Gang gesetzt. Und wahrscheinlich würde es Salomon und Löw genauso übel ergehen, wenn sie erst zurück aus Frankfurt waren. Dann würde man sie alle zusammen vor das Blutgericht bringen.

«Wir müssen der Mendelin helfen», sagte sie laut. «Können wir sie nicht einstweilen bei uns aufnehmen?»

«Wo denn? Im Ziegenstall?»

«Sie bekommt meine Kammer – ich könnte bei Grethe schlafen.»

«Das ist großherzig von dir. Aber jede unserer Schlafkammern ist zu klein für eine Mutter mit vier Kindern. Nein, mir ist da eben ein besserer Gedanke gekommen.»

«Das Heilig-Geist-Spital?» Serafina wusste, dass Catharina, die die wenigen dort lebenden Armenpfründner betreut hatte, auf gutem Fuß mit dem derzeitigen Spitalpfleger stand, dem Ratsherrn Laurenz Wetzstein.

«Du hast es erraten. Der letzte der armen Siechen ist neulich gestorben, und da keine neuen Elenden mehr aufgenommen werden, stehen die beiden Stuben unterm Dach jetzt leer. Gleich nach dem Morgenmahl werd ich den Ratsherrn aufsuchen. Ich bin mir sicher, er wird unsere Bitte nicht abschlagen. Schließlich», sie lächelte, «lässt auch er heimlich seine Schuhe bei Mendel fertigen.»

Kapitel 9

Auch Serafina beschloss zu handeln, und zwar unverzüglich. Bis zum Morgenessen war noch etwas Zeit, und so beeilte sie sich mit ihrer Stallarbeit. Danach machte sie sich, ohne sich abzumelden, auf den Weg zum Schneckentor. Von hier ging es, nach einer gedeckten Brücke über den Dreisamfluss, geradewegs auf das Dörfchen Adelhausen zu, wo ihr Freund Barnabas am Waldrand seine windschiefe Hütte hatte. Ihn brauchte sie bei ihrem Vorhaben zuallererst. Danach würde sie weitersehen.

«Gott zum Gruße, Torwächter. Ist der Barnabas heut früh in die Stadt gekommen?»

«Der Bettelzwerg?» Der Mann kratzte sich am Bart. «Ja, die kleine Ratte ist mir heut schon unter den Beinen durchgewitscht, möchte ich meinen.» Er lachte, als habe er einen besonders guten Scherz gemacht. «Ist aber eine Weile her.»

«Danke», entgegnete Serafina knapp.

Sie hatte also Glück, und Barnabas war in der Stadt. Das erleichterte die Sache. Da heute Markttag war, würde er sich mit Sicherheit irgendwo auf der Großen Gass herumtreiben, um den Mägden und Hausfrauen seine Hilfe beim Tragen anzubieten. Hierbei schleppte er die Körbe auf seinem ausladenden Schädel spazieren, mühelos und, wenn's sein musste, auch meilenweit.

Vom Fischbrunnen her stieg ihr bald ein ganzer Reigen von Gerüchen in die Nase: nach geräuchertem Fleisch und ausgenommenem Fisch, frischem Brot und überreifen Früchten, vermischt mit dem Gestank von Urin und Schweinemist.

Jetzt, eine gute Stunde nach der Frühmesse, herrschte zwischen den Lauben und Verkaufsbänken großer Andrang, und sie hatte Mühe, den kleinen Mann zwischen all den Menschen, Zeltplanen und ausgelegten Waren zu finden. Überall stand man in Grüppchen zusammen und ereiferte sich mehr oder minder lautstark über die unerhörten Ereignisse der letzten Tage. Vielen standen Angst und Schrecken ins Gesicht geschrieben.

«Wie geht's, wie steht's, Schwester Serafina?» Der Fischhändler, der seine Verkaufslaube gleich beim Brunnen hatte, winkte ihr freundlich zu.

Sebast Fronfischel hatte mit der großen, vorspringenden Nase und dem glatten, strähnigen Haar, das er stets hinter die Ohren geklemmt trug, tatsächlich etwas von einem Fisch. Dazu war er lang und dünn wie ein Hering. Aber er war im Grunde ein angenehmer Mensch, hatte stets ein freundliches Lächeln auf den Lippen und ein nettes Wort für jeden, der ihn ansprach. Nur leider, so hatte Serafina es raunen hören, stand der gute Mann vollkommen unter dem Pantoffel seiner Ehewirtin, der dicken Else, und hatte wohl zu Hause nicht viel zu lachen. Sie beschloss, ihre Suche nach Barnabas hintanzustellen. Als Marktbeschicker wusste Fronfischel über Gott und die Welt Bescheid, und so mochte sie von ihm vielleicht wichtige Einzelheiten erfahren. Sie trat an seinen Stand, der von den hiesigen Fischhändlern bei weitem der größte war.

«Einen schönen guten Morgen, Meister Fronfischel. Sagt einmal – kennt Ihr diesen Betteljungen? Ihr wisst schon ...»

«Der gestern Abend abgestochen werden sollte?» Fronfischel schüttelte den Kopf. «Den hat bislang kaum einer zu Gesicht bekommen. Es scheint, dass er sich vor Angst nicht mehr in die Stadt traut. Kein Wunder, der arme Kerl muss ja zu Tode erschrocken sein.» Er seufzte. «Glaubt mir, Schwester Serafina, ich kann es noch immer nicht fassen. Schuster Mendel ist solch ein netter Nachbar, immer freundlich, immer zuvorkommend. Dass er so etwas getan haben soll, kann ich mir beim besten Willen nicht vorstellen. Und an eine Judenverschwörung mag ich erst recht nicht glauben, das ist doch Unsinn aus längst vergangenen Zeiten!»

«Ihr seid Mendels Nachbar?»

«Aber ja. Und wir können wirklich nicht klagen über ihn und seine reizende Frau. Und dazu die lieben Kinderchen ...» Er brach sichtlich erschüttert ab.

In diesem Moment entdeckte Serafina auf der anderen Seite des Fischbrunnens den Bettelzwerg. Er war gerade dabei, einer Magd die Handkarre mit Kohlköpfen zu füllen.

«Ich muss weiter, Meister Fronfischel. Aber habt vielen Dank für Eure Worte – es tröstet mich, dass nicht alle Freiburger gegen die Juden sind. Gott schütze Euch.»

«Gott schütze Euch, Schwester Serafina.»

Sie umrundete den Brunnen und wartete ab, bis Barnabas von der Magd mit einem Kuchenstück entlohnt wurde. Dann stellte sie sich ihm in den Weg.

«Willst du zu mir?» Er strahlte sie an.

«Ja, Barnabas. Ich brauch deine Hilfe.»

Sie zog ihn aus dem Getümmel an den Rand des Brunnens, in dem die Fischhändler in großen Körben ihre Ware frisch und lebendig hielten.

«Du kennst ja gewiss den Betteljungen, der gestern Abend überfallen wurde.»

Barnabas schürzte trotzig seine aufgeworfenen Lippen, was nichts Gutes zu bedeuten hatte. Allem Anschein nach hatte sie ihn verletzt, und als Nächstes würden seine kleinen dunklen Äuglein böse zu funkeln beginnen.

«Und woher soll der Barnabas den kennen?», fragte er. «Barnabas ist kein Bettler, auch wenn man ihn überall den Bettelzwerg heißt.»

«Jetzt geh her, so hab ich das nicht gemeint.» Sie klopfte ihm besänftigend auf die Schulter. «Ich frag dich das nur, weil du doch Hinz und Kunz kennst.»

«Das allerdings ist wahr. Wenn auch den Kunz besser als den Hinz. Und den Roten Luki kenn ich auch.»

«Den Roten Luki?»

«Na, den Jungen, den du suchst. Der mit der aufgeschnittenen Brust.»

«Kannst du mich zu ihm führen?»

«Das wird schwer sein. Der wohnt mal hier, der wohnt mal da.»

«Und wenn du ihn suchen gehst? Du darfst dir dann auch wieder was aus meinem Garten aussuchen.»

Er nickte eifrig. «Bin schon fort.»

«Halt, warte. Ich muss erst heim zum Morgenessen. Danach findest du mich im Garten.»

Da sie Grethe versprochen hatte, ihr heute die letzten roten Rüben zu holen, würde sie die Meisterin bei der Morgenbesprechung bitten, bei dieser Gelegenheit die ersten Beete für den Winter umgraben zu dürfen. Zwar hatten sie ausgemacht, dass sie Schlag zwölf Catharina zur Krankenpflege begleitete, aber für ihr Vorhaben würde bis dahin noch genug Zeit bleiben.

Kapitel 10

Als sie keine Stunde später zwischen Gemüse- und Rebgärten die westliche Vorstadt durchquerte, sah sie Barnabas schon von weitem an der Gartenpforte stehen. Er war allein.

«Dann hast du ihn also nicht gefunden», bemerkte sie enttäuscht. Über ihnen zog sich der Himmel zu einer dunklen Wolkendecke zusammen. Mit dem Umgraben würde es bei Regenwetter auch keinen Spaß geben. Nun, zur Not konnte sie immer noch im Schuppen warten, bis der Guss vorbei war.

Sie stellte ihren Korb auf den Boden und schloss das Törchen auf. «So hilf mir wenigstens, die Roten Rüben einzusammeln. Danach kannst ja wieder deiner Wege gehen.»

Kurz darauf war ihr kleiner Korb voll. Barnabas zog sich eine besonders üppig gewachsene Rübe heraus und verstaute sie rasch in seiner Schultertasche, in der er seine tägliche Ausbeute an Lohn mit sich schleppte.

«He! So war's nicht ausgemacht!»

Barnabas legte den Kopf schief. «Und wenn ich den Luki doch gefunden hab?»

«Wo?»

«In der Unteren Würi. Er traut sich nimmer in die Stadt.»

«Und das sagst du mir erst jetzt?» Sie blickte ihn mit großen Augen an.

«Weil's keine Eile hat.» Er schwenkte die Arme und ließ seine Schellen klingeln. «Der Luki ist vorhin grad ins Wirtshaus und will sich dort den Ranzen vollfressen.»

«Wo soll das sein?»

«Im Brücklewirtshaus. Ich führ dich hin.»

Rasch stellte sie den Korb im Geräteschuppen unter. Dabei konnte sie kaum an sich halten, Barnabas nicht auszuschimpfen. Da ließ er sie hier in aller Seelenruhe Rüben zusammenklauben, währenddessen dieser Luki womöglich längst über alle Berge war! Manchmal konnte einem dieser Zwerg ganz schön lästig fallen.

Sie tastete nach dem Halbpfennig in ihrer Rocktasche. Den hatte sie sich nach der Morgenbesprechung heimlich von Grethe geben lassen, aus deren Schatulle für das Marktgeld. Für eine überaus wichtige Auskunft, hatte sie der Freundin erklärt, die sie daraufhin voller Sorge angeschaut hatte: «Warum nur hab ich das Gefühl, dass du wieder mal dabei bist, Dummheiten zu machen?» Da hatte Serafina ihr einen herzhaften Kuss auf die rosige Wange gedrückt. «Keine Bange, es ist nichts Gefährliches. Aber kein Wort zur Meisterin, ja? Sonst macht die sich auch noch Sorgen.»

«Los, gehen wir.» Eilig zog sie Barnabas hinter sich her durch die Gartenpforte.

Sie musste sich beherrschen, nicht im Laufschritt zur Stadt hinauszustürmen. Doch auch so hatte Barnabas Mühe, auf seinen kurzen dicken Beinchen Schritt zu halten. Mitten auf der holzgedeckten Brücke über der Dreisam blieb er schließlich stehen.

Serafina drehte sich zu ihm um. «Was ist los? Wir haben keine Zeit zu verlieren.»

«Eben drum. Weil man die Zeit nicht verlieren kann, kann man seinen Weg auch in Ruhe gehen.»

«Hast ja recht.» Sie zwang sich, langsamer zu gehen. «Hör mal – du hast gesagt, dieser Luki traut sich nicht mehr in die Stadt. Warum? Weil er Angst vor dem unbekannten Mann hat?»

«Nein. Weil ihn jetzt alle Welt als Judenopfer kennt und jeder seine schlimme Wunde beschauen will.»

«Ja und?»

«Wirst schon sehen.»

Sie bogen nach rechts auf die Landstraße ab, die auf Basel zuführte, und hatten Mühe, sich gegen den aufkommenden Wind zu stemmen. Keine Viertelstunde später erreichten sie die ersten Häuser der Unteren Würi, einer losen Ansammlung von kleinen Höfen, Scheunen und Mühlen längs eines Baches. Das Brücklewirtshaus befand sich ganz am Ende des Dorfes, nur noch einen Steinwurf entfernt vom Gutleuthaus der Aussätzigen und in Sichtweite der Freiburger Richtstätte mit Galgen und Rad. Am Balken zwischen den drei steinernen Säulen schaukelte ein lebloser Körper im Wind und verbreitete den süßlichen Gestank von Verwesung.

Eine wahrlich feine Gegend, dachte Serafina und schlug das Kreuzzeichen angesichts der zahllosen Rabenvögel, die sich über die sterblichen Reste des Gehängten hermachten.

So war sie nicht überrascht, als sich das Brücklewirtshaus als eine Spelunke der übelsten Sorte herausstellte. Die Balken unter dem löchrigen Strohdach sahen mehr als morsch aus, die Fensterläden hingen schief in den Angeln, und bereits jetzt, noch vor der Mittagsstunde, drang trunkenes Grölen heraus.

Sie warf einen Blick durch das halboffene Fenster neben der

Tür. Der niedrige Raum war voller Mannsbilder, zumeist grobschlächtige Gestalten mit langen Bärten und struppigem Haar, denen sie als Frau nicht hätte allein begegnen wollen. Man trank sich zu, pöbelte sich an, schlug sich derb gegen die Schulter, lag sich heulend in den Armen.

Mitten in einem Trupp verwahrloster Halbwüchsiger entdeckte sie einen höchstens zwölfjährigen Burschen mit feuerrotem Haarschopf und in Lumpen gehüllt, der sich von einer halbvollen – oder inzwischen halbleeren – Bratenplatte einen Bissen nach dem andern in den Mund stopfte, nur unterbrochen von gierigen Schlucken aus seinem Weinbecher. Das musste der Rote Luki sein.

Sie wandte sich wieder Barnabas zu. «Da hinein geh ich nicht, das wirst du verstehen. Holst du ihn heraus? Sag ihm, es wird sein Schaden nicht sein.» Sie zeigte ihm den Halbpfennig.

Barnabas' Blick wurde lauernd. «Erst wenn du mir sagst, was du von ihm wissen willst. Der Rote Luki ist kein guter Junge. Er hat ein Herz aus Stein, und er trägt immer einen Dolch bei sich.»

Sie musste lachen. «Ich hab keine Angst vor diesem halben Hemd.»

Doch Barnabas rührte sich nicht.

«Also gut.» Es widerstrebte ihr, den Bettelzwerg einzuweihen, aber sie kannte seine Sturheit nur zu gut. «Ich will mit eigenen Augen sehen, was dieser böse Unbekannte mit ihm gemacht hat. Schwer verletzt scheint er mir allerdings nicht zu sein, so gut, wie er sich's dort gehen lässt.»

«Vom Bettelmann zum König...»

«Nun geh schon. Ich warte dort gegenüber am Scheunentor.»

Gerade als sie sich unter das schmale Vordach der Scheune gestellt hatte, öffnete der Himmel seine Schleusen und schickte einen wahren Sturzbach zur Erde. Sie würde völlig durchnässt nach Hause kommen, aber immerhin hätte sie gegenüber der Meisterin eine Ausrede, warum sie nicht zum Umgraben der Beete gekommen war.

«Was – was wollt Ihr von mir, Begine?»

Vor ihr stand der Rote Luki, die schmutzige Kragenkapuze tief in das ebenso schmutzige Gesicht gezogen. Seinem zerlumpten Gewand zum Trotz trug er nagelneue, teure Stiefel. Der Junge war noch kleiner und schmächtiger, als sie gedacht hatte, doch seine abschätzige Miene sowie die tiefe Narbe über der Wange verrieten ihr, dass er schon so manche Kämpfe auf der Straße durchgestanden haben musste. Jetzt allerdings schwankte er beträchtlich. Demnach hatte er nicht nur gut gegessen, sondern auch einiges über den Durst gesoffen.

Sie zog die Münze aus ihrer Rocktasche und hielt sie mit ausgestrecktem Arm in die Luft.

«Das Scherflein ist für dich, wenn du mir die Wunde zeigst, die dieser Unhold dir zugefügt hat.»

Es brauchte seine Zeit, bis der Bursche verstand, was sie wollte.

«Wenn's weiter nix is …» Er rülpste, öffnete umständlich seinen viel zu großen Flickenkittel, riss das Hemd aus dem Gürtel und präsentierte ihr seine kindlich schmale Brust.

«Hm. – Und wo sind die Spuren der wilden Hunde, die dich und deinen Angreifer angefallen haben?»

«Hunde?» Verständnislos glotzte der Junge sie an. Dann schob er herausfordernd die Hüfte vor und zurück.

«Noch einen Halbpfennig drauf, und ich zeig dir … zeig dir was viel Bessres.» Wieder musste er rülpsen. Dann kicherte er. «Ihr Kuttenfurzer seid doch ganz wild auf kleine Jungs.»

«Halt dein gottloses Mundwerk und geh wieder rein.» Widerwillig drückte sie ihm die Münze in die von Bratfett triefende Hand.

Sie hatte genug gesehen. Das Ganze war lediglich ein dünner Kratzer vom Brustbein bis zum Nabel! Wenn es so gewesen wäre, wie es der Junge überall lautstark hinausposaunt hatte, und dieser Angreifer ihn tatsächlich mit roher Gewalt und einem langen, spitzen Dolch in die Mangel genommen hätte, dann müsste die Wunde wesentlich tiefer sein. Und von wildgewordenen Hunden war schon rein gar keine Spur zu entdecken. Wie hatte sich dieser tumbe Wundarzt Henslin nur so täuschen lassen können!

«Du hast das gewusst.» Sie stieß Barnabas in die Seite. «Hättest es mir ruhig sagen können.»

«Das hätte nix genutzt, Serafina. Du hättest es trotzdem selbst in Augenschein nehmen wollen.»

«Hast ja recht.»

Sie zog sich die Kapuze ihres Umhangs über und wollte sich schon auf den Heimweg durch den strömenden Regen machen, als sie sich eines Besseren besann.

«Halt, warte noch!», rief sie Luki hinterher, der eben wieder die Schenke betreten wollte. Mit wenigen Schritten war sie bei ihm.

«Wenn ich nun doch», flüsterte sie in gespielter Schamhaftigkeit, «dein Angebot annehmen möchte – du weißt schon – für *zwei* Pfennige ...» Fast hatte sie ihren Spaß dabei, ihm die brünstige Gottesfrau vorzuspielen. «Wo find ich dich dann?»

Er verzog den Mund zu einem breiten Grinsen.

«In der Oberen Au. In der Scheune hinter der Grafenmühle.» Er deutete eine Verbeugung an. «Ich steh Euch gern zu Diensten, schöne Frau.»

Sie sah ihm nach, wie er in den düsteren Schankraum verschwand, bis die Tür hinter ihm ins Schloss fiel.

«Nie und nimmer war das ein Kampf auf Leben und Tod», murmelte sie und ballte unwillkürlich die Fäuste.

Wer also hatte das getan? Und anders gefragt: Wie sonst konnte sich dieser Bettelstrolch ein solches Mahl leisten, wenn er nicht großzügig dafür bezahlt worden war? Das Ganze roch doch nach übelster Verschwörung!

Kapitel 11

Gerade als es vom Münsterturm her zu Mittag läutete, war Serafina zurück im Haus Zum Christoffel, abgehetzt und nass geregnet. Sie hatte noch einen Umweg über den Garten machen müssen, um dort den Korb Rüben für Grethe zu holen.

Die Meisterin wartete bereits im Hausflur auf sie. Es war ausgemacht gewesen, dass Serafina sie in die Elendenherberge draußen in der Neuburgvorstadt begleiten sollte, eine Aufgabe, die bislang Adelheid zugedacht war.

«Ach du meine Güte! Du bist ja pitschnass.» Catharina reichte ihr einen trockenen Umhang. «Hast du etwa bei diesem Wetter die Beete umgegraben?»

Wahrheitsgemäß schüttelte Serafina den Kopf. Dann schälte sie sich aus ihrem nassen Mantel. «Das ist nur vom Heimweg. Ich hatte die ganze Zeit gehofft, dass es wieder aufhört mit dem Regen – aber vielleicht kann ich ja später noch mal raus in den Garten.»

Wieder einmal wankte sie gegenüber ihrer Meisterin auf dem schmalen Pfad zwischen Lüge und Ausrede. Doch um nichts in der Welt hätte Serafina ihr von dem Treffen mit dem Bettelknaben erzählen können.

«Hast du etwas wegen Mendels Familie erreicht?», fragte sie stattdessen und war froh, von sich ablenken zu können. Das

Strahlen auf Catharinas mütterlichem Gesicht hätte eine Antwort erspart.

«Ja! Stell dir vor, ich habe Wetzstein in der Ratskanzlei angetroffen, und er war sofort einverstanden, sie ins Heilig-Geist-Spital zu bringen. Solange nichts bewiesen sei, meinte er, seien die Juden Schutzbürger unserer Stadt, erst recht deren Frauen und Kinder. Und da man nicht Tag und Nacht das Mendel'sche Haus bewachen könne, sei es wahrlich das Beste, sie in städtischen Schutzgewahrsam zu nehmen.»

Als sie zwei Stunden später aus der Tür der Elendenherberge traten, hatte es zu regnen aufgehört. Das schäbige Haus war einst für Pilger und arme Reisende errichtet worden und diente jetzt mehr und mehr der Entlastung des städtischen Heilig-Geist-Spitals. Kauften sich dort die Bürger für ihren Lebensabend ein – die wohlhabenden als Herrenpfründner, die weniger wohlhabenden als Armenpfründner –, so wurden hier in der Vorstadt die Alten und Kranken unter den Ärmsten der Armen versorgt. Hierzu leisteten die Schwesternsammlungen einen erheblichen Beitrag, die einen mehr, die anderen, wie die Lämmlein-Schwestern, eher weniger.

Heute nun hatten Serafina und ihre Meisterin einen schwerkranken Greis in den Tod begleitet, anschließend seinen Leichnam gewaschen, in ein weißes Laken eingeschlagen und mit Hilfe des Priesters in der nahen Armenkapelle aufgebahrt, mit Weihwasser besprengt und beräuchert. Da der alte Mann keine Angehörigen hatte, würden sie bei Einbruch der Dunkelheit, wenn Tiere und böse Geister die Totenruhe zu stören drohten, zurückkehren und die Nachtwache übernehmen, würden im Kerzenschein ihre Fürbitten und Psalmen über den Toten sprechen, bis die Thurner-Schwestern sie am Morgen zur Beisetzung ablösen würden.

Auch wenn der Dienst am Sterbenden und am Toten zu ihrem Alltag gehörte, so kam er nicht alle Tage vor und führte ihnen jedes Mal die eigene Hinfälligkeit vor Augen. Zumindest Serafina empfand das so. Schweigsam durchquerte sie an Catharinas Seite die Neuburgvorstadt mit ihren schäbigen Holzhäusern, windschiefen Scheunen und mit Dornengestrüpp überwucherten dunklen Brachen. Hier lebten die einfachen Leute, hier hatten das Findelhaus und der Armenfriedhof mit seiner kleinen Kapelle ebenso ihren Standort wie das Henkershaus oder das städtische Bordell.

«Wir werden Grethe bitten, das Abendessen heute früher zu richten», durchbrach Catharina die Stille, als sie im Brunnengässlein anlangten. «Damit wir rechtzeitig zur Totenwache kommen.»

Bis dahin blieben noch mindestens zwei Stunden Zeit, und so bat Serafina die Meisterin um Erlaubnis, gleich noch einmal aufzubrechen und in den Garten zu gehen. In Wirklichkeit wollte sie auf dem Weg dorthin beim Stadtarzt vorbeischauen und ihn um Unterstützung bitten. Er musste sich unbedingt die Wunde des Betteljungen ansehen und sie kraft seines Amtes beurteilen. Vielleicht würde der Rote Luki unter Druck sogar die Wahrheit herausrücken. Außerdem wollte sie Achaz fragen, ob ihm auf dem nächtlichen Heimweg von Metzgermeister Grieswirth nicht doch noch jemand aufgefallen war. Denn sie hatte den Eindruck, dass Achaz irgendetwas verschwieg.

«Das kannst du gerne tun», erklärte sich Catharina einverstanden. «Nimm doch gleich den neuen Spaten mit, den unser lieber Nachbar Pongratz uns besorgt hat.»

Als sie das Haus Zum Christoffel betraten, hörten sie aus der Stube eine aufgebrachte Männerstimme.

«Das ist doch Quintlin, der Goldschmied», stellte Catharina überrascht fest. «Was will der denn hier bei uns?»

Hastig streiften sie Schuhe und Trippen ab und betraten die Stube. Dort kauerte Adelheid mit eingezogenen Schultern am Tisch, während Quintlin energisch im Raum auf und ab schritt und Grethe mit ratloser Miene in der offenen Küchentür verharrte.

«Endlich, Meisterin!», schnauzte der Goldschmied los. «Seit einer halben Stunde warte ich hier. Ich hab meine Zeit auch nicht gestohlen!»

«Gott zum Gruße zunächst. – Wie Ihr wisst, haben wir Armen Schwestern unsere Pflichten in der Stadt», gab Catharina kühl zurück. «Was gibt es also, Meister Quintlin?»

«Pflichten, Pflichten … Gehört es auch zu Euren Pflichten, ketzerisches Gedankengut zu verbreiten?»

«Was wollt Ihr damit sagen?»

Ihre Meisterin tat ahnungslos, dabei war sich Serafina sicher, dass sie ebenso wie sie selbst ahnte, was nun kommen würde.

Quintlin, eigentlich ein kleines Männchen, baute sich vor Catharina auf. «Eure Schwester Adelheid mag ja eine begnadete Malerin sein, doch anstatt meiner lieben Frau ihre Andachtsbildchen zu verkaufen und darüber ein frommes Gebet zu sprechen, verdreht sie ihr bei jedem Besuch den Kopf mit wirren Gedanken – mit ganz und gar üblen Gedanken …»

«Ich bitte Euch, beruhigt Euch erst einmal. Und dann schildert mir, was vorgefallen ist.»

«O ja, das werd ich! Nicht genug, dass meine liebe Frau Zeugs aufschnappt und weiterträgt, wie dass die heilige Maria nach

Jesu Geburt noch etliche Söhne zur Welt gebracht habe oder dass selbst die Seelen der Verdammten gerettet werden könnten und andere abscheuliche Irrtümer mehr.» Er holte tief Luft. «Heute nun wurde ich Zeuge folgender Rede von Schwester Adelheid: Unsere Seele wäre nicht wie alles andere von Gott erschaffen, sondern selbst göttlich, sodass in jedem von uns Gott anwesend sei. – Dem nicht genug, Meisterin, es kommt noch schlimmer: Wenn nun aber in jedem Menschen eine Göttlichkeit innewohnt, die man nur zu erkennen bräuchte, dann würde auch kein wesentlicher Unterschied mehr zwischen Christus und den Menschen bestehen ...»

«Meister Eckhart», entfuhr es Catharina, mit durchdringendem Blick in Richtung Adelheid.

«Das ist Gotteslästerung, nichts anderes!» Quintlins Stimme war schrill geworden. «Sollte mir noch einmal solcherlei zu Ohren kommen, werde ich es dem Rat der Stadt melden. – Und Euch, Schwester Adelheid, möchte ich in meinem Hause nicht mehr sehen.»

Damit wandte er sich zur Tür. Die Meisterin wollte ihn hinausbegleiten, doch er wehrte ab: «Ich finde den Weg.»

Ein Ave-Maria lang herrschte Grabesstille in der großen Stube. Dann brach Adelheid in Schluchzen aus.

Catharina ergriff ihre Hand. Ihre sonst so mütterliche Miene war plötzlich eisig.

«Auch wenn du einem der vornehmsten Freiburger Geschlechter entstammst, gibt dir das nicht das Recht, nach Gutdünken durch die hiesigen Bürgerhäuser zu marschieren und deine verschwurbelten Ansichten kundzutun. Du weißt genau, dass wir Beginen von alters her im Verdacht der Ketzerei stehen und du uns damit in Gefahr bringst. Denk nur an Basel, wo alle Beginen und freien Schwesternsammlungen ausgewiesen wurden.»

«Das wollte ich nicht», sagte Adelheid kleinlaut. «Ich konnte doch nicht ahnen, dass die Goldschmiedin alles brühwarm weitererzählt.»

«Geh jetzt hinauf in deine Kammer und denk darüber nach, ob du bei den Dominikanerinnen von Adelhausen nicht besser aufgehoben wärst. Dort hättest du Muße für die Lektüre deiner mystischen Schriften, im Stillen und unter deinesgleichen.»

«Es tut mir wirklich leid, Meisterin», murmelte sie noch immer unter Tränen, bevor sie sich erhob und gehorsam die Stube verließ.

Grethe und Serafina standen wie vom Donner gerührt da. So hart hatten sie ihre Meisterin selten erlebt. Zugleich ergriff Serafina eine Welle von Mitleid gegenüber Adelheid. Ihre Mitschwester war mit Abstand die Gebildetste von ihnen allen, noch dazu mit vielerlei Begabungen gesegnet. Ihrem Glaubenseifer etwa Böses zu unterstellen war nicht angebracht. Aber vielleicht hatte Catharina recht, und sie war in ihrer einfachen Schwesternsammlung tatsächlich am falschen Ort.

Catharina ließ sich auf ihrem Lehnstuhl nieder. Mit einem Mal wirkte sie müde. «Was ist mit euch beiden? Hast du nicht in der Küche zu tun, Grethe? Und du wolltest doch in den Garten hinaus. Der Spaten steht im Holzschuppen. Und vergiss nicht wieder, dem Hund die Blechmarke umzulegen, wenn du ihn mitnimmst.»

Serafina nickte. Nein, das würde ihr nie wieder passieren. Sie erinnerte sich noch genau, wie Michel ihr im Sommer einmal bei einem Spaziergang entwischt und verschwunden war.

Damals hatte sie vergessen, ihm die Marke anzulegen, die man jedes Jahr aufs Neue im Henkershaus gegen zwei Pfennige erstehen musste, zum Zeichen, dass der eigene Hund kein Streuner war. Durch die ganze Stadt war sie geirrt, hatte Michels Namen gerufen, von Mal zu Mal angstvoller, denn es wurde schon dunkel, und hatte jeden nach einem hellbraunen Hündchen mit geringelter Rute gefragt und ihn doch nirgends finden können. Am Ende war ihr in der Schneckenvorstadt zu ihrem Entsetzen tatsächlich Rupert, der Hundeschläger, begegnet, der zur ersten Nachtstunde seinen Rundgang begann. Mit zittriger Stimme hatte sie ihm Michel beschrieben, und der vierschrötige, zottelbärtige Kerl, der in Freiburg auch die Kloaken auskehrte, hatte laut aufgelacht und mit seiner Keule auf die Karre gedeutet, die vor dem Spitalbad stand. «Den hab ich grad eben aufgeladen. Pech gehabt, ehrwürdige Schwester.» Da war sie mit einem unterdrückten Aufschrei zum Wagen gelaufen und hatte dort fast zu weinen begonnen – vor Erleichterung und Wut allerdings: Die Leiber dreier armer Köter lagen dort, ihr Michel war nicht dabei. «Einen solchen Scherz erlaubst du dir nicht noch mal, sonst wirst du mich kennenlernen», hatte sie Rupert gedroht und war nach Hause geeilt, wo der Hund schwanzwedelnd vor dem Tor saß. Fortan hatte sie eisern darauf geachtet, dass sie, wenn sie Michel mit nach draußen nahm, ihm das Band mit der Blechmarke umlegte.

Sie nickte ein zweites Mal. «Bis später also.»

Noch war Zeit, beides zu erledigen, das Umgraben der Beete und der Besuch bei Achaz. Bevor sie das Haus verließ, ging sie indessen noch einmal die Stiege hinauf und klopfte an Adelheids Kammer. Die junge Frau hockte am Bettrand, ihr Wandkruzifix in den Händen.

«Sie will mich loswerden, das weiß ich», sagte die Mitschwester, ohne aufzusehen. «Nur weil ich reicher Leute Kind bin.»

«Nein, Adelheid. Das ist Unsinn.» Serafina setzte sich neben sie. «Hör zu: Ich verstehe wenig von diesen Dingen, mit denen du dich im Geiste beschäftigst, aber du musst wirklich vorsichtig sein. Wir stehen weder unter dem Schutz eines Klosters noch der Stadt. Das ist unsere Freiheit, bedeutet aber auch, dass Kirche wie Obrigkeit uns mit Argwohn beobachten.»

Adelheid wischte sich die Tränen aus den Augen. «Ich weiß. Aber da ist eine Stimme in mir, eine Stimme, die …» Sie brach ab.

Da spürte Serafina, dass hier mit Vernunft nicht beizukommen war. Unsicher strich sie ihrer Gefährtin über die Wange. «Glaub mir, wir alle hier, auch die Meisterin, möchten, dass du bei uns bleibst.»

Sie stand auf und ging zur Tür.

«In einer Sache aber könntest du mir weiterhelfen. Eben weil du reicher Leute Kind bist», sie zwinkerte ihr zu, «und auf Du und Du mit den vornehmen Bürgern verkehrst.»

Adelheid nickte. «Was willst du wissen?»

«Wer von den Freiburgern ist alles bei den Juden verschuldet?»

«Du meinst bei Mendel?» Sie zögerte. «Allen voran der Turmwächter Endres und Ignaz, der Zöllner. Aber auch etliche junge Burschen, Gesellen wie Knechte, einfache Leut also.»

«Und beim Löw?»

«Die Ratsherren Kippenheimer und Schneehas mit Sicherheit. Das pfeifen die Spatzen von den Dächern. Wahrscheinlich auch der Metzger Grieswirth.»

«Laurenz Wetzstein auch?»

«Der doch nicht! Der hält Geld und Gut eisern zusammen.»

Letzteres hörte Serafina mit Erleichterung. Sie mochte den schmerbauchigen kleinen Zunftmeister der Bäcker, der als besonnen und rechtschaffen bekannt war. Seitdem er das Amt des Spitalpflegers innehatte, war sie ihm an der Seite Catharinas einige Male begegnet.

«Danke, Adelheid. Und versprich mir, künftig achtzugeben, was du wem erzählst.» Damit wandte sie sich zur Tür.

«Warte – da ist noch etwas, was ich von der Frau des Goldschmieds heute erfahren habe.»

Serafina drehte sich um und sah sie erwartungsvoll an.

«Mendel soll peinlich befragt werden, falls seine Freunde nicht bald auftauchen. Man vermutet nämlich, dass Löw und Salomon gar nicht in Frankfurt sind, sondern sich hier irgendwo versteckt halten. Da Mendel den Betteljungen nicht überfallen haben kann, wo doch die Wache vor seinem Haus stand, soll es jetzt einer seiner Freunde gewesen sein.»

«Nein!» Serafina war während dieser Worte leichenblass geworden. «Sag, dass das nicht wahr ist!»

«Leider doch. Jetzt erst recht glaubt man an eine Judenverschwörung, und das Blutgericht ist schon einberufen.»

Kapitel 12

Normalerweise kostete es Serafina einige Überwindung, an die Tür des Stadtarztes zu klopfen. Und das lag nicht etwa daran, dass es sich für eine Begine ganz und gar nicht gehörte, ohne Begleitung ein Mannsbild aufzusuchen, zumal gleich nebenan, im Haus Zum Pilgerstab, die Kötzin-Schwestern ihr Regelhaus hatten und alles beobachten konnten. Von Anfang an, eigentlich schon seit ihrer Begegnung in Konstanz, schwebte etwas Unausgesprochenes zwischen ihr und Achaz, etwas, das sie nicht benennen konnte und das sie daher umso mehr verunsicherte. Sie war nämlich jemand, die gerne wusste, wie ihre Mitmenschen zu ihr standen.

Jetzt allerdings, mit dieser Schreckensnachricht über Mendel und die anderen Juden, war ihr vollkommen einerlei, was der Stadtarzt von ihr hielt oder dachte.

Stürmisch schlug sie den Türklopfer gegen den Beschlag, bis ihr die Magd öffnete.

«Wollt Ihr uns die Tür einschlagen, oder was?»

«Verzeih, Irmla. Aber es ist wirklich dringend.» Sie kam sich plötzlich töricht vor, mit ihrem Spaten in der Hand. «Ist der Stadtarzt zu sprechen?»

«Nein. Der ist eben grad aus dem Haus.»

«Kann ich drinnen auf ihn warten?»

«Das wär vertane Zeit. Außerdem kommt mir das Viech da», sie deutete auf Michel, «nicht ins Haus.» Dann wurde ihre Miene etwas freundlicher. «Er wollte hinaus aufs Landgut des Schultheißen, weil der hohe Herr an einer üblen Darmverschlingung leidet. Kommt also besser morgen früh wieder.»

Damit hatte Serafina nicht gerechnet. Ratlos starrte sie auf das glänzende Spatenblatt zu ihren Füßen.

«Gott schütze Euch, Schwester Serafina», hörte sie Irmla noch sagen, dann fiel die Tür vor ihrer Nase wieder ins Schloss.

«Komm, Michel. Gehn wir in den Garten.»

Enttäuscht schulterte sie ihren Spaten, um sich auf den Weg zum Lehener Tor zu machen. Ihre Trippen hatte sie in der Eile auch vergessen, und schon bald patschte sie in die erste der zahlreichen neuen Pfützen, die der vergangene Regenschauer auf der Gasse hinterlassen hatte.

Sie unterdrückte einen Seufzer. Die Zeit drängte, bald schon konnte es dem Juden an den Kragen gehen, und ihr blieb im Augenblick nichts anderes zu tun, als im Garten die Beete umzugraben.

«Wohin des Wegs, Schwester Serafina? Noch dazu mit so schwerem Gerät?»

Sie fuhr herum. Aus dem Torbogen der Ratskanzlei war Laurenz Wetzstein aufgetaucht. Er trug seine Amtstracht, einen dunkelroten Tappert mit Pelzbesatz und ein schwarzes Samtbarett auf dem Kopf.

«Gott zum Gruße, Ratsherr. – Ich will zu unserem Feldstück in der Lehener Vorstadt.»

«Da hätten wir ja ein Stück Wegs gemeinsam, wenn Ihr erlaubt. Ich muss nämlich zur Vorsteherin von Sankt Agnes.»

Serafinas Stimmung hellte sich umgehend auf. Der Himmel

selbst hatte ihr den Ratsherrn geschickt! Sie musste an sich halten, nicht gleich mit der Tür ins Haus zu fallen.

«Darf ich?» Ritterlich nahm er ihr den Spaten von der Schulter und klemmte ihn sich unter den Arm. «Bei dieser Gelegenheit möchte ich Euch Schwestern Zum Christoffel meine Wertschätzung ausdrücken. Keine der anderen Sammlungen tut so viel für die Kranken und Armen unserer Stadt.»

«Danke, Ratsherr. Aber das ist unsere Schuldigkeit, und wir machen es gerne und ganz und gar freiwillig.»

«Trotzdem. Nehmt meine Anerkennung an und gebt sie an Eure Gefährtinnen weiter.»

Sie passierten das Lehener Tor, den Hund brav bei Fuß, und die Wärter glotzten ihnen nach, wie sie den Stadtgraben überquerten. Der Anblick eines Ratsherrn in Amtstracht, der alles andere als standesgemäß einen Spaten mit sich herumschleppte, noch dazu in Begleitung eines Straßenköters und einer Begine, war nicht gerade alltäglich. In einer anderen Situation hätte Serafina laut auflachen müssen. Doch die Lage war zu ernst.

«Darf ich Euch etwas fragen?»

«Nur zu.»

«Ist es wahr, dass Schuster Mendel zu dieser angeblichen Judenverschwörung peinlich befragt werden soll?»

«Ob es so weit kommt, steht noch in den Sternen. Richtig ist indessen, dass das Ganze nun doch seinen gerichtlichen Lauf nimmt. Immerhin geht es jetzt nicht nur um Kirchenfrevel, sondern auch um den abscheulichen Totschlag und versuchten Knabenmord. Zu viele Unstimmigkeiten sind aufgetaucht, und die Bürgerschaft macht Druck.»

Serafina nickte. «Und somit ist der Rat gezwungen zu handeln, das sehe ich ein. Aber wenn Ihr mich fragt, klingt da vieles nach Ammenmärchen. So etwa, dass jetzt auf einmal Löw oder Salomon den Betteljungen überfallen haben sollen, weil sie angeblich gar nicht in Frankfurt waren. Dieses Gespinst hat man rasch erfunden, weil Mendels Haus ja bewacht war.»

Der Ratsherr zuckte die Schultern. «Tatsache ist, dass keiner der Torwächter sich daran erinnert, die beiden beim Hinausfahren gesehen zu haben.»

«Das besagt überhaupt nichts.» Sie senkte die Stimme. «Wisst Ihr, was ich denke? Dass dieser Hostienfrevel die abgefeimte Tat eines Christenmenschen gewesen sein mag. Weil nämlich einer der Freiburger seinen Vorteil daraus ziehen könnte, die Juden loszuwerden. Oder vielleicht wollen das gleich mehrere.»

Wetzstein blieb abrupt stehen. «Schwester Serafina!»

«Gehen wir davon aus», fuhr sie unbeirrt fort und blieb ebenfalls stehen, «dass Löw und Salomon doch auf dem Weg nach Frankfurt waren und dort noch immer sind. Und Mendel selbst war zur Zeit der Hostienschändung bei sich zu Hause, den Schabbat feiern. Vor allem aber – und jetzt kommt das Entscheidende – ist die Wunde dieses Betteljungen geradezu lächerlich für einen versuchten Opfermord. Ich habe sie heute mit eigenen Augen gesehen – ein Kratzer, nichts weiter! Der Stadtarzt wird das bezeugen können, wenn er von seinem Krankenbesuch zurück ist.»

«Was redet Ihr da, um Himmels willen?» Der Ratsherr mühte sich sichtlich um Fassung. «Euren scharfen Verstand und Euren Mut in allen Ehren, Schwester Serafina, aber habt Ihr schon vergessen, in was Ihr da letzten Sommer hineingeraten seid? Ich flehe Euch an, haltet Euch fern von dieser Angelegenheit und lasst uns Rats- und Gerichtsherren unsere Arbeit machen.»

«So wie im letzten Sommer? Ihr wisst selbst, was geschehen wäre, hätte ich mich damals herausgehalten.»

Wetzstein biss sich auf die Lippen. Er schien mit sich zu ringen.

«An wen denkt Ihr also?» Er setzte sich wieder in Bewegung.

«Überlegt doch einmal selbst: Wer hat die meisten Schulden bei den Juden und damit allen Grund, sie loszuwerden? Oder wem unter den Kaufherren käme es zupass, wenn Löw und Salomon auf immer fort wären? Zumindest sind solche Gedanken nicht ganz abwegig, oder?» Sie war sich klar, dass sie sich auf dünnem Eis bewegte mit ihren Verdächtigungen. Noch ehe der Ratsherr etwas entgegnen konnte, setzte sie nach: «Ich bitte Euch drum – bevor der arme Mendel gemartert wird, müsst Ihr auf jeden Fall die Wunde des Jungen beschauen lassen. Und zum Zweiten solltet Ihr gründlich nachforschen, wer zu jener Zeit alles beim Münster oder am Friedhof unterwegs war.»

«Nun ja, außer dem Stadtarzt ist mir keiner bekannt.»

«Ist Achaz denn überhaupt schon befragt worden?»

«Nein», gab er nach kurzem Zögern zu. «Doch zu meiner Entlastung kann ich sagen, dass ich für diesmal nicht zu den Heimlichen Räten gehöre und mit der Untersuchung nichts zu tun habe.»

«Und wer gehört dazu?»

Wetzstein schüttelte abwehrend den Kopf. «Lasst gut sein, Schwester Serafina. Ihr stochert da in einem Wespennest.»

«Damit habt Ihr es genau getroffen, Ratsherr. Nicht die Juden haben sich hier gegen die Christenheit verschworen, sondern die Christen gegen die Juden. Und dem oder den Betreffenden dürfte es gar nicht gefallen, wenn man ihnen auf die Spur kommt. Beispielsweise muss der Frevler wissen, wie das Tabernakel geöffnet wird. Er kennt sich im Münster aus oder ist mit dem Küster oder Münsterpfarrer gut bekannt – all das deutet nicht auf die Juden hin. Und wird die Kirche nicht zur Nacht abgeschlossen?»

«Doch, das wird sie, aber der Küster muss es wohl an jenem Abend vergessen haben.»

Sie hatten die Klosterpforte der Dominikanerinnen von Sankt Agnes erreicht. Serafinas Garten lag auf der anderen Seite des weitläufigen Geländes.

«Was für ein Zufall», sie flüsterte jetzt, damit die Mutter Pförtnerin hinter ihrer Luke sie auch ja nicht hören konnte, «dass der Küster seinen Pflichten ausgerechnet an jenem Abend nicht nachgekommen ist! Wer weiß – vielleicht wusste derjenige davon? Und der arme alte Kreuzbruder war kein Hindernis, um an das Tabernakel zu kommen, wurde einfach kaltblütig aus dem Weg geräumt.»

Wetzstein sah sie lauernd an: «Kann es sein, dass Ihr doch an jemanden Bestimmtes denkt?»

Sie setzte alles auf eine Karte.

«Da gäbe es einige zu nennen, angefangen mit den Knechten und Gesellen, die bei Mendel in der Kreide stehen. Erst recht unter den hohen Herren der Stadt, ohne dass ich Namen nennen will. Es ist Euch sicher ein Leichtes herauszufinden, wer von denen bei Löw verschuldet ist – beispielsweise, weil man seine Ämter verloren hat und die heimliche Spielsucht zu viel Geld verschlingt ...»

«Gebt acht, was Ihr da sagt, Schwester Serafina. Ich weiß sehr wohl, dass Ihr und Nidank Euch nicht grün seid, aber was Ihr da andeutet, ist ehrverletzend.»

Serafina hob abwehrend die Hand. «Ich hab keinen Namen genannt, Ratsherr. Oder denken wir einfach mal an den Juden

Löw. Er betreibt seinen Fernhandel nicht nur mit indischem Pfeffer, sondern auch mit Getreide. Damit könnte er einem anderen Händler schon lange ein Dorn im Auge sein – jemandem, der neuerdings fleißig im Geldverleih mitmischt und zufällig mit dem Münsterpfarrer befreundet ist ...»

«Jetzt geht Ihr zu weit!» Wetzstein sog hörbar die Luft ein. «Ich denke, wir sollten unser Gespräch hiermit beenden.»

Serafina nickte. «Trotzdem danke, dass Ihr Euch die Zeit genommen habt. Und ich bitte Euch inständig: Geht diesen Möglichkeiten wenigstens nach. Um der Wahrheit und um der Gerechtigkeit willen.»

Zwei der vier Gemüsebeete schaffte sie umzugraben, dann befand Serafina, dass ihr der Rücken schmerzte. Wenn sie jetzt aufhörte, würde es zumindest nicht schlimmer werden, und sie hätte vor dem Abendessen noch die Zeit, am Münster vorbeizugehen.

Dort angekommen, suchte sie den Küster auf, einen freundlichen älteren Mann von einfachem Gemüt. Sie fand ihn vor dem Kreuzaltar, wo er mit der Vorbereitung der abendlichen Vesper zugange war. Sie ertappte sich dabei, wie ihr Blick die Altarplatte nach Blutspuren absuchte. Indessen wies nichts mehr auf den nächtlichen Anschlag hin.

«Gott zum Gruße, Küster. Ich will Euch nicht lange stören – eine Frage nur: War das Münster am Samstagabend eigentlich nicht abgeschlossen?»

Sichtlich verlegen druckste der gute Mann herum. «Gewiss hatte ich abgeschlossen, aber ... Nun ja, ein wenig später als sonst wird es schon gewesen sein.»

«Viel später?»

«Wenn ich das nur sagen könnte ... Ich war zum Abendessen im Wirtshaus, in gemütlicher Runde, und hernach noch auf einen Umtrunk, wohl auch auf einen zweiten ...»

Und auf einen dritten, vermutete Serafina. Wahrscheinlich war der Küster vollkommen betrunken gewesen.

«Und weil es so spät geworden war», beendete Serafina seine Ausführungen, «habt Ihr auch keinen Kontrollgang mehr durchs Kirchenschiff gemacht.»

«Ich hatte doch unseren Kreuzbruder bei seiner nächtlichen Wache gewähnt.» In seine Augen traten Tränen. «Ach, liebe Schwester: Hätt ich nur geahnt, was in Unser Lieben Frauen Münster für schreckliche Dinge geschehen sollten, so hätt ich meine Pflicht nicht so sträflich vernachlässigt. Und ich bete Tag und Nacht für die Seele unseres armen Bruders, das müsst Ihr mir glauben.»

Kapitel 13

Normalerweise liebte Serafina das Morgenmahl: Man hatte bereits die Frühmesse und zwei Stunden häusliche Arbeit hinter sich, war also reichlich ausgehungert und wurde mit herzhafter Brotsuppe oder nahrhaftem Brei belohnt. Hierzu saßen sie, anders als beim Abendessen, wo sie still der Lesung aus der Heiligen Schrift lauschten, zwanglos um den großen Tisch, unterhielten sich, lachten oder tratschten. Nach dem Dankgebet dann pflegte sich die Meisterin zu erheben und zu fragen: «Was steht an für den heutigen Tag?»

Heute Vormittag allerdings hatte Serafina Mühe, überhaupt die Augen offen zu halten, so müde war sie. Nach der nächtlichen Totenwache in der Armenkapelle und der anschließenden Frühmesse hatte sie sich zwar für ein Stündchen auf ihrem Bett ausstrecken können, doch die Erinnerung an das Gespräch mit Ratsherr Wetzstein hatte sie keinen Schlaf finden lassen. Selbst wenn er auf ihr Drängen hin Erkundigungen einholte oder über die Lebensverhältnisse der einen oder anderen Freiburger Bürger ohnehin Bescheid wusste – ob er letztlich wirklich gegen einen Rats- oder Zunftkollegen vorgehen würde, bezweifelte sie. Und womöglich hatte sie sich mit ihren Verdächtigungen allzu weit aus dem Fenster gelehnt. Wenn Wetzstein auch nur eine Kleinigkeit ihrer Aussagen an die Öffentlichkeit brachte, dann konnte sie das wegen Ehrverletzung Kopf und Kragen kosten.

Ihre Freundin Grethe, die neben ihr saß, stieß sie in die Seite: «Aufwachen!»

«Entschuldigt – *was* wurde besprochen?» Serafina sah in die Runde, und ihr Blick blieb am verständnisvollen Lächeln der Meisterin hängen. Wie hielt das Catharina nur immer aus? Der war es niemals anzumerken, wenn sie sich die Nächte um die Ohren schlug.

«Ich weiß, Serafina, dass du seit gestern kaum geschlafen hast. Aber dennoch sollte heute Nachmittag jemand bei Clausmann, dem alten Scherenschleifer aus der Oberen Au, vorbeisehen. Ich muss mit Mette noch einmal zur Beutlerwitwe, sie hat jetzt wohl doch einen Platz im Spital gefunden. Daher möchte ich, dass du und Grethe das mit Clausmann übernehmt.»

Grethe grinste sie an. «Hast du es jetzt verstanden, du Schlafeule?»

«Mach dich nur lustig», knurrte Serafina. «Du hast schließlich die Nacht in deinem warmen Bett verbracht. Damit hältst du die Stunden bei Clausmann gut durch.»

Unwillkürlich blickte sie zu Adelheid, die ihr gegenübersaß. Sie hatte die schönen, gepflegten Hände wie zum Gebet gefaltet und schien in Gedanken versunken. So kam sie also wieder einmal um eine unangenehme Aufgabe herum. Clausmann nämlich war ihr missliebigster Kranker: Mit seinen Gelenkschmerzen und dem brandigen Schienbein, an das er unter keinen Umständen einen Wundarzt oder Bader lassen wollte, war er nur lautstark am Jammern und Zetern. Einmal hatte er sogar vor lauter Wut und Schmerz seinen Krückstock nach ihnen geschleudert. Aus diesem Grunde besuchten sie ihn auch stets zu zweit und nicht etwa weil es ihr Regelbuch bei männlichen Kranken so vorschrieb.

«Adelheid wird heute die saubere Wäsche in die Bürgerhäuser liefern, das hätte schon gestern geschehen sollen», bestimmte Catharina, als hätte sie Serafinas Gedanken gelesen. «Heiltrud muss ihren Fuß noch zwei, drei Tage schonen. Sie wird dafür den Küchendienst übernehmen.»

«Jetzt freu dich doch», strahlte Grethe, «dass wir beide mal wieder zusammen auf Krankenbesuch gehen. Und vorher kannst dich ja noch mal aufs Ohr legen.»

«Kann ich *nicht*, weil ich die Beete fertig machen will, wo es gerade mal nicht regnet.» Doch Serafinas Verdruss war längst verflogen. Nicht ohne Sorge wandte sie sich Heiltrud zu. «Hat denn das Schöllkraut nicht geholfen?»

Ihre Mitschwester war am Vortag bös mit dem Fuß umgeknickt, ausgerechnet links, wo sie von Geburt an ein verkürztes Bein hatte. Jetzt humpelte sie noch mehr durch die Gegend als sonst, auf ihrem mit einer Kompresse verbundenen, dick geschwollenen Fuß, verkniff sich aber tapfer jeden Schmerzenslaut.

Die sonst so griesgrämige Frau versuchte es mit einem Lächeln. «Unkraut vergeht nicht.»

In diesem Moment klopfte es draußen gegen das Hoftor.

«Ich geh nachsehen!» Grethe stürzte in die Küche und riss das Fensterchen auf, das zur Gasse hinausging.

«Grüß Euch Gott, Meister Grasmück», hörten die anderen sie rufen. «Wir machen Euch gleich auf.»

Die Meisterin zog die Augenbrauen hoch. Im Gegensatz zu Grethe wirkte sie wenig erfreut über diesen unangemeldeten Männerbesuch in ihrem Regelhaus.

«Ach du liebe Güte.» Heiltrud schlug sich gegen die Stirn. «Das hatte ich ja völlig vergessen. Der Grasmück war schon gestern Nachmittag hier und wollte von Serafina eine Heilsalbe. Er hat wohl ein Furunkel. Ehrlich gesagt finde ich es allerhand, dass uns jetzt irgendwelche Mannsbilder aufsuchen, als würden wir hier eine öffentliche Apotheke betreiben.»

Die Meisterin gab Grethe ein Zeichen, den Gast hereinzuführen. Zwar hielten sie das Hoftor tagsüber unverschlossen, doch hätten Fremde, zumal Männer, bei der Begegnung mit Michel keine Aussicht auf Erfolg, auch nur einen Fuß über die Schwelle zu setzen. Das sonst so verspielte Hündchen konnte sich nämlich von jetzt auf nachher in einen zähnefletschenden Zerberus verwandeln.

«Ich fürchte, das hab *ich* uns eingebrockt», gestand Catharina. «Da war ich neulich beim Kirchgang wohl ein wenig vorschnell gewesen, ihn einzuladen. Andererseits steht unser Haus laut der Regel auch Männern offen, zumindest zwischen Sonnenaufgang und Sonnenuntergang.»

Die Frauen erhoben sich, als Fridlin Grasmück eintrat. Wieder trug er seine grellrote turbanartige Kopfbedeckung zu dem aus der Zeit geratenen knielangen Überrock. Er nickte in die Runde. Hatte er neulich an der Seite seiner Frau überaus stolz und selbstsicher gewirkt, so war davon hier und jetzt nicht mehr viel zu spüren. Trotz seines Lächelns waren die Mundwinkel nach unten gezogen, um seine Augen zuckte es angespannt. Seiner Redseligkeit tat dies indessen keinen Abbruch.

«Verzeiht die Störung und dass ich hier so mir nichts, dir nichts hereinplatze. Aber Eure Mitschwester meinte gestern, dass ich Euch, liebe Meisterin und liebe Schwester Serafina, am ehesten gleich nach dem Morgenessen auffinde. Bevor Ihr wieder Euren

Pflichten und Aufgaben als freundliche Arme Schwestern nachgeht ...»

«Gott zum Gruße, Meister Grasmück.» Catharina wies auf die Bank. «Wollt Ihr nicht ablegen und Euch setzen? Vielleicht ein Schlückchen Wein vorweg?»

«Da sag ich nicht nein.» Umständlich schälte er sich aus seinem Mantel, setzte seinen Turban ab und nahm Platz, derweil Grethe in die Küche eilte und mit einem Krug Würzwein und einem Becher zurückkehrte. Ihre Wangen waren gerötet, die Augen leuchteten angesichts des männlichen Besuchers, und zum ersten Mal dachte Serafina daran, dass ihre Freundin vielleicht doch das falsche Leben führte. Grethe war erst Anfang zwanzig. Dass ihr rundliches Gesicht mit dem Herzchenmund und den großen blauen Augen so manchem Kerl gefiel, war Serafina längst aufgefallen, wenn sie miteinander durch die Stadt zogen. In ihrem fröhlichen, arglosen Wesen konnte sie sich Grethe plötzlich mehr als alles andere inmitten einer Kinderschar vorstellen, an der Seite eines braven, gutherzigen Mannes, den sie mit ihren Kochkünsten verwöhnen würde. Warum nur hatte sich ihre Freundin für das Leben in einem Beginenhaus entschieden? Seltsam, dass sie hierüber noch nie gesprochen hatten.

«Ihr anderen lasst uns nun allein», beschied die Meisterin. Fast widerwillig verließ Grethe als Letzte die Stube, und Serafina wettete darauf, dass sie sogleich in die Küche gehen würde, um von dort die Ohren zu spitzen.

Währenddessen hatte der Glasmaler in gehörigen Schlucken getrunken, und Serafina schenkte ihm höflich nach. Alsbald schon wirkte er ein wenig gelöster.

«Was also habt Ihr für ein Leiden, dem der Wundarzt nicht beikommt?» Aufmunternd nickte ihm die Meisterin zu.

Grasmück krempelte seinen linken Hemdsärmel auf, bis nahe der Armbeuge ein handtellergroßer Flecken mit tiefroter, entzündeter Haut zu sehen war. Mittendrin thronte ein eitriger Abszess. Es war kein sehr schöner Anblick.

Unbeeindruckt hiervon wies Serafina ihn an, den Arm locker auf den Tisch zu legen. Vorsichtig betastete sie, unter der aufmerksamen Beobachtung ihrer Meisterin und dem unterdrückten Stöhnen des Glasmalers, die betroffenen Hautstellen. Unmittelbar um das Furunkel herum fühlte es sich warm und geschwollen an.

«Es juckt heftig, nicht wahr?»

Der Glasmaler nickte und blickte sie dankbar an, als sei der erste Schritt der Heilung schon getan. Eigentlich sah er ganz nett aus mit seinem schmalen, glatten Gesicht und den rotblonden Locken, dachte Serafina. Trotz dieses stechenden Blickes manchmal.

«Gegen den Juckreiz hab ich eine Tinktur aus Klette, Kerbel und Wollkraut da. Wenn Ihr das dreimal am Tag auftragt, ist es mit dem Kratzen bald vorbei. Ihr müsst die Stelle aber vorher waschen und überhaupt sehr auf Sauberkeit in der Armbeuge achten. Am besten nur Hemden und Röcke mit weiten Ärmeln tragen. Was das Furunkel betrifft: Hier hilft eine Salbe aus den Ölen von Rosmarin, Eukalyptus und Thymian – sie treiben die giftigen Säfte heraus. Ihr müsstet die Öle allerdings beim Apotheker kaufen und mir vorbeibringen.»

«Ich werd alles tun, was Ihr sagt, Schwester Serafina. Damit das nur ein End hat mit diesem hässlichen Arm.»

«Darf ich Euch fragen, was Euer Bader bisher dagegen unternommen hat?»

Grasmück wand sich verlegen hin und her. «Eigentlich – gar

nichts. Er wollte das Furunkel aufschneiden, aber das hab ich nicht zugelassen. Daraufhin hat er mich kurzerhand wieder nach Hause geschickt. Eine Unverschämtheit, nicht wahr?»

«Ja, fürwahr.» Serafina unterdrückte ein Lachen. Was waren die Männer in dieser Hinsicht doch nur für Hasenfüße! «Aber es gäbe da noch etwas viel Wirkungsvolleres, nämlich Blutegel.» Grasmück zuckte zusammen. «Wenn man sie geradewegs auf das Furunkel ansetzt, saugen sie die giftigen Säfte aus, und durch das Nachbluten wird alles gereinigt. Ihr werdet sehen: Die Schwellung geht zurück, und Ihr seid schlagartig erleichtert.»

«Schmerzt das sehr?» Grasmücks Miene hatte von Ekel über Entsetzen bis hin zu Unglauben gewechselt.

«Ach was. Ein leichtes Knabbern, mehr spürt Ihr nicht. Mit den Blutegeln würde ich Euch allerdings zur Kräuterfrau Gisla in der Schneckenvorstadt schicken. Die versteht sich besser darauf und holt Euch die Tiere frisch aus dem Egelesee. Also, was wäre Euch lieber?»

Grasmücks Augen standen jetzt noch mehr hervor als sonst. Rasch kippte er auch den zweiten Becher hinunter, und Catharina, die immer noch neben ihnen stand, verkniff sich ein Lächeln.

«Die Blutegel», stieß er schließlich hervor. «Hauptsache, es geht schnell. Hauptsache, ich kann bald wieder meine Frau in die Arme nehmen – wenn Ihr versteht, was ich meine.»

Sie schwiegen für einen Augenblick. Dann fragte Serafina:

«Wie geht es eigentlich Eurer lieben Frau? Wollte sie Euch nicht begleiten?»

«Ja nun – es geht ihr gut.» Unruhig trommelten seine Finger auf die Tischplatte. «Warum fragt Ihr?»

«Nur so. Ich geh Euch jetzt die Tinktur holen. Die trage ich gleich auf und mache Euch fürs Erste einen Leinenwickel drum herum, damit es gut einzieht.»

Als Serafina mit Schwung die Küchentür aufriss, hätte sie beinahe Grethes Nase getroffen.

«Du bist ja genauso neugierig wie ich», raunte Serafina ihr zu und kramte im Apothekerschränkchen. Es brauchte eine Weile, bis sie das kleine Fläschchen gefunden hatte. Derweil hörte sie den Glasmaler durch die offene Tür mit ihrer Meisterin plaudern. Sie horchte auf.

«Stellt Euch vor, Meisterin», hörte sie ihn sagen. «Da hat man jetzt doch tatsächlich den Ratsherrn Allgaier festgenommen, wegen der Sache mit den Juden!»

«Sagt bloß! Ist er auch im Christoffelsturm?»

«Nein, nein. Man hat ihn in den Haberkasten gebracht.»

Serafina traute ihren Ohren nicht. Eilig kehrte sie mit Fläschchen, Verband und einem Wasserkrug zurück und stellte alles auf den Tisch.

Die Meisterin war nicht minder verblüfft. «Wie kann das sein? Erzählt bitte.»

«Er ist wohl gestern Nachmittag befragt worden, wo er sich zur Zeit des Hostienfrevels aufgehalten habe, und dabei hat er sich mehr und mehr in Widersprüche verwickelt. Am Ende muss er völlig außer sich geraten sein. Und so hat man ihn im Haberkasten festgesetzt – rein vorsorglich, wie es heißt.»

Serafina starrte ihn an. Der Haberkasten im Predigerturm war für den besseren Bürger gedacht und mit seinem guten Bett samt Zubehör und der täglichen Reinigung des Nachttopfes zwar längst kein so ekliges Loch wie das fensterlose Verlies unter dem Christoffelsturm – aber dennoch … Wie hatte es dazu kommen können? Hatte ihre Andeutung gegenüber Wetzstein etwa schon ausgereicht, Allgaier festzunehmen? Plötzlich schämte sie sich für ihre Voreiligkeit.

«Woher wisst Ihr das alles?», hörte sie Catharina fragen.

«Ich hab auf dem Weg hierher den Ratsherrn Wetzstein getroffen. Seine und meine liebe Frau sind recht gute Freundinnen. Es ist wohl so, dass Wetzstein selbst den Allgaier an jenem Abend noch spät aus dem Haus hat gehen sehen, was im Nachhinein höchst verdächtig scheint und von daher diese Befragung veranlasst hat.» Grasmück wirkte mit einem Mal aufgebracht, seine Augen flackerten. «Wenn Ihr mich fragt: Mir war von Beginn an klar, dass dieser Hostienfrevel nur ein böswilliges Spektakel war. Und auch, dass das auf Allgaiers Mist gewachsen sein muss.»

Jetzt kam er regelrecht in Fahrt, der Würzwein schien seine Zunge zu lösen.

«Wie oft habe ich den Kerl seinen Hass auf die Juden herausblöken hören, wenn er nur mal einen über den Durst getrunken hatte – insbesondere auf die beiden Händler. Dabei haben Salomon und Löw ihren Wohlstand ehrlich verdient, während Allgaier nur reich eingeheiratet hat!» Er holte tief Luft. «Ihr müsst wissen, dass wir seinerzeit, als wir in Freiburg eintrafen, vorerst bei ihm untergekommen waren. Er lebt ja allein im Haus zum Roten Eck, gleich bei den Barfüßern, und so hatten wir gegen einen völlig überhöhten Mietzins bei ihm wohnen können, bis wir dann in die Permentergasse umgezogen sind. O ja, ich kenne ihn recht gut, diesen Maulhelden.»

Da unterbrach ein Klopfen seine weitschweifige Rede. In Umhang und Schuhen erschien Mette in der Tür.

«Wir müssen los, Meisterin.»

«Ich komme.» Catharina warf Serafina einen fragenden Blick zu.

«Geht nur, ihr beiden, ich komm zurecht. – So, Meister Grasmück, ich versorge Euch noch den Arm, dann könnt Ihr wieder nach Hause. Oder geht besser gleich zu Gisla, der Kräuterfrau. Sie wohnt neben dem Spitalbad. Und richtet ihr aus, dass ich Euch geschickt habe.»

Grasmück unterdrückte ein Ächzen, während Serafina mit Wasser und Schwämmchen behutsam den Arm säuberte und ihm die Tinktur auf die entzündete Haut tupfte. Nachdem sich Mette und die Meisterin verabschiedet hatten und man hinter ihnen die Haustür ins Schloss fallen hörte, sagte Serafina leise:

«Auch wenn ich's kaum fassen kann, dass jetzt der Allgaier gefangen einsitzt – wisst Ihr, was ich glaube? Das mit dem Betteljungen war ebenfalls nur als Täuschung ins Werk gesetzt. Wahrscheinlich ist der für seine lächerliche Wunde großzügig bezahlt worden.»

«Da bin ich ganz Eurer Meinung, Schwester Serafina – wie konnten die Ratsherren nur so blind sein! Ich sage Euch: Allgaier ist ein besessener Judenhasser. ‹Freiburg muss judenfrei werden›, ist einer seiner Lieblingssätze. Ich fürchte allerdings, dass es hier unter den hohen Herren zugeht wie überall: Da hackt keine Krähe der andern ein Aug aus. Aber jetzt geht es um einen toten Mitbürger, und Allgaier war erwiesenermaßen nicht zu Hause an besagtem Abend. Ich jedenfalls werde heute noch zur Kanzlei gehen und den Herren meinen Eindruck von Allgaier mitteilen. Und darauf drängen, dass man den armen Mendel unverzüglich freilässt!»

«Ich selbst werde den Stadtarzt aufsuchen.» Sie legte ihm den

Verband um. «Er wird die Lüge mit dem Knabenopfer entlarven, wenn er erst die Wunde des Jungen mit eigenen Augen sieht. Ich will jetzt nicht den nächsten Unschuldigen bezichtigen, aber vielleicht fällt dem Stadtarzt doch noch etwas ein zu Allgaier, vielleicht erinnert er sich ja *jetzt*, an jenem Abend Allgaiers Stimme gehört zu haben.»

Grasmück kniff die Augen zusammen. «Dann stimmt es also, dass Achaz am Münster war?»

«Ja, und er meinte, dass auf dem Kirchhof trotz nächtlicher Stunde der eine oder andere unterwegs gewesen sei. Man müsste also herausfinden, wer.»

Der Glasmaler erhob sich eilig.

«Habt tausend Dank, Schwester Serafina. Was schulde ich Euch?»

«Wenn es Euch geholfen hat, gebt unserer Sammlung eine Kleinigkeit. Ganz so, wie Ihr möchtet.»

«Das werd ich tun.» Er wandte sich zur Tür. «Eine Frage hätte ich noch: Schon als wir uns letzten Sonntag begegnet sind, schien es mir so, als ob ich Euch von irgendwoher kenne. Auch Euer Name sagt mir etwas, er ist ja nicht allzu häufig.»

Serafina hielt die Luft an, während sein Blick sie zu durchbohren schien.

«Aus Konstanz vielleicht?», fragte er schließlich.

Ihre Hand krampfte sich um den Krug, den sie eben gerade in die Küche zurücktragen wollte, und das schmutzige Wasser schwappte oben heraus.

«Ja, genau», setzte er nach. «Ich meine fast, Euch in meiner alten Heimatstadt begegnet zu sein. Ich kann mich selbstredend auch täuschen …»

«Das glaub ich allerdings auch, dass Ihr Euch täuscht», entgnete sie kühl, nachdem ihr Herzschlag sich wieder beruhigt hatte. «Es ist sehr unwahrscheinlich, dass sich unsere Wege außerhalb Freiburgs schon einmal gekreuzt haben.»

Kapitel 14

Äußerlich gelassen hatte Serafina ihre Freundin Grethe gebeten, den Glasmaler zum Hoftor zu begleiten, und dabei die Gelegenheit genutzt, unbemerkt in ihre Kammer zu schleichen. Dort musste sie sich erst einmal auf die Bettkante setzen.

Fridlin Grasmück stammte also aus Konstanz! Fieberhaft suchte sie in den Bildern ihrer Erinnerungen, ob dieser Mann sie einst im Haus Zum Blauen Mond aufgesucht hatte. Serafina hatte sich immer für einen Menschen mit gutem Gedächtnis gehalten, indessen vermochte sie sich beim besten Willen an keinen dünnen rotlockigen Burschen zu erinnern. Oder reichte die Begegnung noch viel früher zurück, in jene schlimme Zeit am Ziegelgraben, die sie, ebenso wie ihre Dienstmädchenzeit, am liebsten für immer vergessen hätte? Ganz deutlich hatte sie plötzlich das schäbige Haus in der Konstanzer Vorstadt vor Augen.

Keine sechzehn Jahre alt war sie damals gewesen, als sie sich, genotzüchtigt und entehrt, mit nichts als ihrem Geburtsbrief in der Rocktasche, in die Bischofsstadt am Bodensee aufgemacht hatte. Sie wusste: Als Mutter eines Bastards würde sie nie wieder in ihre Heimat zurückkehren können. Aber wenigstens war sie hier ihrem Kind nahe, und so riss sie sich jeden Morgen beim

Erwachen aufs Neue zusammen, um nicht in Verzweiflung zu versinken. Klopfte Tag für Tag an sämtliche Türen der Konstanzer Bürger und fragte um Arbeit, aber da Bäckermeister Frühauf ihr kein Zeugnis geschrieben hatte, wollte niemand sie einstellen. Die ersten drei Nächte war sie noch in der Elendenherberge untergekommen, nachdem sie der Wirtin geschworen hatte, weder an Aussatz noch an Antoniusfeuer oder Pestilenz zu leiden. Dann aber hatte sie Platz machen müssen für andere bedürftige Reisende.

Zum Glück wurden die Tage allmählich länger und milder, und so beschloss sie nach einer schlaflosen Nacht in einem Bretterverschlag bei der Stadtmauer, wo sie sich zusammen mit Ratten eine schmutzige Strohschütte geteilt hatte, künftig draußen vor der Stadt zu nächtigen. In der Einsamkeit des Seeufers, weit genug weg von den Mauern Konstanz', fand sie einen verlassenen Bootsschuppen. War sie hier draußen auch mutterseelenallein, so verspürte sie doch weniger Angst als drinnen in der engen, dunklen Stadt, wo des Nachts Kerzenschein und Fackeln durch die Gassen irrlichterten, wo Bettler, Beutelschneider und Betrunkene umgingen, um anderen Nachtschwärmern aufzulauern. Dann schon lieber durch das Flattern eines Vogels oder den Schrei einer Eule aufschrecken – sie war zu sehr Landkind, als dass die Stimmen der Natur sie geängstigt hätten. Und Dämonen und wilde Bestien gab es schließlich nur im Wald.

Gleich an ihrem ersten Tag in Konstanz hatte sie sich, ausgehungert und todmüde, zu den Benediktinern durchgefragt. Das Kloster Petershausen, ein großes und gewiss sehr reiches Anwesen hinter mächtigen Mauern, lag gleich gegenüber der Stadt auf der anderen Seite des Seerheins. Um dorthin zu gelangen, musste man über die hölzerne Rheinbrücke, vorbei an den beiden Wächtern des Rheintors, die von jedem Fremden einen Halbpfennig Brückenmaut verlangten. Serafina hatte gewartet, bis die Männer von einem voll beladenen Fuhrwerk abgelenkt wurden, und schlüpfte unbemerkt durchs Tor – nur um kurz darauf vom Bruder Klosterpförtner mit harschen Worten abgewiesen zu werden. Er wisse nichts von einem kleinen Kind und sie solle sich dorthin scheren, von wo sie gekommen sei.

«Aber – er ist mein Junge! Mein Vitus, den man mir weggenommen hat!»

«Verschwinde und lass dich nicht wieder blicken!»

Mit lautem Knall schlug die Fensterluke zu. In Tränen aufgelöst war sie zurück in die Stadt gewankt, vorbei an den Wächtern, ohne sich um deren empörtes «Halt! Stehenbleiben!» zu kümmern, war durch die Gassen geirrt, hatte schließlich in der Konstanzer Pfarrkirche Trost im Gebet gesucht, bis sie vom Küster als vermeintliche Bettlerin verjagt worden war. Nach einer durchweinten Nacht hatte sie sich erneut nach Petershausen aufgemacht, war abermals abgewiesen worden, nur um auch am dritten Tag dort aufzutauchen. Es war ein Sonntag, der Tag des Herrn, und der Klosterpförtner offenbarte sich etwas großherziger, indem er die Luke nicht gleich wieder zuschmetterte.

«Deinem Jungen geht es gut.»

«Dann lasst mich zu ihm! Wenigstens ein Paternoster lang, in Eurem Beisein. Ich flehe Euch an, um der Gnade unseres Herrn Jesu Christi willen.»

«Das steht nicht in meiner Befugnis. Geh jetzt!»

Doch Serafina war einfach stehen geblieben. Hatte gegen die längst verschlossene Pförtnerluke gehämmert, bis der Mönch wieder öffnete. Zu ihrer Überraschung streckte er seine Hand heraus: «Gegen eine Spende für unser Kloster könnt ich sehen, was sich machen lässt.»

Sie hatte genickt. «Ich komme wieder.»

Auch am nächsten Tag war es ihr nicht gelungen, eine Arbeit zu finden – kaum dass sie es schaffte, irgendwo ein Stück Brot zu erheischen, ohne vom städtischen Bettelvogt erwischt zu werden. Der nämlich hätte ihren Geburtsbrief sehen wollen, das einzige Papier, das sie bei sich führte, und dann wäre sie umgehend in ihr Dorf zurückgebracht worden. So schleppte sie sich irgendwann entmutigt zum Rheinufer in die Paradiesvorstadt und verharrte fröstelnd, mit knurrendem Magen an der Bootslände. Von dort starrte sie auf das andere Ufer, wo man hinter dicken Mauern ihren Jungen von ihr fernhielt. Sie fühlte, sie war ganz unten angelangt. Und doch sollte es noch schlimmer kommen.

Es war ein kühler, windiger Vormittag, etwa zehn Tage nach ihrer Ankunft. Der Wind brachte immer wieder Regen mit sich, und ihr war kalt unter dem feuchten, mittlerweile völlig zerschlissenen Umhang. Im Schutz einer Toreinfahrt wartete sie darauf, dass der Marktmeister mit seiner Glocke das Ende des Bauernmarkts einläutete. Dann wurde nämlich die restliche Ware weggeräumt, und was an Essbarem auf den durchmatschten, mit dreckigem Stroh bedeckten Boden fiel, blieb nicht selten unbeachtet liegen. Auf diese Weise hatte sie sich schon drei Tage zuvor so gut wie satt gegessen.

«Du bist fremd hier, nicht wahr?»

Die Frau, wie aus dem Nichts aufgetaucht, schenkte ihr ein mütterliches Lächeln. Sie trug einen bodenlangen, pelzverbrämten Mantel und um den Kopf eine wunderliche hohe Schleierhaube in grellen Farben. Ihre ebenmäßigen Gesichtszüge mit den sorgfältig gezupften Brauen über den mandelförmigen Augen wären hübsch zu nennen gewesen, wäre da nicht das ganz und gar künstliche Wangenrot auf der bleichen, ledrigen Haut und erst recht der fast zahnlose Mund.

Serafina nickte überrascht.

«Und du suchst eine Arbeit, allerdings vergebens.»

«Woher wisst Ihr ...?

«Weil du hungrig, einsam und traurig aussiehst. Und das schon seit Tagen. Und weil du hier stehst, um das, was andere wegschmeißen, aufzulesen.» Sie legte Serafina die Hand auf die Schulter. «Ich verwette meine Haube, dass du auch kein Obdach hast.»

«Sucht Ihr denn eine Dienstmagd?», fragte Serafina ohne allzu große Hoffnung. Zudem wirkte die Aufmachung der Alten nicht gerade vertrauenerweckend.

«Das nicht gerade, mein liebes Kind. Aber ich habe eine Spinnstube am Ziegelgraben, mit guter Arbeit für junge Mädchen wie dich. Gegen Kost und Unterkunft und ein kleines Handgeld dazu. Was hältst du davon?»

Vielleicht hätte Serafina ihrem ersten Eindruck folgen und ihrer Wege gehen sollen, doch allein die Aussicht auf ein paar Pfennige und somit auf die Möglichkeit, ihr Kind wiederzusehen, ließ sie nach kurzem Zögern einwilligen. Sie schlug in die offene Hand der Frau ein.

«Na, dann komm. Wie heißt du eigentlich?»

«Serafina.»

«Das ist ein sehr schöner Name. Du kannst mich Mutter Cecilia nennen.»

Unterwegs plauderte die immerhin äußerst freundliche Unbekannte über dies und jenes mit ihr, ohne allzu neugierige Fragen zu stellen. Schließlich erreichten sie eine Gasse in der Paradiesvorstadt, die sich längs der Stadtmauer hinzog und von niedrigen, strohgedeckten Holzhäusern gesäumt war. Das Haus, auf das Mutter Cecilia zusteuerte, war zu Serafinas Enttäuschung mehr als armselig zu nennen. Einen Farbanstrich hatte es schon jahrelang nicht mehr gesehen, das Dach war brüchig, und die Fensterläden, die bis auf jene im Erdgeschoss geschlossen waren, hingen schief in den Angeln. Doch jetzt gab es kein Zurück mehr.

«Nur hinein in die gute Stube.»

Mutter Cecilia schloss auf und schob Serafina in einen dunklen, modrig riechenden Flur, von dem eine schmale Holztreppe nach oben führte. Geradeaus ging es offenbar in die Küche, denn aus der angelehnten Tür duftete es nach gebratenem Speck. Serafina wurde fast übel vor Hunger.

«Ich zeig dir die Spinnstube, und dann bekommst du erst mal was Anständiges zu essen», hörte sie die Frau hinter sich sagen, gefolgt von dem Geräusch eines sich im Schloss drehenden Schlüssels.

So geschah es auch. Serafina hängte ihren Umhang an einen Haken im Flur, wurde in der Spinnstube den anderen vier Mädchen vorgestellt und durfte sich anschließend in die Küche setzen, wo sie im Beisein von Mutter Cecilia einen großen Topf Kraut mit Speck verschlang.

«Iss langsam, Kind, sonst wird dir schlecht.»

Danach wurde sie in die Arbeit eingewiesen, die zunächst darin bestand, die Wolle, die zu Garn versponnen werden sollte, an der Krempelbank zu kardätschen. Dass die Mädchen, allesamt in ihrem Alter oder nur wenig älter, sie angafften und über sie kicherten, führte sie auf das laut hörbare Knurren und Rumpeln in ihrem Bauch zurück – sie war solch reichhaltige

Mahlzeiten eben nicht mehr gewohnt. Ein wenig ärgerte sie sich aber schon über diese Weibsbilder: Statt sie blöde anzuglotzen, hätten sie auch mit ihr reden können. Nicht einmal ihre Namen hatten sie ihr verraten.

Stumm arbeitete Serafina vor sich hin, kämmte sorgfältig die wirren Wollknäuel zu dünnen, flauschigen Ballen, damit sie auf den Spinnrocken gesteckt werden konnten. Anfangs hatte Mutter Cecilia ihr dabei zugesehen, bis sie durch eine schmale Tür in einen Nebenraum verschwand, aus dem fortan hin und wieder Stimmen zu hören waren – wahrscheinlich Mutter Cecilias Wohnstube.

Auch wenn ihre Arbeitsgefährtinnen sich ihr gegenüber reichlich abweisend verhielten, dankte Serafina ihrem Herrgott, dass er es so gnädig mit ihr meinte. Das Getue der Mädchen würde sich schon bald legen, und irgendwann würde man miteinander schwatzen und lachen und alberne Lieder singen, um sich die Zeit zu vertreiben. So jedenfalls kannte sie es aus der Spinnstube ihres Dorfes, wo sich die Frauen und Mädchen, um bei sich zu Hause Licht und Holz zu sparen, in den Wintermonaten zur Handarbeit trafen.

Nach gut einer Stunde Arbeit erschien Mutter Cecilia erneut, diesmal an der Seite eines vierschrötigen, rotgesichtigen Mannes mit Halbglatze.

«Das ist Meister Wilhelm, der Besitzer des Hauses», stellte Mutter Cecilia ihn vor. «Seinen Anweisungen ist, nebenbei gesagt, unbedingt Gehorsam zu leisten.»

Meister Wilhelm baute sich vor Serafina auf, musterte sie ausgiebig und nickte dann der Spinnstubenmutter zu. Ohne an Serafina ein einziges Wort gerichtet zu haben, verschwand er mit Mutter Cecilia wieder im Nebenzimmer.

Erneut begannen die Mädchen zu kichern.

«Ist der stumm, oder was?», fragte Serafina das Mädchen neben sich am Spinnrad, eine hoch aufgeschossene Blonde in einem eng anliegenden bunten Kleid. Sie schien ihr noch die Vernünftigste, zumindest brach sie nicht ständig in Lachen aus.

«Das gerade nicht», entgegnete die. «Ich heiß übrigens Apollonia.»

«Warum glotzt der dann so?»

«Der hat nur Maß genommen.» In Apollonias Blick glomm so etwas wie Mitleid auf.

«Maß genommen?», fragte Serafina.

«Das wirst schon sehen», antwortete ein dickliches schwarzhaariges Mädchen, die die Älteste zu sein schien und von den anderen «Krähe» genannt wurde.

Als das Tageslicht zu fahl wurde, um zu arbeiten, schloss Krähe die Läden und entzündete die Lichter auf der Fensterbank. Serafina, die längst hundemüde war, horchte auf: Deutlich waren jetzt Männerstimmen von nebenan zu hören, auch hie und da ein Lachen, und sofort beschlich sie ein ungutes Gefühl. Sie hatte nicht damit gerechnet, dass es hier in der Stadt genauso sein könnte wie auf dem Dorf – dass nämlich nach Feierabend die jungen Kerle auftauchten, mit Weinkrügen in den Händen oder auch mit einer Fiedel unterm Arm, um mit den Mädels zu scherzen und anzubändeln. Darauf legte sie nun weiß der Himmel keinen Wert.

«Sind das Burschen von der Straße?», fragte sie Apollonia.

«So was Ähnliches.»

Diesmal lachte niemand. Serafina fuhr zusammen, als die Tür zum Nebenraum aufschwang. Doch es war nur Mutter Cecilia.

«Na, Serafina? Wie war dein erster Tag?»

«Gut, danke. Ich bin nur sehr müde.»

«Das denk ich mir, wo du doch eine harte Zeit hinter dir hast. Wenn du möchtest, bringe ich dich in die Schlafkammer, und du schläfst dich erst einmal tüchtig aus bis morgen.»

Eine Welle von Erleichterung durchflutete Serafina. «Sehr gerne, Mutter Cecilia!»

Sie folgte der Spinnstubenmutter hinaus in den Flur, die Stiege hinauf bis in eine Schlafkammer mit drei Betten. Dahinter befand sich eine weitere Kammer.

«Hier schläfst du mit Apollonia und Krähe. Die andern schlafen nebenan. Deine Sachen kannst du auf die Truhe hier legen. Und das Lichtlein lass bitte an, für die anderen.»

Serafina nickte.

«Danke, Mutter Cecilia. Danke für alles.»

«Schon recht. Eine gesegnete Nachtruhe wünsch ich dir. Und wenn's unten ein wenig laut zugeht – du weißt ja, wie kindisch die Mannsbilder werden können, wenn sie von schönen Mädchen umgeben sind.»

Kein Paternoster später kuschelte sich Serafina in ihrem dünnen Leinenhemd unter die Daunendecke. Mochten die anderen da unten Spaß haben – sie war heilfroh um ihre Ruhe und um ihre weiche, warme Bettstatt. Sie dachte noch an Vitus und daran, dass sie diesem Klosterpförtner bald schon ein Schmiergeld würde in die Hand drücken können, dann fiel sie in einen tiefen, traumlosen Schlaf.

Als sie am nächsten Morgen erwachte, lagen auf der Truhe ein hellgrünes Kleid und ein Paar neuer Schuhe in angesagter Schnabelform. Ihre alten Sachen hingegen waren verschwunden und mit ihnen auch ihr Geburtsbrief!

Serafinas Schreckensahnung wurde zur Gewissheit. Nachdem sie völlig außer sich die Spinnstubenmutter in der Küche aufgesucht und ihre Papiere zurückverlangt hatte, hatte die nur freundlich, aber bestimmt den Kopf geschüttelt.

«So halten wir es immer mit den Neuen. Solltest du dich nach vier Wochen immer noch nicht an deine Arbeit gewöhnt haben, bekommst du den Brief zurück und kannst gehen, wohin du willst. Lohn kann ich dir für diese Zeit dann aber keinen auszahlen.»

«Das ist nicht rechtens! Und warum ist die Haustür abgeschlossen? Was soll das alles?»

«Ach Kindchen, komm einmal her.» Mutter Cecilia zog sie neben sich auf die Küchenbank. «Vielleicht hast du es ja wirklich nicht bemerkt, weil du vom Land stammst – aber hier weiß jedes Kind, dass ein Spinnhaus immer auch ein Gästehaus ist.»

Sie strich ihr tröstend über die Wange.

«Ich bin dir in den letzten Tagen einige Male begegnet, hab dich beobachtet, wie du herumgeirrt bist. Was hättest du getan, wenn ich dich nicht mitgenommen hätte? Weiterhin auf der Straße gelebt, immer auf der Hut vor den Stadtknechten und erst recht vor gewalttätigen Kerlen? Für ein so schönes Mädchen, wie du es bist, wäre das ein hochgefährliches Leben. Hier aber hast du Schutz und Obdach, hast es warm und immer genug zu essen. Dafür musst du dich halt auch erkenntlich zeigen. Wirst sehen, du gewöhnst dich ganz schnell daran. Das haben die anderen Mädchen schließlich auch.»

«Was muss ich tun?», fragte Serafina mit rauer Stimme.

«Tagsüber sollt ihr etwas spinnen und sticken und des Abends, wenn Besuch kommt, ein wenig nett zu den Gästen sein. Mehr nicht.»

Selbst nach diesen Worten hatte Serafina nicht gleich wahrhaben wollen, was doch so augenscheinlich war: Mutter Cecilia war eine Kupplerin, Meister Wilhelm ein Hurenwirt, und zwar, wie sich später herausstellen sollte, von der übelsten Sorte, und ihr Spinn- und Gästehaus nichts anderes als ein Bordell mit blutjungen Mädchen.

Jahre später, als sie schon im Haus Zum Blauen Mond arbeitete, befand sie, dass die Kupplerin mit dem Einarbeiten der Neuen äußerst geschickt vorgegangen war. Man war zwar eingesperrt, seiner Papiere beraubt, aber dafür wurde man die erste Woche auch regelrecht verwöhnt. Es gab täglich Fleisch zu essen – was danach ein Ende fand –, die Kleidung der Mädchen war ganz nach dem herrschenden Zeitgeschmack geschnitten – eng anliegend und mit tiefem Ausschnitt –, und die ersten Tage musste sich Serafina weniger mit Spinnen und Krempeln beschäftigen als vielmehr mit Körperpflege. Sie erfuhr, dass man sich mit Färberröte das Haar blond, mit Henna und Indigo schwarz färben konnte. Sie lernte, sich Stirn und Schläfen auszurasieren und die Haare mit dem heißen Eisenstab zu kräuseln oder zu Muscheln zu flechten, sich hübsch zu machen mit gezupften Augenbrauen und mit Wangenrot auf bleichem Gesicht. Aus Brombeersaft und Öl mischte sie hierzu das Rot und sah bei den anderen, wie sie mit Bleiweiß eine makellose Blässe erreichten. Sie selbst verzichtete darauf, da ihre Haut von Natur aus sehr hell war, und auch darauf, sich ihr kräftiges dunkelbraunes Haar zu färben.

Der sicherlich klügste Schachzug Mutter Cecilias aber war, dass sie die Neuen zu nichts zwang – zumindest anfangs. Und so hatte Serafina in diesen ersten Tagen mit den männlichen Gästen, die mit Einbruch der Dämmerung eintrafen und fast ausnahmslos älteren Jahrgangs waren, auch so gut wie nichts zu schaffen. Hin und wieder öffnete sich die Tür zum Nebenzimmer, ein zumeist freundliches Männergesicht schaute herein und lud eines der Mädchen «auf einen guten Becher Wein» ein, wie es jedes Mal hieß, woraufhin die Auserwählte nach nebenan verschwand. Serafina wurde fast jedes Mal auch gefragt und schüttelte nur vehement den Kopf. Dabei mochte es so arg gar nicht sein, was da in Mutter Cecilias Stube geschah, waren doch fröhliche Stimmen, Gelächter und ab und an ein freudiges Aufseufzen zu hören. Nicht anders, so redete sie es sich ein, als auf ihrem Dorf, wenn sich Mädchen und Burschen nach Einbruch der Dunkelheit trafen. Nur dass das hier eher ihre Großväter hätten sein können.

Eines Abends dann nahm die Kuppelmutter sie beiseite.

«Du möchtest doch gewiss bald deinen ersten Pfennig verdienen, Serafina.»

Sie dachte an Vitus und nickte beklommen.

«Dann gib acht. Heut Abend gehst mit, wenn dich einer holt. Dafür bekommst morgen früh deinen ersten Lohn. Hab keine Angst, in meiner Stube geschieht nichts Schlimmes. Sich ein bissel ans Herz drücken lassen und lieb sein, das reicht schon.»

Bereits der erste Gast dieses Abends hatte Serafina ausersehen. Krähe flüsterte ihr noch rasch einen Rat ins Ohr: «Schau, dass du bald seinen Schwengel in die Hand kriegst und bearbeitest, bis es ihm kommt. So bist ihn schneller los und kriegst sogar einen Halbpfennig extra.»

Mit dieser verstörenden Empfehlung und einem aufmunternden Blick seitens Apollonias betrat sie erstmals Mutter Cecilias Stube. Die Kuppelmutter selbst saß in einem dunkelroten Lehnstuhl und stickte, ansonsten befanden sich noch zwei weitere gepolsterte Stühle im Raum sowie eine Art Bett mit vielen weichen Kissen darauf. Das alles hatte ganz und gar nichts Bedrohliches – wäre da nicht dieser Gast gewesen, dieser dürre Alte, der sie anstarrte, als sei sie ein Stück Vieh, das zum Verkauf stand. Schließlich reichte er ihr einen Becher Wein, der schwer und süß schmeckte. Sie trank hastig, in großen Schlucken, in der Hoffnung, sich wenigstens ein bisschen betäuben zu können.

«Dann komm mal in meine Arme, du schönes Täubchen», gurrte der Mann und zog Serafina mit sich zwischen die Kissen. Der Mann war fast schon ein Greis zu nennen mit seinem schlohweißen Haar und dem weißen Kinnbart, den er jetzt kichernd an ihrer Wange rieb. «Könntest mein Enkelkind sein, du süße kleine Hure.»

Bei diesen Worten durchfuhr Serafina ein eisiger Schauer, und erst recht, als eine ledrige, kalte Hand ihr in den Ausschnitt fuhr. Sie kniff Augen und Mund zusammen, zwang sich, nicht an jenen entsetzlichen Abend in Radolfzell zu denken, während der Alte das Band ihres Ausschnitts löste und ihre Brüste frei machte. Unter Wonneseufzern knetete er sie wie Teig und überzog sie mit nassen Küssen. Einen einzigen Blick nur wagte Serafina auf diesen zahnlosen Mund, aus dem der Speichel rann, dann schloss sie die Augen und überließ sich angewidert dem Schicksal. Die Kuppelmutter würde über sie wachen, würde achtgeben, dass ihr nichts geschah, was sie nicht auch schon mit den Burschen auf den Dorffesten erlebt hatte.

Plötzlich aber stieß sie einen Schrei aus, der Mutter Cecilia von ihrem Stuhl auffahren ließ: Der Alte hatte ihr die Hand unter den Rock geschoben und fingerte an ihrer Scham herum. Mutter Cecilia warf ihr einen drohenden Blick zu, und sie biss sich fast die Lippen blutig. Als sie glaubte, das Ganze nicht länger auszuhalten, war es auch schon vorbei, ohne dass es zum

Schlimmsten gekommen wäre. Der Alte stieß ein unterdrücktes Grunzen aus, sackte schlaff neben ihr zusammen, und auf seinen Strümpfen unter dem kurzen Wams zeichnete sich im Schritt ein feuchter Fleck ab. Es war geschafft.

So oder in ähnlicher Weise verliefen auch die nächsten Abende. Wie blauäugig war sie in den ersten Tagen nach ihrer Ankunft im Spinnhaus doch gewesen! Zu glauben, dass es mit den «kleinen Liebesdiensten», wie die Gefährtinnen das nannten, getan sei. Schnell hätte ihr auffallen müssen, wie still es manchmal nebenan wurde, wenn Apollonia oder die anderen dorthin verschwunden waren. Und erst lange Zeit später zurückkehrten, zerzaust und mit leerem Blick, um sich sogleich in der Küche zu waschen und neu zu richten.

Doch Serafina war viel zu sehr mit sich beschäftigt, um sich darüber noch Gedanken zu machen. Mutter Cecilia hatte nämlich Wort gehalten und ihr gleich am nächsten Morgen ihren ersten Pfennig in die Hand gedrückt. Auf die Frage, was sie nun damit vorhabe, hatte Serafina dieser Frau sogar alles erzählt, hatte gemerkt, wie gut es tat, jemandem das Herz auszuschütten. Die Kuppelmutter hatte ihr aufmerksam zugehört, sie schließlich bei der Hand genommen und zum Rheintor gebracht.

«Das Mädchen ist meine Nichte», hatte sie dem grinsenden Torwächter gesagt, «und ihr lasst sie künftig ohne Maut über die Brücke.»

«Beglücken Eure Mädchen jetzt etwa auch die Benediktiner?», war seine freche Antwort gewesen, bevor er Serafina durchwinkte. Als der Bruder Pförtner sie, nachdem sie ihn bezahlt hatte, tatsächlich einließ, als sie dann mit pochendem Herzen von einem Laienbruder in den Klostergarten geführt wurde, als dort schließlich nach einigen Augenblicken des Wartens, die sich zur Ewigkeit dehnten, ein anderer Laienbruder ihr Kind brachte und es ihr in die Arme drückte – da wusste sie, dass sie alles tun würde, um diesen wunderbaren Moment des Glücks, mochte er auch noch so kurz sein, wieder und wieder zu erleben.

Fortan marschierte sie jeden Sonntag nach dem Kirchgang hinaus nach Petershausen, ließ sich hierfür die Woche über von mehr oder minder höflichen, mehr oder minder widerlichen alten Männern begrabschen, ließ es zu, dass auch sie eines Tages von Meister Wilhelm abgeholt und ins Hinterhaus gebracht wurde, wo es erst richtig zur Sache ging. Dort nämlich, in Meister Wilhelms Winkelbordell, verkehrten Freier, die sich nicht mit Höflichkeiten und netten Worten aufhielten, sondern die Frauen als Hurenlöcher und Arschverkäuferinnen beschimpften, während sie sich von ihnen gebrauchen lassen mussten. Rohe Kerle, die sich nahmen, was ihnen nach ihrem Dafürhalten zustand, und dabei mit Demütigungen und Schlägen nicht geizten. Gedemütigt und geschlagen wurden sie auch vom Hurenwirt, wenn sie Widerworte wagten oder sich gegen ihre Freier wehrten, und selbst Mutter Cecilia konnte bei Ungehorsam die Hand ausrutschen.

All dies ertrug Serafina, nur um einmal in der Woche Vitus in den Armen halten zu dürfen. Mehr sprang auch nicht heraus bei ihrer Arbeit, denn bis auf einen Pfennig jede Woche musste sie alles an Mutter Cecilia und den Hurenwirt abgeben. Vielleicht wäre sie irgendwann völlig auf den Hund gekommen, wären sie und ihre Gefährtin Apollonia nicht eines Tages ausgelöst worden aus ihrem Gefängnis, und zwar vom Wirt des städtischen Frauenhauses. So stiegen sie beide von der Winkelhure zur öffentlichen Frau auf, standen sogar unter dem Schutz der Stadt, dienten sie doch mit ihrem Handwerk dem allgemeinen Wohl und Frieden. Im Haus Zum Blauen Mond wurde auf Sauberkeit und Ordnung geachtet, im Krankheitsfall war für die Frauen gesorgt, und einen Freier, der sich unflätig verhielt, durften sie sogar abweisen!

Serafina gehörte bald schon zu den begehrtesten Hübschlerinnen, und seltsamerweise musste sie dabei oft an eine Bemerkung von Mutter Cecilia denken: «Du bist sehr schön und sehr klug, Serafina. Du wirst sehen: Eines Tages wirst du die Männer in der Hand haben, und du wirst das genießen.» Vor allem aber verdiente sie im Blauen Mond ein Mehrfaches als zuvor, und ihr sonntägliches Wiedersehen mit Vitus währte bald schon, dank ihrer großzügigen Spenden, um einiges länger als nur einen Rosenkranz.

So sah sie ihren Jungen heranwachsen, freute sich über seine ersten Gehversuche, staunte, wie mühelos er sprechen lernte – und später dann lesen und schreiben –, und erst recht darüber, wie schnell er sich körperlich entwickelte. Er turnte und tobte und kletterte wie ein Äffchen im Klostergarten herum, dass ihr manchmal angst und bange wurde. Und doch war sie gleichzeitig so stolz auf ihren Jungen.

Bis zu jenem Sommertag, als ein fremder Bruder Pförtner sie fortjagte, nicht ohne ihr zuvor mit eisiger Miene mitzuteilen, dass ihr Sohn verschwunden sei, fortgezogen mit einem Trupp eidgenössischer Gaukler. Seither hatte sie Vitus nie mehr gesehen.

Kapitel 15

Serafina schrak auf, als sie Grethe von unten rufen hörte.
«Serafina? Bist du oben?»
«Ja. Ich komme gleich.»
Rasch rieb sie sich die Tränen aus dem Gesicht und eilte die Stiege hinab. Grethe stand gestiefelt und gespornt im Hausflur.
«Ich will noch eben beim Fischhändler vorbei und Salzheringe für morgen bestellen. Am besten treffen wir uns gleich bei Clausmann in der Oberen Au. – Was ist mit dir?» Grethe betrachtete sie voller Besorgnis. «Du hast ganz rote Augen.»
«Nein, nein, da ist nichts. Ich hab mir wohl versehentlich was von der Tinktur ins Auge gerieben.»
«Na dann ... Hättest grad eben Heiltrud hören sollen – was die geschimpft hat, dass die Meisterin und du jetzt Mannsbilder ins Haus schleppt! Dabei muss ich sagen: Gegen solch einen wie den Grasmück hätt ich nichts einzuwenden.» Sie seufzte. «Aber eine wie mich würd er ohnehin nicht beachten. Wo doch die ganze Stadt erzählt, in welch glühender Liebe er seine Benedikta verehrt.»
Serafina zuckte nur die Schultern. «Du vergisst, dass du Keuschheit geschworen hast.»

«So lass mich doch träumen, du Spielverderberin. Sag – ist wirklich alles in Ordnung mit dir?»

«Aber ja. Ich muss jetzt auch los, wenn ich die Beete fertig kriegen will.»

Sie zog ihren Umhang über und betrat zusammen mit Grethe den Hof. Wie immer begleitete Michel sie mit heftigem Schwanzwedeln zum Tor. Die Sonne schien, und es war fast frühlingshaft mild. Ein herrlicher Tag für einen kleinen Hund, um draußen herumzutoben.

«Nein, Michel.» Serafina tätschelte ihm den Kopf. «Ich geh zwar in den Garten, aber heut kannst nicht mit. Du musst auf die arme fußkranke Heiltrud aufpassen.»

«Und gib ja acht, dass kein Mannsvolk reinkommt», kicherte Grethe.

Als sie kurz darauf nach rechts auf die Egelgasse einbogen, stutzte Grethe.

«Das ist nicht der Weg zum Garten.»

«Nein. Ich muss vorher noch zu Achaz.»

Grethe hielt sie am Arm fest. «Das hat nicht zufällig mit dem Betteljungen und dieser Schandtat im Münster zu tun?»

«Du hast also Grasmück und mich belauscht!»

«Ja, das hab ich. Und ich hab Angst, dass du wieder in was Dummes hineinschlitterst. Ich kenn dich inzwischen ein bisschen.»

«Jetzt übertreib nicht, Grethe. Ich will Achaz nur um Unterstützung bitten.»

Sie überquerten den Platz zwischen Barfüßerkloster und Ratskanzlei, nur noch einen Steinwurf entfernt von Achaz' Domizil. Grethe drehte sich zu Serafina und flüsterte ihr ins Ohr: «Darf ich dich was fragen?»

«Was?»

«Du und der Stadtarzt – war da was zwischen euch in Konstanz?»

«Bist du von Sinnen?» Entgeistert blieb Serafina stehen. Grethe und die Meisterin waren die Einzigen in Freiburg, die inzwischen von ihrer nicht gerade ehrenwerten Vergangenheit wussten. Und natürlich Adalbert Achaz, der ihr im Blauen Mond einmal aus der Patsche geholfen hatte, damals, als er noch Leibarzt des Bischofs zu Basel gewesen war. Von ihrem unehelichen Sohn ahnte allerdings niemand etwas.

«Nein», sagte sie so laut, dass die Leute auf der Gasse erstaunt in ihre Richtung glotzten.

«Gut. Dann kann ich dich ja auch zu Achaz begleiten. Und wir halten uns somit an unsere Regel, Männer niemals allein aufzusuchen.» Sie zwinkerte ihr zu.

Serafina stieß einen übertriebenen Seufzer aus. Sie wusste nicht, ob sie erleichtert sein sollte über Grethes Aufdringlichkeit oder verärgert, als sie jetzt, wie immer ein wenig angespannt, an Achaz' Tür klopfte.

«Ach, Ihr seid es schon wieder, Schwester Serafina», begrüßte die Magd sie mürrisch. Immerhin bat sie die Frauen herein. «Wartet bitte hier, der Medicus hat noch Besuch.»

Serafina hatte die Stimme, die erst verhalten, dann laut und vernehmlich aus der Wohnstube drang, sofort erkannt. Es war niemand Geringeres als Fridlin Grasmück, der jetzt übellaunig auf Achaz einredete. Überhaupt klang das, was da durch die geschlossene Tür nach außen drang, schon eher nach einem handfesten Streit denn nach einem Gespräch.

Sosehr sie sich auch mühte, vermochte sie doch nur einzelne Wortfetzen zu verstehen.

«Natürlich bin ich mir sicher ...», kam es von Achaz, «Ihr müsst schon ... oder Eure Frau ...»

Dann war Grasmück zu hören: «... mich zum Gespött machen ...? Niemals!»

Achaz fluchte: «Potztausendblitz – dann werd *ich's* tun ...» Unterbrochen von Grasmücks empörtem «Ich warne Euch!»

Ein Flüstern folgte, dann erregtes Gemurmel. Da sich die Magd zurückgezogen hatte, konnte Serafina nicht länger an sich halten. Sie stellte sich dicht hinter die Stubentür.

«Von wem wisst Ihr das alles ...?», hörte sie Achaz fragen. Ein verächtliches Schnauben seitens Grasmück folgte: «Diese Sorte Weib ändert sich nie! Auch wenn Ihr's nicht glaubt ...»

In der Folge war nichts mehr zu verstehen, bis schließlich Achaz ausrief: «Du lügst, du Hund!» – Eilige Schritte waren zu hören, dann Grasmücks Stimme unmittelbar hinter der Tür: «Ich rate dir, halt bloß den Mund! Das ist allein meine Sache!»

Serafina konnte gerade noch rechtzeitig zurückweichen, als die Tür auch schon aufschwang. Der Glasmaler, dem die Zornesröte auf dem Gesicht stand, schien sie und Grethe gar nicht wahrzunehmen, als er jetzt an ihnen vorbei nach draußen hastete. Verdutzt sahen sich die beiden Frauen an.

In die plötzliche Stille hinein trat Achaz, bleich wie der Tod und schweren Schrittes. Das kurzgeschnittene dunkelblonde Haar war zerzaust, als sei er in einen Sturmwind geraten, auf seinen sonst so sorgfältig barbierten Wangen sprießten die Bartstoppeln.

Serafina räusperte sich: «Verzeiht, wenn wir hier so hereinplatzen, aber Irmla hat uns eingelassen.»

Anders als sonst zeigte der Stadtarzt keinerlei Freude über ihre Begegnung. Im Gegenteil: Er starrte Serafina an, als sei sie ein Wechselbalg oder eine Untote, die soeben dem Grab entsprungen war.

«Was ... was war denn das?» Serafina deutete zur Haustür, die noch halb offen stand.

«Nichts, nur eine kleine Meinungsverschiedenheit.»

Sie bemerkte, wie seine Hände zitterten, als er die Tür schloss. Und wie er sie immer noch anstarrte.

«So kennt Ihr den Glasmaler doch besser als nur flüchtig?», fragte sie verunsichert, nur um überhaupt etwas zu sagen.

Er winkte kraftlos ab. «Warum seid Ihr hier, Sera... Schwester Serafina?»

«Ihr müsst mir helfen. Dieser Hostienfrevel stinkt von vorn bis hinten. Ich bitte Euch, schaut Euch den Betteljungen an, in Eurer Eigenschaft als Stadtarzt. Von wegen Mordversuch – dieser Scharlatan hat nur einen Kratzer. Ich sage Euch, da steckt einer der Freiburger dahinter. Wir müssen den Jungen zum Reden bringen ...»

«Mischt Ihr Euch schon wieder ein?», unterbrach er sie überraschend ungehalten. «Lasst die Finger von alledem.»

«Sagt mir wenigstens Eure Meinung hierzu, sie ist mir wichtig.»

«So, ist sie das?» Er holte hörbar Luft. «Dabei bin ich mir sicher, dass Ihr Eure Nase längst in sämtliche Angelegenheiten gesteckt habt, die Euch nichts angehen. In welcher Weise auch immer.» Seine hellbraunen Augen blitzen noch immer – oder schon wieder? – vor Zorn. «Und dass Ihr mir jetzt gleich eine Handvoll Verdächtiger präsentiert.»

«Ganz genau.» Serafina verschränkte trotzig die Arme. Dass er seinen Ärger jetzt an ihr ausließ, musste sie sich wahrhaftig nicht bieten lassen. «Und wir wüssten auch ganz schnell, wer davon der Täter ist, wenn Ihr nur Euren Hintern bewegen und den Jungen untersuchen würdet. Ein wenig Druck Eurerseits, und der Bursche würde alles ausplaudern.»

Achaz verzog den Mund und schwieg.

«Gut», sie schritt vor ihm auf und ab, «Nidank fällt womöglich heraus, jetzt, wo er reich geerbt hat. Aber was ist mit den anderen hoch verschuldeten Ratsherren? Wie etwa dem Silberkrämer Schneehas oder dem Edlen von Kippenheim? Oder wie steht's um die Kaufherren, deren Geschäften Löw und Salomon im Wege stehen? Wie etwa der Kornhändler Allgaier? Immerhin *der* sitzt jetzt in Arrest, weil er nämlich am Abend des Hostienfrevels auf der Gasse gesehen wurde. Der Ratsherr Wetzstein scheint der Einzige in dieser Stadt zu sein, der sich nicht von Rang und Namen blenden lässt. Aber ich verwette meine Beginentracht, dass der gute Mann schon morgen wieder auf freiem Fuß ist.»

«Dann verwettet nur Eure Kutte, da tut Ihr recht dran.» Achaz lachte verächtlich auf. «Ihr habt doch keine Ahnung, Serafina, was um Euch herum geschieht. Der Allgaier mag vielleicht ein elender Weiberheld und ein Großmaul sein, aber niemals ein Judenmörder. Und so was Schändliches wie den alten Kreuzjuden vergiften würde er schon gar nicht tun.» Jetzt wurden seine Augen schmal. «Ihr vergesst in der Reihe Eurer Verdächtigen übrigens einen gewissen Glasmaler – der sich, um Haus und Werkstatt zu kaufen, bei Mendel verschulden musste. Und erst recht, um seiner schönen Benedikta ein ansprechendes Leben zu bieten.»

«Ist das wahr?» Serafina war verblüfft. In diese Richtung hatte sie gar nicht gedacht.

«Da habt Ihr Euch wohl gehörig blenden lassen von dem

Kerl ... Ein Rückfall in alte Zeiten?» Er sah sie eindringlich an. «Und was Schneehas und Kippenheimer betrifft – die stehen bei Gericht inzwischen den Heimlichen Räten als Schöffen zur Seite. Also Vorsicht!»

Serafina schwindelte der Kopf. Schließlich stieß sie hervor: «Dann glaubt Ihr womöglich selbst an den Unsinn, die Juden wären Hostienschänder und Kindsmörder?»

«Hab ich das gesagt? Aber ausnahmsweise weiß ich etwas, was Ihr nicht wisst, und damit könnte es dem Juden Mendel doch noch an den Kragen gehen. Jetzt geht bitte.»

Mit den letzten Worten riss er die Tür auf und wies ihnen unmissverständlich den Weg nach draußen.

Kapitel 16

Als sie sich auf der Gasse wiederfanden, war Serafina wie vor den Kopf geschlagen. Was war nur in diesen Mann gefahren? Nie zuvor hatte sie ihn so garstig, so boshaft ihr gegenüber erlebt.

Grethe schien nicht weniger bestürzt.

«Schockschwerenot – was war denn das? Dabei hätt ich immer schwören können, dass der Stadtarzt dich heimlich mag.»

Den letzten Satz überhörte Serafina geflissentlich. Und auch ihre Betroffenheit über Achaz' Verhalten sollte sie erst einmal zur Seite schieben. Viel wichtiger war jetzt die Frage, warum der Stadtarzt so felsenfest von Allgaiers Unschuld überzeugt war. Und was wusste er von Mendel?

Tröstlich legte Grethe ihr den Arm um die Schultern. «Weißt was? Du gehst jetzt mit mir zum Markt, die Heringe bestellen, dafür helf ich dir im Garten, und danach rüsten wir uns zusammen für den Kampf gegen Clausmanns Zipperlein.»

Serafina nickte. Sie konnte wirklich von Glück sagen, dass sie in Grethe eine Freundin gefunden hatte.

Als sie auf die Große Gass gelangten, hatte der Marktmeister bereits das Ende eingeläutet, und wer jetzt noch etwas feilbot, musste mit strengen Strafen rechnen. Normalerweise um diese Zeit waren die Mägde und Hausfrauen längst heimgegangen, um mit ihrem Tagwerk fortzufahren, und es trieben sich nur noch ein paar Kinder, Hunde und Schweine zwischen den Verkaufsständen herum, auf der Suche nach verwertbarer Beute zwischen all den Abfällen, die jetzt das Pflaster bedeckten. Heute allerdings hatte sich in Richtung Heilig-Geist-Spital eine riesige Menschenmenge angesammelt.

«Da schau an – ein Wanderprediger», murmelte Grethe, und sie traten ein paar Schritte näher. Auf der Freitreppe des Spitals reckte eine Gestalt in dunkler Kutte die Arme gen Himmel. Was er von sich gab, verschlug den beiden Frauen die Sprache:

«So höret, meine Schwestern und Brüder, und erkennet, dass die Gefahr nicht vorüber ist! Ihr habt tatsächlich geglaubt, dass das gottlose Volk der Hebräer in alle Winde zerstreut ist und keinen Schaden mehr anrichten kann? O nein, da täuscht ihr euch! Wer Juden bei sich in der Stadt duldet – und sei's nur ein einziger –, der duldet den Teufel bei sich. Denn im Jud – und sei's nur ein einziger – sucht sich der Teufel seinen Verbündeten, um die gesamte Christenheit zu verderben!»

«Recht hat er!», rief jemand, und Beifall brandete auf.

Serafina fand als Erste die Sprache wieder. «Bloß weg hier!» Sie packte Grethe am Arm und hielt schnurstracks auf Fronfischels Verkaufsstand zu. Der Fischhändler war gerade dabei, seine Auslage leerzuräumen, während sein Knecht alles auf die Maultierkarre stapelte. Serafina atmete auf. Hier war es zum Glück ruhiger und die Hasspredigt des Bettelmönchs nicht mehr zu verstehen.

«Gott zum Grüße, Meister», sagte sie.

Fronfischel hielt in seinen Verrichtungen inne und lächelte: «Wie steht's, liebe Schwestern?»

Grethe lächelte zurück – so offenherzig, wie sie in letzter Zeit überhaupt jedes Mannsbild anstrahlte, dachte Serafina bei sich. Eigentlich müsste sie, als die Ältere, Grethe hierfür zurechtweisen, aber sie gönnte ihrer jungen Freundin diese harmlosen Momente der Freude.

«Ich wollt für morgen eine Steige Salzheringe bestellen.» Grethe zupfte an ihrem Schleier herum, bis eine Strähne ihres blonden Haars sichtbar wurde. «Falls Ihr welche vorrätig habt.»

«Für Euch doch immer, Schwester Grethe.»

Serafina fiel auf, wie angespannt sein Lächeln wirkte. Auch war er längst nicht so redselig wie sonst.

«Nun – dann komm ich morgen in aller Früh zu Euch.»

«Tut das, Schwester Grethe.»

Damit wandte er sich ab, um seinem Knecht die letzten Kisten zu reichen. Plötzlich stand der Marktaufseher vor ihm und schnauzte:

«He, Sebast! Was war das eben mit den Beginen? Hast du denen etwa noch Fisch verkauft?»

«Siehst du Gespenster, oder was? Kannst ja nachschauen unter ihren Kutten.»

Serafina stellte sich zwischen die beiden.

«Wir haben für morgen Salzhering bestellt – ich denke, das ist nicht verboten. Ihr könntet in Gegenwart von zwei freundlichen Armen Schwestern ruhig etwas höflicher sein.»

«Da hast du's, Heinrich.» Sebast Fronfischels Augen funkelten ärgerlich. «Lass deine schlechte Laune gefälligst woanders raus.»

Die ersten Neugierigen sammelten sich um den Verkaufsstand.

«Ha! Du bist genau der Richtige für meine Laune! Besitzt du doch die Blödigkeit, heut früh in die Kanzlei zu marschieren und die beiden Judenhändler zu entlasten. Jetzt sitzt der arme Allgaier noch tiefer in der Scheiße!»

«Da hab ich noch gar nicht gewusst, dass Allgaier im Haberkasten einsitzt. Außerdem ...»

«Verzeiht, wenn ich Euch unterbreche, Meister Fronfischel», mischte sich Serafina ein. «Ihr habt den Löw und den Salomon entlastet?»

«Na ja, weil es doch hieß, die hielten sich hier irgendwo verborgen und steckten mit dem Mendel unter einer Decke. Dabei bin ich ihnen am Tag vor der Freveltat, als ich eine Fuhre Rheinfisch geholt hab, ja selber begegnet. Mit ihren Fuhrwerken, weit weg von hier auf der Straße nach Straßburg. – Das war also nichts als die Wahrheit, was ich in der Kanzlei vermeldet hab.»

«Daran habt Ihr recht getan.»

«Ach, Schwester Serafina – ich hatte Euch ja schon mal gesagt, dass ich rein gar nichts gegen die Hebräer habe. Der Löw und der Salomon sind meine besten Kunden, gute, höfliche Leut ...»

«Schwatz keinen Dreck daher!» Dem Marktmeister platzte schon wieder der Kragen. «Das sind alles Gotteslästerer und Christusmörder! Und den armen Kreuzbruder haben sie obendrein auf dem Gewissen. Statt sie ins Feuer zu jagen, lässt man die auch noch laufen! Ich mach jede Wette, dass der Schusterjud morgen wieder auf freiem Fuß ist.»

So langsam schwoll auch Serafina der Kamm. «Wie könnt Ihr nur so reden! Diese Menschen leben seit Jahren in Freiburg, zahlen, ohne zu murren, ihre hohen Abgaben und haben ansonsten keiner Menschenseele je etwas getan.»

«Nichts getan? Dass ich nicht lache! Die pressen uns aus mit ihren Wucherzinsen, besetzen die schönsten Freiburger Hofstätten und reißen den Handel an sich. Schlägt man sie an einem

Ort, tauchen sie umso stärker am nächsten wieder auf. Mit dem Teufel im Bund sind die. Hört Euch doch an, was der fremde Prediger dort zu sagen hat!»

Der Marktaufseher spuckte aus, machte auf dem Absatz kehrt und ging seiner Wege. Serafina sah ihm nach.

«Es ist wirklich mutig von Euch, gegen den Strom zu schwimmen», sagte sie leise zu Fronfischel.

Der schmetterte die letzte Kiste auf seine Maultierkarre. «Das ist beileibe nicht meine Absicht. Nicht wenn's jetzt gegen einen Unschuldigen geht. Und was den Judenschuster betrifft – man kann sich auch im freundlichsten Nachbarn täuschen.»

«So habt Ihr Eure Meinung zu Mendel also geändert», stellte sie enttäuscht fest. «Was macht Euch andrerseits so sicher, dass der Kornhändler unschuldig ist?»

Der Fischhändler zuckte die Schultern. «Weil ich ... weil ich das eben weiß. Außerdem ist der Allgaier mein Schwager, der Bruder meiner Frau. Und jetzt lasst mich bitte meine Arbeit machen.»

Kapitel 17

Als Grethe und Serafina am frühen Abend von ihrem Krankenbesuch heimkehrten, trafen sie im offenen Hoftor auf den Ratsherrn Schneehas. Er war in Begleitung eines finster dreinschauenden Stadtweibels und eilte ohne Gruß an ihnen vorbei.

«Was hat das zu bedeuten?», fragte Grethe überrascht.

«Wahrscheinlich nichts Gutes», murmelte Serafina. Für heute hatte sie genug Unangenehmes erlebt. Zuerst diese mehr als unerfreuliche Begegnung mit Achaz, hernach der hasserfüllte Wanderprediger und der Streit auf dem Markt. Im Garten dann hatte irgendwer das Feldstück mit den Kohlköpfen geplündert, und der Scherenschleifer schließlich hatte sie und Grethe beschimpft, dass sein brandiges Bein mit ihren Salben nur noch schlimmer würde – tatsächlich hatte, unterhalb des Knies, eine handtellergroße Stelle wieder zu nässen begonnen, was nach Serafinas Dafürhalten Clausmann selbst verschuldet hatte, starrte seine Kleidung doch ebenso vor Dreck wie die gesamte Schlafkammer. Zu all diesen Unannehmlichkeiten kam hinzu, dass sich Serafina nach der Totenwache von vergangener Nacht kaum noch auf den Beinen halten konnte.

Schon in der Haustür hörten sie lautes Schluchzen aus der Großen Stube.

«O nein!», rief Grethe aus. «Nicht schon wieder Adelheid!»

Ihre Gefährtin stand in Tränen aufgelöst vor dem kleinen Marienaltar, das Gesicht rot und verheult, während Mette und Heiltrud in betretenem Schweigen neben der Meisterin am Fenster lehnten.

«Da wir nun alle versammelt sind», Catharina trat zum Tisch, «möchte ich, dass wir uns beraten. Setzt euch.»

Ihre Miene wirkte betroffen. Sie wartete, bis alle Platz genommen hatten, dann fuhr sie fort:

«Adelheid war heute erneut als selbsternannte Predigerin unterwegs. Hat dabei verkündet, dass der Mensch gottgleich werden kann und schon im Diesseits endgültige Seligkeit erlangt, wenn er sich nur müht. Aber das ist es nicht allein. Adelheid hat sich nicht damit begnügt, ihre Erleuchtungen in den Wohnstuben der Bürgersfrauen zum Besten zu geben, sondern ist damit vor den Altar von Sankt Peter gezogen.»

Heiltrud starrte Adelheid an. «Du hast allen Ernstes in einer Kirche gepredigt? Vor Leuten?»

Auch Serafina glaubte sich verhört zu haben. Was für ein wahnwitziger Einfall. Als Frau vor dem Altar zu predigen!

«Nicht nur das. Am Ende hat sie die Handvoll Kirchgänger, die ihr vor den Altar gefolgt waren, auch noch aufgefordert, sich gegenseitig die Beichte abzunehmen gleich einem Priester. – Das stimmt doch, Adelheid, oder?»

«Ja, Meisterin.» Ihre Lippen zitterten.

«Jedenfalls hat der Rat der Stadt jetzt eine hoch amtliche Verwarnung ausgesprochen. Ein weiterer Vorfall in dieser Richtung, und das Haus Zum Christoffel wird geschlossen.»

«Dürfen die das überhaupt?», platzte Grethe heraus.

«Sie dürfen.» Catharinas Stimme klang müde. «Andernorts ist

das oft genug geschehen. Seit jeher hat man Beginen und freie Schwesternsammlungen als Ketzerinnen beschimpft. Und aus den Städten verjagt. – Was also schlagt ihr vor?»

Niemand sagte etwas. Schließlich hob Mette in ihrer schüchternen Art die Hand. «Adelheid sollte nicht mehr allein nach draußen gehen.»

«Und was ist mit unserem Dienst am Menschen?», gab Grethe zurück. «Das ist schließlich unsere Hauptaufgabe. Wir können sie doch nicht bei jedem Krankenbesuch begleiten.»

Heiltrud zog die Mundwinkel nach unten. «Die geistlichen Werke der Barmherzigkeit sind ebenso wichtig. Und für die Lebenden und Toten beten kann Adelheid auch hier im Haus, vor unserem Altar.»

«Sie also wie eine Gefangene hier einschließen? Da kann sie ja gleich ins Kloster gehen.»

«Du hast ganz recht, Grethe. Das wäre das Beste.» Adelheid wischte sich die Tränen aus dem Gesicht. «Ich will euch nicht länger in Gefahr bringen, daher sollte ich euch verlassen.»

«Niemand hier will, dass du gehst. Merkst du das denn nicht?» Serafina, die neben ihr saß, legte ihr die Hand auf den Arm. «Aber das, was du da predigst, ist Selbstvergottung! Ich frag mich, wo du solcherlei Zeugs gelesen hast.»

Adelheids Augen begannen zu glänzen.

«Das hab ich nicht nur gelesen, sondern selbst erfahren», flüsterte sie. «Der Herr hat zu mir gesprochen: ‹Ich und du sind eins geworden.› Ich weiß nun, dass Gott mir meine Sünden erlassen und die Erbsünde von mir genommen hat.»

Entgeistert sah Serafina sie an. Womöglich war es wirklich das Beste, wenn Adelheid um Aufnahme im Kloster Adelhausen bat. Die Dominikanerinnen dort lebten in strenger Klausur und gingen ganz in ihrem Verlangen nach göttlichen Visionen auf – dafür waren sie weithin berühmt.

Die Meisterin erhob sich. «So lasst uns über diese Sache noch eine Nacht schlafen. Grethe, hilf bitte Heiltrud in der Küche, es ist höchste Zeit für das Abendessen.»

Kapitel 18

Bei der Morgenversammlung am nächsten Tag sollte sich entscheiden, wie es mit ihrer Gefährtin weiterging. Seit dem Aufstehen hatte Adelheid noch kein Wort mit ihnen gesprochen. Stumm war sie neben ihnen her zur Frühmesse marschiert, ebenso stumm wieder heimgekehrt, um jetzt müden Schrittes die Außentreppe zu den Schlafkammern hinaufzustapfen. Die anderen verharrten im Hof und blickten ihr nach.

«Wer sagt uns», Heiltrud konnte sich ihr ewiges Sticheln nicht verkneifen, «dass Adelheid nicht völlig vom Weg abgekommen ist? Dass Satan selbst ihr all das eingeflüstert hat.»

«Und der sitzt jede Nacht bei ihr am Bett ...», erwiderte Serafina spöttisch.

«Vielleicht sollte jemand nach ihr sehen», meinte Grethe besorgt.

«Nein, lasst sie.» Die Meisterin schüttelte entschieden den Kopf. «Jede geht an ihre Arbeit. Wir sehen uns dann beim Morgenessen.»

Serafina zog ihren Arbeitsschurz vom Haken, schnappte sich die Handkarre, die unter der Stiege verräumt war, und machte sich an die Stallarbeit. Aber in Gedanken war sie bei ihrer Mitschwester, deren Schicksal sich in Kürze entscheiden würde. Womöglich war ein Beginenhaus doch nicht der richtige Ort für eine Tochter aus vornehmem Haus. Um als Arme Schwester zu leben – oder als Begine, wie sich die Frauen fast trotzig selbst nannten, obwohl dieser Begriff längst zu einer Schmähung geworden war –, brauchte es ein dickes Fell und eine gehörige Portion Unerschrockenheit. Weder durfte man sich vor offenen Geschwüren und eiternden Wunden ekeln noch davor, einen von Exkrementen verklebten Leichnam zu waschen. Außerdem wurde ihnen oft genug die Nacht zum Tage gemacht, denn mit dem Sterben hielten sich die Menschen an keinen Glockenschlag.

Als sie eine gute Stunde später fertig war, forderte wie jeden Tag nach der Stallarbeit das Hündchen sie zum Spiel auf, indem es ihr einen Stock zu Füßen legte. Sie liebte diese kurze, kindische Auszeit, wenn sie mit wehenden Rockschößen kreuz und quer über den Hof tobte, um Michel seine Beute wieder abzujagen. Diesmal allerdings wurde sie schon beim zweiten Stockwurf von Grethe unterbrochen, die mit ihrer Steige Salzheringe unterm Arm den Hof betrat. Ihr Gesicht war gerötet.

«Du glaubst gar nicht, was in der Stadt los ist! Stell dir vor, Serafina: Der Mendel muss im Turm bleiben! Die erste Tortur ist für Sonnabend angesetzt. Und das Volk da draußen tobt.»

Serafina fiel vor Schreck der Stock aus der Hand. «Das ist nicht wahr! Ich dachte, sie wollten heut den Allgaier gütlich verhören.»

«Der ist längst wieder frei. Ratsherr Nidank hat ihn ganz plötzlich entlastet. Der Kornhändler wär zur fraglichen Zeit bei ihm in der Stube auf einen Krug Wein gesessen, den ganzen Abend lang. Seine Frau könne das bezeugen.»

Wie konnte das sein? Und warum erinnerte sich Nidank erst jetzt daran? Plötzlich fiel es ihr wie Schuppen von den Augen:

Nidank war überhaupt nicht bei sich zu Hause gewesen! An jenem Samstagabend nämlich hatte sie noch einen Krankenbesuch bei der Beutlerwitwe gemacht. Es war spät geworden, und sie hatte, wie immer bei Ausgängen in der Dunkelheit, Michel bei sich gehabt. Gerade als sie in Oberlinden am Bärenwirtshaus vorbeigekommen war, waren aus der Tür zwei Männer herausgewankt gekommen und mit ihr zusammengeprallt. Und zwar niemand anderes als Nidank und der Küster des Münsters.

«Hast du keine Augen im Kopf?», hatte Nidank sie angeblafft, und im selben Augenblick hatte der Hund ihn auch schon beim Fußknöchel gepackt und ein Loch in seine teuren seidenen Strümpfe gerissen. Dabei war Nidank so betrunken gewesen, dass er Serafina nicht einmal erkannt hatte. Sie erinnerte sich noch sehr genau, wie schwer es gewesen war, erst den Hund, dann den aufgebrachten Ratsherrn zu beruhigen. Vor allem aber hatte sie sich gewundert, dass Nidank mit dem Küster unterwegs gewesen war. Als Edler, der mit einer in die Jahre gekommenen Grafentochter vermählt war und sich nicht die Hände schmutzig machen musste, weil er von Renten und Zinsen lebte, war er nicht der Mann, der sich mit Leuten unter seinem Stand abgab.

Und was den Küster betraf: Hatte der ihr gegenüber nicht angegeben, das Münster später als sonst abgeschlossen zu haben, weil er im Wirtshaus versackt war? Sie war sich fast sicher, dass ihr Zusammentreffen mit Nidank und dem Küster am fraglichen Abend stattgefunden hatte.

Ohne ihren dreckigen Arbeitsschurz abzulegen, eilte Serafina ins Haus. Sie fand die Meisterin in ihrer winzigen Schreibstube, die sich an den Gemeinschaftsraum anschloss.

«Entschuldige die Störung. Kannst du bitte nachsehen, ob ich vergangenen Samstagabend bei der Beutlerwitwe war?», platzte sie ohne Umschweife mit ihrer Frage heraus.

Catharina rümpfte die Nase. «Den Stallmistgestank hättest wenigstens draußen lassen können. So viel Zeit muss sein.»

«Das tut mir leid. Aber es ist wirklich dringend ... Stell dir vor, der Allgaier ist frei, und dafür soll der Mendel jetzt doch peinlich befragt werden!»

«Woher weißt du das?»

«Grethe hat es auf dem Markt erfahren. Der Allgaier soll an dem Abend bei Ratsherr Nidank zu Hause gewesen sein, kann die Schandtat also angeblich gar nicht begangen haben.»

«Und was hat das mit der Beutlerin zu tun?»

«Weil das alles nicht stimmt. Der Nidank war gar nicht daheim, sondern im Bären, wenn ich mich nicht im Tag irre. Ich war nämlich auf dem Heimweg von der Beutlerwitwe und bin ihm dort begegnet.»

Die Meisterin nickte. «Das werden wir gleich haben.»

Sie zog die schwere, in Leder gebundene Hauschronik aus dem Regal, legte sie auf ihr Lesepult und schlug sie an der Stelle des roten Fadens auf.

«Heute haben wir Donnerstag. Warte ...» Sie blätterte zurück. «Hier steht's: *Sonnabend vor Allerseelen, anno domini 1415: 2 neue Legehennen, gestiftet von der Pfefferkornin ... Adelheid und Heiltrud zur Beutlerin, Fuß wieder kindskopfgroß geschwollen ... Mit Hilfe von Nachbar Pongratz den Mist aufs Feld gekarrt ... Mette beim Wachshändler, 7 Rappenpfennige für 8 Pfund Licht ... monatliches heißes Bad im Badzuber ... Serafina zu später Stunde nach Torschluss nochmals zur Beutlerin, daher Hund mit dabei ...*»

Catharina sah auf. «Du hast recht. Es war der Abend vor dem Hostienfrevel und dem Mord am Kreuzbruder.»

Serafina holte tief Luft. Nidank hatte also in aller Unverfrorenheit gelogen. Warum? Hatte er mit Allgaier gemeinsame Sache gemacht, um die Juden loszuwerden?

Plötzlich fühlte sie sich ernüchtert. Was konnte sie gegen all das schon unternehmen? Zu den hohen Herren in die Ratsstube marschieren und mir nichts, dir nichts einen ihrer Kollegen anschwärzen? Wenigstens waren, dank dem Fischhändler, die Juden Löw und Salomon vorerst aus dem Schneider, wenngleich das ein schwacher Trost war angesichts der Folterqualen, die Mendel wohl bevorstanden. Sie murmelte ein «Danke» und verließ das Zimmer.

«Halt, warte», hörte sie die Meisterin hinter sich rufen. «Was hast du jetzt vor?»

Serafina, die schon fast zur Tür hinaus war, drehte sich noch einmal um.

«Ich weiß es nicht. Ich weiß es wirklich nicht.»

Pünktlich zum Morgenessen tauchte Adelheid wieder aus ihrer Klausur auf. Sie wirkte gefasst, nahezu erleichtert. Kaum hatten sie das Tischgebet beendet, erhob sie sich.

«Bevor wir mit Gottes Segen zu essen beginnen, habe ich eine große Bitte an euch alle und an die Meisterin im Besonderen. Ich möchte mit eurer Erlaubnis aus der Sammlung austreten und die Meisterin bitten, mich zu den Dominikanerinnen nach Adelhausen zu begleiten, wenn ich dort um Aufnahme ersuche.»

Ein Ave-Maria lang herrschte Stille, dann knurrte Heiltrud: «Da wirst nicht lange betteln müssen. Die werden dich mit offenen Armen empfangen, bei deiner vornehmen Abstammung.»

Doch die Tränen in ihren Augen straften ihre harschen Worte Lügen. Auch Mette und Grethe schnieften leise, und selbst Serafina, die noch nicht so lange mit Adelheid unter einem Dach lebte, wurde es schwer ums Herz. Mit Adelheids Weggang würde etwas fehlen im Haus.

«Seid ihr also einverstanden?», setzte Adelheid nach.

«Ich bin einverstanden», antwortete Catharina, und auch die andern nickten. Da ging Adelheid von einer zur andern, um sie zu umarmen, und jeder von ihnen flossen Tränen der Rührung über die Wangen.

«Wann willst du uns also verlassen?», fragte die Meisterin.

Adelheid setzte sich wieder an ihren Platz. «Nach der Sonntagsmesse vielleicht?»

«Und du glaubst, dass dein Vater damit einverstanden ist? Immerhin wird er mit deinem Austritt aus unserer Sammlung wieder zu deinem Vormund und hat das letzte Wort bei dieser Entscheidung.»

«O ja, das ist er ganz sicher.» Sie lächelte. «Er hätt mich schon immer lieber in einem Kloster gesehen als hier bei euch.»

Ein munteres Gespräch wie sonst beim Morgenmahl wollte für diesmal nicht aufkommen, bedauerte doch jede von ihnen Adelheids baldigen Abschied. Am meisten wohl die Meisterin selbst, die gleich Serafina keine allzu hohe Meinung vom Klosterleben hatte.

Nach ihrer kleinen Morgenandacht ging jede von ihnen ihren Pflichten und Aufgaben nach. Serafina wollte noch einmal kurz beim Scherenschleifer Clausmann vorbeischauen. Der Verband, den sie ihm gestern um das offene Bein gelegt hatte, sollte täglich gewechselt werden. Und zwar keinesfalls von Clausmann selbst, mit seinen ewig dreckigen Pfoten.

«Soll ich dich nicht begleiten?», fragte Adelheid, als Serafina sich für ihren Gang richtete. «Ich möchte noch gern etwas Gutes tun, nicht nur bis Sonntag hier herumsitzen. Und ich weiß doch, wie eklig der alte Scherenschleifer sein kann...»

«Das ist wirklich lieb von dir, aber lass nur. Ich werd mit dem Kerl schon fertig.»

Sie beeilte sich, hinaus auf die Gasse zu kommen, da sie fürchtete, Adelheid könne ihr doch noch folgen. Bei dem, was sie noch vorhatte, konnte sie ihre Gefährtin weiß der Himmel nicht brauchen.

Der alte Scherenschleifer wohnte in der Oberen Au, einer Ansammlung von zwei Dutzend Häusern, Mühlen und Badstuben gleich vor der Stadtmauer. Und dort, in der Scheune bei der Grafenmühle, hatte auch der Betteljunge Luki seinen Unterschlupf. Wenn sie diesen Strolch zum Reden bringen würde, könnte das Mendel vielleicht vor der Marter retten. Die einzige Schwierigkeit hierbei war nach wie vor, dass das vor einem Zeugen geschehen musste – vor einem Zeugen, der einen guten Leumund hatte und der zudem die Verletzung des Jungen als harmlos begutachten konnte: der Stadtarzt Adalbert Achaz.

Kapitel 19

Natürlich gab es bei ihrem Vorhaben eine Unwägbarkeit: Nie und nimmer würde Adalbert Achaz ihren Einfall gutheißen, schon gar nicht, wo er sie bereits gestern so garstig abgekanzelt hatte. Aus diesem Grund blieb ihr nichts anderes übrig, als mit dem Jungen im Schlepptau einfach bei ihm aufzutauchen und ihn so vor vollendete Tatsachen zu stellen.

Den Roten Luki in die Stadt zu locken war dabei das geringste Problem, hatte er doch selbst angeboten, ihr gegen zwei gute Freiburger Rappenpfennige «zu Diensten» zu stehen. Er würde einsehen, dass dies selbstredend nicht in der Scheune geschehen konnte, wo sie bei ihrem schändlichen Tun jederzeit überrascht werden konnten, sondern drinnen in der Stadt, im Schutze der Wohnung eines befreundeten Bürgers. Der habe große Freude daran, ihnen hierbei zuzusehen und werde dafür obendrein zwei Pfennige springen lassen. Sie war felsenfest davon überzeugt, dass sich diese kleine Rotznase ein solch verführerisches Angebot nicht entgehen ließ.

Würden sie erst einmal auf Achaz' Türschwelle stehen, konnte er sie auch nicht mehr abweisen. Und falls er nicht zu Hause war, würde seine Magd sie und den Jungen schon hereinlassen.

Während sie in Richtung Obertor marschierte, kreisten ihre Gedanken immer wieder um den Stadtarzt. Nicht nur gegenüber Grasmück war er mehr als aufgebracht gewesen, sondern eindeutig auch gegen sie. Aber warum? Was hatte sie ihm getan? Warum mit einem Mal diese hämischen Anspielungen, diese Feindseligkeit? Und das, wo sie geglaubt hatte, Adalbert Achaz sei nach allem, was sie miteinander erlebt hatten, so etwas wie ein guter Freund geworden. Plötzlich traten ihr die Tränen in die Augen, und sie spürte, wie sich ihre Brust schmerzhaft zusammenzog.

Als sie kurz darauf das windschiefe Häuschen draußen am Mühlbach betrat, in dem der Scherenschleifer Wohnung und Werkstatt zugleich hatte, gelang es ihr, sich zu fangen. Schließlich hatte sie Wichtigeres zu tun, als sich über die Empfindlichkeiten eines Adalbert Achaz den Kopf zu zerbrechen, und die Zeit eilte wahrhaftig. Ihr Krankendienst dauerte keine halbe Stunde, und doch wäre sie heute froh um eine Begleitung gewesen. Der Alte hatte nämlich nicht aufgehört, sie als Quacksalberin und Kurpfuscherin zu beschimpfen, und erst als sie zurückgebrüllt und ihm gedroht hatte, niemals mehr wiederzukommen, hatte er endlich den Mund gehalten. Wie gut das getan hatte, einmal richtig laut zu werden.

Die Grafenmühle lag noch ein Stück weiter bachaufwärts. Sie hieß noch immer so, obwohl es längst keine Grafen von Freiburg mehr gab. Inzwischen gehörte sie der Stadt und war als Getreidemühle verpachtet. Nach dem reichlichen Herbstregen der letzten Wochen war der Mühlbach gut gefüllt, und das Wasserrad klapperte munter vor sich hin.

Sie blickte sich um. Das Anwesen des Müllers war mit einer hohen Mauer umgeben, dahinter, zum Dreisamfluss hin, zog sich eine mit Gestrüpp überwucherte Brache, die früher als Viehweide gedient haben mochte. An deren Ende moderte eine alte Scheune vor sich hin, mit halb abgedecktem Dach, das Tor mit Säcken verhängt.

Was für ein einsames Eckchen hier draußen, fuhr es ihr durch den Sinn – das Mühlrad laut genug und die Häuser der Oberen Au zu weit entfernt, als dass ein Hilferuf gehört werden würde.

Ach was! Sie hatte schon gespenstischere Orte als diesen hier betreten. Nach einem letzten Zögern fasste sie sich ein Herz und durchquerte die Brache auf einem schmalen Trampelpfad, der rechts und links von Brombeergesträuch und mannshohen Brennnesseln gesäumt war.

Der wütende Schrei einer aufgescheuchten Krähe ließ sie zusammenzucken. Sie blieb stehen. Waren da nicht aus dem Innern der Scheune Stimmen zu hören? Die streitbaren, aufgebrachten Stimmen junger Männer? Zwar hatte sie damit gerechnet, den Roten Luki erst mal gar nicht anzutreffen und somit auf ihn warten zu müssen, nicht aber dass er in Gesellschaft sein könnte. Das hatte sie schlichtweg nicht bedacht. Andrerseits war sie nicht gekommen, um auf halbem Wege aufzugeben.

Also gab sie sich einen Ruck und setzte so leise als möglich ihren Weg fort. Auf Zehenspitzen umrundete sie die Scheune, wobei jetzt deutlich herauszuhören war, dass es sich um mindestens vier Kerle handelte.

An der fensterlosen Rückwand hielt sie inne. Sie würde abwarten, bis Luki wieder allein war. Dabei kam sie nicht umhin zu lauschen, da jedes Wort, das durch die Ritzen der Holzlatten nach außen drang, deutlich zu verstehen war.

«Ich scheiß auf die Abmachung. Der Kerzenleuchter ist meiner!»

«Dass dir Donner und Hagel in die Goschen schlagen!» Das

war die Stimme des Roten Luki. «Entweder wird geteilt, oder wir wollen dein Arschgesicht hier nie mehr sehen.»

«So ist's!», bekräftigten zwei andere im Chor.

Waren diese Nichtsnutze etwa gerade dabei, irgendein Diebesgut zu verteilen? Da entdeckte Serafina zwei Handbreit über ihrem Kopf ein Astloch in der Bretterwand. Ihr Fuß tastete sich auf eines der losen Balkenstücke, die hier herumlagen, dann schob sie sich vorsichtig in Richtung der Öffnung nach oben.

Tatsächlich! Fünf Galgenbrüder in Lukis Alter hockten im Kreis um einen offenen Sack, aus dem allerlei Krimskrams quoll. Sie unterdrückte einen Fluch. Damit konnte sie ihr Vorhaben vorerst vergessen, wollte sie sich nicht unnötig in Gefahr bringen.

In diesem Moment begann der Balken unter ihren Füßen zu wackeln, sie geriet aus dem Gleichgewicht – und rutschte ab. Schmerzhaft schürfte sie sich an der rauen Bretterwand das Handgelenk auf und löste ein solches Gepolter aus, dass die Burschen innen aufschrien: «Was war das?»

Heilige Barbara – wohin jetzt? Auf demselben Weg zurück konnte sie nicht, da hätte sie am Scheunentor vorbeigemusst. Am besten hinüber zur Dreisam, quer durch das Erlengehölz auf dieser Seite der Scheune. Sie stürzte los in Richtung Fluss, als auch schon ein baumlanger Kerl mit verfilztem Haarschopf und einem Prügel in der Faust um die Ecke schoss. Sie wunderte sich noch über die hübsche blaugrüne Vogelfeder, die in seinen verdreckten Locken steckte, bevor der Schlag auf sie niederkam – hörte noch Luki rufen: «Die wollt zu mir, du erzblöder Hurensohn!», bevor ihr gänzlich schwarz vor Augen wurde.

Kapitel 20

Sie brauchte einige Zeit, um sich zu erinnern, was vorgefallen war, fand sie sich doch mit einem Mal im Halbdunkel der Scheune wieder. Mit einem leisen Stöhnen fasste sie sich an den Kopf und sah sich um. Von den Gaunern und ihrer Beute keine Spur mehr. Sie lag auf einer Strohschütte, die ganz offensichtlich als Schlaflager gedient hatte. Jetzt allerdings fand sich hier weder eine Decke noch sonst irgendwas, das auf eine menschliche Behausung hinwies, von den Tonscherben und ein paar abgenagten Hühnerkeulen auf dem Boden einmal abgesehen. Luki hatte seinen Unterschlupf also aufgegeben, und damit hatte sie fürs Erste alles verpatzt.

Erneut fasste sie sich an den schmerzenden Kopf. Zum Glück hatte der Schlag sie von oben getroffen, gedämpft durch Schleier und Kapuze, und nicht gegen die ungeschützte Stirn. Was hätte sie sich da wieder für Ausreden gegenüber den Frauen einfallen lassen müssen. Eine gehörige Beule würde es dennoch geben.

Wie hatte sie nur so ungeschickt sein können? Fluchend rappelte sie sich auf und klopfte sich die Kleidung sauber. Dann machte sie sich kraftlos auf den Rückweg. Als sie die Steinbrücke vor dem Obertor überquerte und einem Fuhrwerk ausweichen musste, wurde ihr schwummrig. Einige Atemzüge lang glaubte sie, über die Brüstung zu stürzen, geradewegs in die braune, stinkende Brühe des Mühlbachs hinein.

«Ist Euch nicht gut, Schwester?», fragte besorgt der Torwächter, der herbeigeeilt kam, doch sie winkte ab und durchschritt langsam die mächtige und weitläufige Toranlage. Dabei wünschte sie sich nichts sehnlicher, als endlich zu Hause zu sein. Sich ein klein wenig nur auf dem Bett auszustrecken, mit einer kühlenden Kompresse auf dem Kopf, der immer stärker pochte.

Im Stadtinneren angelangt, stutzte sie. Kam ihr dort auf der anderen Straßenseite nicht der Stadtarzt entgegen?

«Achaz!», rief sie und winkte ihm ermattet zu.

Der Stadtarzt hielt inne, nickte in ihre Richtung, um dann eilig in die vordere Wolfshöhle abzubiegen. Fassungslos schaute sie ihm nach: Jetzt ging er ihr also auch noch aus dem Weg.

So nicht, Adalbert Achaz! Sie rannte hinter ihm her, so schnell es der Schmerz in ihrem Schädel erlaubte, und packte ihn schließlich beim Arm.

«Jetzt wartet doch!»

Zwar blieb er stehen, doch auf seiner Miene zeichnete sich alles andere als Wiedersehensfreude ab.

«Ach, sieh an! Schwester Serafina von Sankt Christoffel.» Er setzte ein verkrampftes Lächeln auf. «Kommt Ihr bei der Behandlung von Meister Grasmück nicht weiter, oder warum lauft Ihr mir hinterher?»

«Was soll dieses Gerede über Grasmück?» Sie ließ ihn verärgert los. «Kränkt Euch das etwa wieder einmal in Eurer Standesehre? Wie lächerlich! Ihr als studierter Medicus würdet Euch ohnehin nicht mit einem eitrigen Furunkel beschäftigen.»

«Was also wollt Ihr dann von mir?»

Sie holte tief Luft, um den Schwindel zu bekämpfen. «Es fällt mir zwar von Mal zu Mal schwerer, so wie Ihr Euch benehmt, aber ich bitte Euch dennoch hiermit um Eure Unterstützung. Zum einen ist mir gerade dieser Betteljunge durch die Lappen gegangen. Ich hatte es selbst in die Hand genommen, ihn zum Reden zu bringen, aber leider hab ich's eben gründlich vermasselt.»

Unwillkürlich betastete sie ihren Schleier und verzog schmerzvoll das Gesicht. Die Beule darunter war ihrem Gefühl nach bereits auf Pflaumengröße angeschwollen.

«Ihr seht bleich aus. Und was ist da am Handgelenk?» Ganz kurz berührte er sacht ihre Hand. «Das blutet ja.»

Für einen Moment spiegelte sich Besorgnis in seinem Blick.

«Nichts, gar nicht. Bin nur ungeschickt an einer Hauswand entlanggeschrammt. Jedenfalls flehe ich Euch an: Wenn Euch der Bursche – er heißt übrigens Luki – über den Weg läuft, nehmt ihn Euch zur Brust. Gegen eine ausreichend große Geldsumme tut der alles, er wird Euch verraten, was geschehen ist. Versprecht Ihr mir das?»

Achaz schwieg.

«Jetzt das Zweite», fuhr sie unbeirrt fort. «Allgaier ist nur deshalb freigekommen, weil Nidank gelogen hat. Er und Allgaier waren an jenem Abend nämlich gar nicht zusammen. Das kann ich bezeugen.»

Er lachte trocken. «Vielleicht weil *Ihr* mit Nidank zusammen wart? Ist der nun auch bei Euch in Behandlung?»

«Hört endlich auf mit Euren kindischen Sticheleien. Nein, ich habe Nidank gesehen, wie er spätabends mit dem Küster aus dem Bären gekommen ist, beide sturzbetrunken. Deshalb auch hatte der Küster das Münster viel später als sonst abgeschlossen. Jemand muss mich begleiten, wenn ich das dem Rat vermelde.

Und da Ihr dem Rat nahesteht, denke ich an Euch. Wo Ihr doch demnächst endgültig als Stadtarzt vereidigt werdet.»

Sie war fast stolz auf sich, dass sie ihre Bitte, trotz seiner gemeinen Nadelstiche und der bohrenden Kopfschmerzen, so ruhig zu Ende gebracht hatte.

«Die Betonung liegt auf *demnächst*, liebe Schwester Serafina. Noch bin ich nur zur Probe im Dienste der Stadt.»

«Ja und? Was wollt Ihr damit sagen? Begreift Ihr denn nicht, dass die Zeit drängt? Mendel soll am Sonnabend gemartert werden! Der Nidank hat den Allgaier doch nur deshalb entlastet, weil die beiden unter einer Decke stecken. Nur deshalb gibt der eine dem andern ein falsches Zeugnis.»

Er wich ihrem Blick aus. «Ich werde mir grad noch meine Zukunft verbauen, indem ich auf Eure Vermutungen hin einen Ratsherrn denunziere. Nidank hat sich vielleicht einfach im Tag geirrt. Und dass Mendel peinlich befragt wird, ist noch gar nicht entschieden, das sind doch alles Gerüchte. Was zählt, ist, dass der Kornhändler wieder frei ist. Weil er nämlich unschuldig ist. Gott zum Gruße, Schwester Serafina.»

Damit wandte er sich zum Gehen.

«Wisst Ihr was, Adalbert Achaz?» Aufgebracht stakste sie ein paar Schritte neben ihm her. «Ich hatte gedacht, Ihr wärt so etwas wie ein Freund. Aber darin hab ich mich wohl maßlos getäuscht.»

Ruckartig blieb sie stehen und sah ihm nach, wie er in einer Seitengasse verschwand. Am liebsten hätte sie losgeheult.

Dann riss sie sich zusammen. Für alberne Rührseligkeiten war jetzt keine Zeit. Die Frage war doch vielmehr: Warum hielten alle den Kornhändler für unschuldig, wobei Nidank unverfroren log, während Achaz und der Fischhändler auf seiner

Unschuld beharrten, ohne dass sie sich auch nur ein Quäntchen für ihn eingesetzt hätten? Wenn Nidank und Allgaier die Hostienschändung und den Mord am Kreuzbruder tatsächlich gemeinsam auf dem Kerbholz hatten, warum verteidigte der Stadtarzt sie dann so hartnäckig? Was hatte er um Himmels willen mit ihnen zu schaffen? Und warum war er gestern so wutschnaubend gegen Meister Grasmück zu Felde gezogen? Überhaupt, dieser Grasmück – sie musste schleunigst herausfinden, ob er tatsächlich bei Mendel verschuldet war. Käme er dann nicht gleichfalls als Verdächtiger in Frage?

Am meisten Kopfzerbrechen bereitete ihr allerdings Achaz: Was genau wusste er, wenn er so felsenfest auf Allgaiers Unschuld beharrte? Schließlich war er der Einzige, der erwiesenermaßen am Münster gewesen war. Konnte es sein, dass auch er, mitsamt Fronfischel, Nidank und Allgaier, in die Sache verwickelt war? Wo er doch angedeutet hatte, er wisse etwas, das Mendel noch um Kopf und Kragen bringen könne ... War das Ganze womöglich eine einzige große «Christenverschwörung»?

Verwirrt lehnte sich Serafina gegen den kalten Stein einer Hauswand. Heftiger Schwindel ergriff sie und zugleich eine schmerzhafte Traurigkeit. Dann ließ sie ihren Tränen freien Lauf.

Kapitel 21

Den Schlag auf den Kopf hatte Serafina nicht so einfach weggesteckt. Zwei Tage und zwei Nächte lag sie in ihrer abgedunkelten Schlafkammer, mit einer Packung aus Arnika- und Schafgarbeblättern auf der Beule, bis die Schmerzen endlich nachließen.

Ihren Mitschwestern gegenüber hatte sie vorgegeben, sie sei auf der Steinbrücke vor dem Obertor gestürzt, als sie einem Fuhrwerk habe ausweichen wollen, und das Mitgefühl, das sie hierfür erntete, hatte sie mehr als beschämt. Überraschenderweise war es Adelheid gewesen, die sie von früh bis spät hingebungsvoll gepflegt hatte. Die ihr einen schmerzstillenden Trank gebraut, die Kompresse gewechselt und ihr salzigen Haferschleim verabreicht hatte, nachdem sie anfangs alles andere erbrochen hatte. Und ihr zudem stundenlang aus einem Buch voller Heiligenlegenden vorgelesen, mit ihrer wunderbar klaren, ausdrucksvollen Stimme. Doch auch die anderen hatten sich rührend um sie gekümmert, und Grethe hatte sogar einen Strohsack in Serafinas Kammer geschleppt, um des Nachts über sie wachen zu können.

Am Sonnabend zwang sich Serafina, wieder auf die Beine zu kommen. Heute war der Tag, an dem Mendel vom Scharfrichter peinlich befragt werden sollte. Zur Zeit des Morgenessens tappte Serafina auf unsicheren Beinen die steile Außenstiege hinab. Zum ersten Mal verspürte sie Hunger, und die kühle, trockene Herbstluft tat ihren Lungen gut.

Da klopfte es hart gegen das Hoftor, das im nächsten Augenblick auch schon aufschwang. Mit lautem Gekläffe raste Michel quer durch den Hof, um gleich darauf in leises Freudenjaulen auszubrechen. Es war sein Freund Barnabas, der eintrat. Er war in Tränen aufgelöst.

Serafina rannte fast die letzten Stufen hinunter. «Um Himmels willen, Barnabas, was ist geschehen?»

«Ich hör's noch immer, Serafina, es schreit ganz laut in meinem Kopf!» Er hielt sich die Ohren zu. «Und ich bin schuld! Der Zwerg ist schuld!»

«Was redest du da?»

«Sie haben ihn ins Marterhäuslein getan, ihm Schreckliches zugefügt. Die Zehen und Finger zerquetscht, ihn aufgezogen mit Gewicht, die Achseln mit Pechfackeln ausgebrannt ...»

«Den Mendel?», unterbrach sie ihn.

«Ja, den Schusterjud. Sein Geschrei war bis zum Fischbrunnen zu hören. Ach, Serafina, was soll ich nur tun? Ich bin schuld, wenn er jetzt sterben muss. Ich allein.»

Völlig außer sich begann er im Kreis zu laufen, die Hände gegen das Gesicht gepresst.

«So beruhige dich doch.» Sie griff nach seinen Schultern und hielt ihn fest. «Warum in aller Welt willst du schuld sein?»

«Ich hab ihn doch gesehen, zur halben Nacht.»

«Wann? Als das mit dem Hostienfrevel war?»

Barnabas nickte heftig. «Auf der Großen Gass war's, wo er mir begegnet ist, dort, wo er wohnt. Aber nicht in langem Mantel und Judenhut, wie's Vorschrift ist, sondern in Kappe und kurzem Rock wie ein Knecht. Und ohne Licht oder Fackel. Aber ich hab ihn trotzdem gleich erkannt. Einen schönen Abend, Meister Mendel, habe ich ihn freundlich gegrüßt, aber der Jud ist erschrocken davongestürzt, als sei er's nicht gewesen. Und da seh ich, dass ein Haus weiter der Stadtarzt steht, mit seiner Laterne in der Hand, und glotzt und kopfschüttelnd weitergeht.»

«Dann hat Achaz ihn also auch gesehen?»

«Ja, gerade so wie ich.»

Serafina war fassungslos. Von wegen, der Schuster habe den ganzen Schabbatabend bei der Familie verbracht! Von zwei Zeugen war der Mann demnach zur Nachtstunde auf der Gasse gesehen worden, zudem im verdächtigen Mummenschanz eines einfachen Knechtes, und seine Ehegefährtin deckte ihn auch noch. Das war es also, was Achaz gemeint hatte mit dem Satz, er wisse etwas, das Mendel Kopf und Kragen kosten könne. Mit einem Mal fiel ihr auf, dass ihr dieser Schuster von Anfang an nicht besonders angenehm gewesen war, und mit einem Mal fragte sie sich, was sie eigentlich trieb in dieser Sache.

«Es ist nicht deine Schuld», versuchte sie den Zwerg zu trösten, «wenn Mendel nun seine Strafe erhält. Schließlich musstest du dem Gericht erzählen, was du beobachtet hast, sonst wäre es dir selbst an den Kragen gegangen.»

«Aber ich hab den hohen Herren doch gar nichts erzählt! Warum auch? Der Mendel ist doch gar nicht ins Münster gegangen, sondern immer vor mir her...»

Erschrocken brach Barnabas ab und starrte zu Boden.

«Sondern was? Sprich weiter, Barnabas. Du musst mir sagen, wohin er gegangen ist.»

Er schüttelte trotzig den großen Schädel.

«Jetzt sieh mich an!» Sie packte ihn bei dem struppigen Haar, um ihm ins Gesicht zu sehen, und musste an sich halten, ihn nicht zu schütteln. «Mendel ist also unschuldig?»

«Ja.»

«Und du weißt, wo er war?»

«Ja.»

«Dann sag es mir endlich. Oder willst du, dass er verbrannt wird?»

«Ich mag das nicht sagen. Weil ich mich schäme.»

«Schämen kannst du dich, wenn du einen Unschuldigen zu Folterqualen und letztlich zu Tode bringst, und zwar in Grund und Boden.» Sie verlor langsam die Geduld. «Also?»

Barnabas' Gesicht lief puterrot an. «Er ist dort hingegangen, wo ein Jude nicht hindarf. Und wo ich auch manchmal hingehe ...»

Jede ihrer Mitschwestern hätte mit dieser Antwort nichts anzufangen gewusst, doch Serafina begriff sofort.

«Du meinst, ins Hurenhaus?»

Er nickte zaghaft.

«Aber dafür brauchst du dich nicht zu schämen, wirklich nicht. Wo habt ihr euch getroffen? Im Haus Zur Kurzen Freud in der Neuburgvorstadt?»

Barnabas trat von einem Bein aufs andere und hielt sich die Ohren zu. Schließlich brachte er ein kaum verständliches Ja heraus.

«Du musst das den Richtern sagen, hörst du?»

Seine kleinen dunklen Augen funkelten. «Dem Bettelzwerg glaubt doch keiner, Serafina. Und darum bin ich ja so traurig. Weil jetzt der Mendel sterben muss, wenn er vor Schmerzen gesteht.»

Damit hatte er vielleicht nicht ganz unrecht.

«Dann machen wir es anders. Wer von den Hübschlerinnen hat den Mendel empfangen?

Seine Miene verfinsterte sich. «Die gute Theresia. *Meine* Theresia. Sie hat ein Herz für mich. Aber an dem Abend war schon der Schusterjud bei ihr, und das hat mich wütend gemacht.»

Fast tat der Bettelzwerg ihr leid.

«Danke, dass du so ehrlich warst.» Sie reichte ihm die Hand. «Es wird schon alles gut werden. Ich werd diese Theresia aufsuchen. Aber du musst mir auch einen Gefallen tun.»

«Ich mach alles, was du sagst, Serafina.»

«Finde heraus, wo der Rote Luki jetzt haust. Seinen Unterschlupf bei der Grafenmühle hat er nämlich verlassen.»

«Das mach ich! – Aber – aber ...»

«Ja?»

«Versprichst du mir, den anderen Schwestern nichts zu verraten? Ich meine, das mit der Theresia ... Barnabas würd sich so dumm vorkommen.»

«Mach dir keine Sorgen. Und jetzt geh.»

Gerade als Barnabas durch das immer noch offene Hoftor verschwunden war, kam Heiltrud herein, mit einem vollen Wäschekorb auf der Handkarre. Ihr Gesicht war ernst.

«Hat der Zwerg dir von Mendel erzählt?»

«Ja. Es ist furchtbar. Barnabas hat gesagt, man hätte seine Schreie bis zum Fischmarkt gehört.»

Heiltrud nickte.

«Ich hab für ihn gebetet. – Es heißt, sie haben ihm Daumenschrauben angelegt, und dabei hat er wohl alles gestanden.»

«Gütiger Herr im Himmel! Was hat er gestanden?»

«Dass er der Kopf der Verschwörung wär. Dass er die Hostien

geschändet hätt und dafür den Kreuzbruder gemeuchelt. Und dass Löw und Salomon den Jungen überfallen hätten.»

«Das alles ist überhaupt nicht wahr, Heiltrud.» Serafina spürte, wie sie zu zittern begann. «Das hat er nur aus der Not gestanden. Weil er die Schmerzen nicht ausgehalten hat, hat er alles nachgeplappert, was ihm vorgesagt wurde.»

Heiltrud zuckte die Schultern. «Ich weiß nicht mehr, was ich glauben soll. Das ist jedenfalls das, was ich von meinem Schwager gehört habe. Du weißt ja, Endres ist der Turmwächter. – Komm, hilf mir die Wäsche ins Haus bringen.»

«Warte! Weißt du auch, was mit Löw und Salomon ist?»

«Man will sie ebenfalls peinlich verhören, sobald sie endlich wiederaufgetaucht sind.»

Schweigend trugen sie den Korb ins Haus, wo Grethe bereits das Morgenmahl gerichtet hatte. Diesmal nahmen sie es ohne die Meisterin ein, die gleich nach der Frühmesse bei den Barfüßern geblieben war. Dort hielten die Meisterinnen der Freiburger Regelschwestern ihre allmonatliche Versammlung ab und berieten sich mit dem Gardian der Franziskaner über rechtliche und haushälterische Fragen. Die Schwestern Zum Christoffel gehörten zu den vier von acht Freiburger Regelhäusern, die sich bislang standhaft weigerten, sich in eines der hiesigen Klöster einzugliedern oder einem städtischen Pfleger unterzuordnen. Doch um nicht ganz ohne Schutz zu sein, hatten sie sich in die Obhut der Barfüßermönche begeben.

Während des Essens wurde selbstredend über nichts anderes als über die Juden gesprochen, wobei Serafina dazu ihre ganz eigenen Gedanken verfolgte. Hatte der Stadtarzt am Ende Mendel nun doch verraten, auf dass man ihn jetzt bis zu seinem falschen Geständnis gequält hatte? Allein die Vorstellung war unerträglich, und sie hatte große Lust, auf der Stelle zu Achaz zu gehen, um ihm seinen falschen Verdacht höhnisch um die Ohren zu schlagen. Aber das konnte sie später immer noch tun, und bis dahin hatte Barnabas vielleicht auch diesen Luki gefunden. Zunächst war etwas anderes viel dringlicher: Sie musste, noch bevor die Meisterin zurückkehrte, die Hure Theresia aufsuchen. Nur so war Mendel noch zu retten. Und vorerst würde sie ihren Gefährtinnen auch nichts von dem, was sie vorhatte, kundtun.

Ganz davon abgesehen, dass sie als Begine nicht so mir nichts, dir nichts in ein Hurenhaus marschieren konnte, würde es nämlich schwierig werden, diese Theresia zum Reden zu bringen. Und erst recht zu einer Aussage vor Gericht zu bewegen. Zwar galten die städtischen Huren durchaus als ehrenwert und durften, auch wenn ihnen das Bürgerrecht verwehrt war, vor Gericht klagen oder als Zeugen auftreten, aber hier kam hinzu, dass Mendel ein Jude war: Serafina kannte nur allzu gut die Hausordnung städtischer Bordelle, die Geistlichen, Ehegatten und Juden den Zutritt verbot. Doch wusste sie auch, gerade aus ihrer Zeit während des Konzils zu Konstanz, dass kaum ein Hurenwirt sich darum scherte, obschon er einen Eid darauf hatte schwören müssen. Etliche Pfaffen und Kuttenträger hatten zu ihren treuesten Freiern gezählt, und so mancher hohe weltliche Herr zog den Spaß mit ihnen dem wohl eher freudlosen Akt mit der angetrauten Ehefrau bei weitem vor. Nur mit den Juden war es eine andere Sache, denn der Beischlaf mit einem Hebräer war streng verboten. Auch das kümmerte im Grunde im Frauenhaus niemanden, doch wenn jemand einer Hure übelwollte und sie deshalb verpfiff, musste die Arme mit schlimmen Folgen rechnen. Serafina selbst hatte es erlebt, wie eine ihrer älteren Gefährtinnen hierfür an den Pranger gestellt und mit Schimpf und Schande übergossen wurde, und damit war sie noch glimpflich davongekommen. Doch immer wieder lockte das Geld, denn die Hebräer zahlten doppelt und dreifach, wovon selbstredend auch der Hurenwirt seinen Drittteil einstrich.

«Ich muss noch einmal zu Gisla, neue Kräuter holen», verkündete sie den anderen Frauen, nachdem Morgenessen und Andacht beendet waren.

«Ich begleite dich», bot sich Grethe an. «Nicht dass du uns unterwegs umfällst.»

«Nein, lass nur. Es geht schon wieder.» Serafina warf ihrer Freundin einen beschwörenden Blick zu. «Ein wenig Bewegung an der Luft wird mir guttun.»

Als sie kurz darauf im Flur in Umhang und Schuhe schlüpfte, tippte Grethe ihr auf die Schulter.

«Du hast doch was vor, oder?», flüsterte sie.

«Mendel ist unschuldig, und das will ich beweisen», gab Serafina ebenso leise zurück. «Er war nämlich im Hurenhaus.»

Kapitel 22

Nachdem Serafina bei Gisla in der Schneckenvorstadt einen Korb voll frischer Kräuter abgeholt hatte und sich überreden ließ, wenigstens auf einen Becher ihres wunderbaren Würzweins zu bleiben, durchquerte sie eilig die Stadt. Gemeinhin öffneten die Frauenhäuser Schlag Mittag ihre Pforten für die Freier, und bis dahin sollte sie tunlichst ihre Aufgabe hinter sich gebracht haben.

Vor dem Christoffelstor, das in die Neuburgvorstadt führte, blieb sie stehen. Ein Menschenauflauf versperrte den Durchgang, und die beiden Torwächter mühten sich vergeblich, die Meute zu zerstreuen.

«Ins Feuer mit der Teufelsbrut ... Ins Feuer mit der Teufelsbrut!», grölte es wieder und wieder im Chor.

Serafina schnitten die Worte ins Herz, auch wenn sie seit ihrer letzten Begegnung nicht recht wusste, was sie von dem Schusterjuden halten sollte. Dort, im kalten Kellerverlies des Turms, lag der arme Mann jetzt auf seiner fauligen Strohschütte in der Finsternis und bangte um sein Schicksal, von Schmerzen gequält, von Hunger, Durst und Läusefraß geplagt. Am liebsten hätte sie all diesen schadenfreudigen Maulaffen zugerufen, dass nicht die Juden, sondern irgendeiner aus ihrer Mitte unter ihnen der Schandbube sei. Aber das wäre umsonst gewesen.

Unter wütendem Einsatz ihrer Ellbogen drängte sie sich durch das Tor. In der Mehrzahl waren es Alte, Frauen und Kinder, die jetzt zur Mittagszeit ihrer Gier nach blutiger Vergeltung frönten. Serafina schämte sich für alle, die so lauthals den qualvollen Tod Unschuldiger forderten. Dabei entdeckte sie nicht wenige bekannte Gesichter wie das von Grasmücks bildschöner Frau Benedikta und das der alten Schwenkin. Sogar Clausmann hatte mit seinem brandigen Bein den weiten Weg von der Oberen Au hierher auf sich genommen, und die Beutlerzwillinge krakeelten mit nach oben gereckten Fäusten am lautesten. Die beiden hatten ihr gerade noch gefehlt.

Grob packte sie einen der Brüder am Arm. «Das gefällt euch also, wenn es dem Mendel an den Kragen geht, was?», schrie sie, um den Lärm zu übertönen. «Wahrscheinlich steht auch ihr zwei gewaltig bei ihm in der Kreide.»

«Fass mich nicht an, Kuttenweib!» Der Junge stieß sie wütend von sich. Doch Serafina ließ sich nicht beirren.

«Und wo wart ihr eigentlich letzten Samstagabend?» Die Frage war ihr herausgerutscht.

Der ältere der Brüder baute sich vor ihr auf.

«Das geht dich einen Scheiß an, Begine. Aber wenn du's genau wissen willst: Wir waren die ganze Nacht im Schuldturm, weil wir die Zeche nicht zahlen konnten. Weil dieser Wucherjud dadrinnen nämlich kein Geld mehr rausgerückt hat.» Er schubste sie vor die Brust. «Und jetzt verschwind, bevor mir hier im Getümmel die Hand ausrutscht.»

Serafina sah ihn durchdringend an. Seltsamerweise glaubte sie ihm, und so beeilte sie sich weiterzukommen.

Auf der anderen Seite des Tores wäre sie fast mit Irmla zusammengeprallt.

«Es ist eine Schande für unsere Stadt», schnaubte die Magd. «Ich will einen von diesen Schreihälsen sehen, der nicht alles Mögliche gesteht, wenn ihm Finger und Beine zerquetscht werden.»

«Da hast du fürwahr recht, Irmla», entgegnete Serafina, nicht wenig erstaunt über die beherzten Worte. «Und nach Feierabend werden es noch mehr sein, die hier lärmen und aufhetzen.»

Die Alte nickte grimmig. «Inzwischen haben sie auch den Löw und den Salomon eingesperrt. Dabei sind die gerade erst aus Frankfurt zurück. Konnten mit ihren Wechselbriefen sogar nachweisen, wo überall sie auf Reisen waren.»

«Woher weißt du das?»

«Von meinem Herrn, dem Stadtarzt. Er hat den Mendel doch verarztet, nachdem der Scharfrichter ihm den rechten Daumen zerquetscht hat.»

Serafina verabschiedete sich von der Magd und war erleichtert, das Gelärm am Christoffelstor hinter sich zu lassen.

Das städtische Bordell befand sich keinen Steinwurf entfernt vom Haus des Scharfrichters und erinnerte Serafina sofort an das Frauenhaus Zum Blauen Mond. Zwar war es etwas kleiner als das in Konstanz, doch auch hier hatte man auf dem Dach den Stadtwimpel gesetzt, und Fensterläden und Fachwerkgebälk waren in frischem Gelb gestrichen. Sogar ein Kasten mit Herbstblumen schmückte die Eingangsstufen.

Wie seltsam es sich anfühlte, vor einem Frauenhaus zu stehen! Wie ein Gruß aus längst vergangenen Zeiten. Dabei war es gerade einmal ein gutes halbes Jahr her, dass sie nach jenem unglückseligen Zwischenfall im Blauen Mond hierher nach Freiburg geflüchtet war. Und damit ihrem Dasein als Hure ein Ende gesetzt hatte, obwohl die Jahre dort zuletzt nicht die schlechtesten gewesen waren.

«Ihr müsst Euch in der Tür irren, Schwester.»

Serafina fuhr herum und sah vor sich eine kräftige, etwas grobschlächtige Frau, die mit zwei schweren Einkaufskörben bewaffnet war. Dem Alter und dem Gewand nach, das zwar schlicht, aber aus feinstem dunkelrotem Tuch gefertigt war, musste sie die Frau des Hurenwirts sein.

«Gott zum Gruße, gute Frau. Seid Ihr die Frauenwirtin?»

«Ganz recht, die bin ich.» Sie stellte ihre Körbe ab und nestelte an ihrem Schlüsselbund. «Und mit wem hab ich die Ehre?»

«Schwester Serafina von Sankt Christoffel. Darf ich Euch beim Hineintragen helfen?»

«Erst wenn Ihr mir sagt, was Ihr wollt. Um Aufnahme in unser ehrenwertes Haus werdet Ihr ja wohl nicht bitten wollen.»

Fast hätte Serafina lachen müssen. «Nein, ich möchte eines Eurer Mädchen sprechen, die Theresia. Nur ganz kurz.»

Die bis dahin freundliche Miene der Hurenwirtin wurde misstrauisch.

«Seid Ihr etwa eine Verwandte?»

«Aber nein. Ein Freund schickt mich, in einer – nun ja – etwas vertrackten Angelegenheit.»

«Entweder sagt Ihr es *mir*, oder Ihr könnt Euch wieder auf den Heimweg machen.»

Serafina setzte ein beschwörendes Lächeln auf. «Dieser Freund ist ein hoher geistlicher Würdenträger und hat mir ausdrücklich nahegelegt, zuerst mit Theresia allein zu sprechen. Und glaubt mir, Euer Schaden wird es nicht sein.» Sie zwinkerte ihr zu.

Ihre List zeigte Erfolg. Ohne ein weiteres Wort öffnete die

Frau die Tür und gab ihr einen Wink einzutreten. Serafina packte den schwereren der Körbe.

«Wohin damit?»

«Folgt mir in die Küche, dann bring ich Euch zu Theresia.»

Sie durchschritten einen dunklen, schmalen Flur, von dem links und rechts eine Tür abging und eine Holztreppe nach oben führte. Die linke Tür stand offen, und Serafina warf einen neugierigen Blick hinein. Fast ein Dutzend Hübschlerinnen saßen in dem recht großen Schankraum beieinander, in losen Hemden die einen, in bunten, engen Kleidern mit tiefem Ausschnitt die anderen. Sie kicherten und plauderten, während sie sich gegenseitig die Haare richteten oder Schminke auflegten. Wieder dachte Serafina an das Haus Zum Blauen Mond zurück und daran, dass sie diese Stunde, in der sie sich gemeinsam auf ihren Arbeitstag vorbereiteten, immer gemocht hatte.

«Schaut nur gut hin, liebe Schwester», grinste die Hurenwirtin. «Auch das ist das Leben. Für eine keusche Gottesfrau wie Euch gewiss ein erschreckender Anblick.»

Sie stieß die Küchentür auf, und Serafina stellte ihren Korb auf dem Tisch ab.

«Wo kann ich mit Theresia ungestört reden?»

«Hinten im Hof. Ich bring Euch hinaus und hol dann das Mädchen.»

Das lief ja besser als erwartet. Serafina hatte bereits gefürchtet, mit dem Mädchen durch die Gassen wandern zu müssen – sie konnte schon froh sein, wenn sie niemand vor dem Hurenhaus gesehen hatte. Und in einer der Kammern hätte die Gefahr bestanden, dass sie unbemerkt belauscht worden wären.

Der Hof führte, ähnlich wie im Haus zum Christoffel, immer schmaler werdend auf einen Schuppen und einen Hühnerstall zu. Dort wartete Serafina, bis Theresia endlich herauskam. Sie war gut zehn Jahre jünger als sie selbst, etwa in Grethes Alter, und bereits fertig gerichtet mit ihren gedrehten dunklen Locken und dem Wangenrot auf dem gebleichten Gesicht. Von der Gestalt her war sie rundlich, mit kräftigen Händen, und auch ihr forscher Schritt ließ vermuten, dass sie vom Land stammte und gewohnt war zuzupacken. Ausnehmend hübsch war sie nicht gerade, doch hatte ihr breites Gesicht etwas Gutmütiges. Jetzt allerdings schob sie abschätzig die Unterlippe vor.

«Was wollt Ihr, Schwester?»

«Gott zum Gruße, Theresia. Ich habe eine Bitte an dich. Aber vorher möchte ich dich etwas fragen.»

Abwartend verschränkte die Hübschlerin die Arme.

Serafina senkte die Stimme. «War letzte Woche Samstag zu später Stunde der Schusterjude Mendel bei dir?»

«Was geht Euch das an? Schickt die Stadt jetzt schon Beginen, um unsere Freier zu prüfen?»

«Nein, Theresia.» Sie legte dem Mädchen die Hand auf die Schulter. «Aber nur du kannst jetzt noch verhindern, dass ein Unschuldiger für eine Sache büßen muss, die er nicht getan hat. – Du weißt doch, dass Mendel im Turm sitzt, oder?»

«Ich hab davon gehört», murmelte Theresia.

«Und weißt du auch, dass man ihm die Daumen zerquetscht hat, bis er gestanden hat? Jetzt ist ihm der Feuertod sicher und seiner Familie womöglich auch.»

Das Mädchen biss sich auf die Lippen und senkte den Blick.

«Ich flehe dich an, bei der heiligen Barbara: Sag mir, ob er bei dir war!»

Bei der Erwähnung der Schutzheiligen der Huren hatte Theresia erstaunt aufgesehen.

«Das wusste ich nicht ... dass Mendel gestanden hat», stammelte sie schließlich. «Ich ... ich hatte immer gehofft, er kommt ungeschoren davon.»

«Wie lange war er bei dir?»

Die Hure schluckte. Einen Augenblick war vollkommene Stille.

«Die ganze Nacht», sagte sie.

Donnerwetter, schoss es Serafina durch den Kopf. Das musste den Schuster einen ganzen Beutel Silbers gekostet haben.

«Bitte, Theresia! Du musst das den Herren Richtern sagen. Oder willst du deinen Freier auf dem Scheiterhaufen brennen sehen?»

Sie schien mit sich zu kämpfen.

«Denk doch nur an die Schuld, die du auf dich lädst», setzte Serafina nach. «Du wirst deines Lebens nicht mehr froh sein.»

«Ihr habt doch keine Ahnung», stieß das Mädchen schließlich hervor. «Ihr wisst nicht, dass der Verkehr mit den Juden bei Strafe verboten ist.»

«Das weiß ich sehr wohl, aber du kannst es ja so hindrehen, dass du den Mendel zurückgewiesen hast. Und er dann eben hartnäckig in der Schankstube geblieben ist oder unter dem Fenster gestanden hat, bis zur Schließung in den Morgenstunden. Eine kleine Notlüge nur, die der Herr dir verzeihen wird, und für Mendel wäre es das kleinere Übel.»

«Ich weiß nicht ... Vielleicht geht ein Jud ja lieber in den Tod, als dass sein Weib von seiner Hurerei erfährt.»

«Geh her, Theresia – das wird bei ihm zu Haus ein großes Gezänk geben, nicht anders als bei den Christenmenschen, und am Ende ist die Frau bereit zu verzeihen. Was schaust du mich jetzt so an? Auch eine Begine geht offenen Auges durch die Welt.»

«Ich denk drüber nach.»

«Aber warte nicht zu lange. Du weißt, was auf dem Spiel steht. Spätestens am Montagmorgen musst du in die Ratskanzlei. Sonst ist es für Mendel zu spät.»

«Ich hab doch gesagt, ich denk drüber nach. – Und was soll ich jetzt meiner Meisterin sagen? Es hat schließlich geheißen, ein Geistlicher würde nach mir verlangen.»

«Erzähl einfach, dass dieser Pfaffe von dir etwas ganz und gar Ungeheuerliches erwartet. Etwas, was du nicht tun willst, was weiß ich. Beispielsweise dass du dich als Knabe verkleiden und ihm solchermaßen von hinten zu Willen sein sollst.»

Die Verblüffung stand Theresia ins Gesicht geschrieben. Doch in diesem Augenblick war es Serafina einerlei, was das Mädchen von ihr als Begine dachte, und sie machte sich auf den Heimweg. Sie hatte erfahren, was sie wissen wollte, und würde Achaz bei nächster Gelegenheit berichten, wo Mendel in Wirklichkeit gewesen war.

Ganz gleich, was der Stadtarzt mit dieser Sache zu tun haben mochte – plötzlich schmerzte sie am meisten, wie feindselig er sie behandelte. Wie eine Fremde – ja, fast gar wie eine Widersacherin! Dabei hatten sie seit ihrer ersten Begegnung so vieles erlebt und gemeinsam durchgestanden. Ihr wurde bewusst, wie wichtig er ihr geworden war, wie wichtig und vertraut. Und jetzt das! Warum nur?

Zum ersten Mal seit langer Zeit hatte sie wieder vor Augen, wie er sie in Konstanz einst geküsst und sie ihm zum Dank eine Maulschelle verpasst hatte. Allein die Erinnerung daran versetzte ihr einen Stich.

Die Meisterin kehrte nur wenig später als Serafina ins Beginenhaus zurück und brachte Neuigkeiten: Mendel habe sein Geständnis überraschenderweise zurückgenommen und nun würde sich das Blutgericht ab Montag über die weiteren Schritte beraten. Da man auch in Freiburg inzwischen dazu übergegangen war, die Wahrheit mittels mehrfacher Tortur ans Licht zu bringen, blieb nicht mehr viel Zeit, um Mendel vor der zweiten peinlichen Befragung, die um ein Vielfaches härter sein würde, zu retten.

Doch zuvor, am Sonntag darauf, sollte mitten in der Stadt etwas ganz und gar Grauenhaftes geschehen.

Kapitel 23

Mit einem dumpfen Laut klatschte der massige Leib des Kornhändlers auf die Gasse nieder. Und zwar keine Mannslänge hinter Grethe und Serafina, die als letzte der Kirchgänger hinter den anderen hertrödelten. Der Entsetzensschrei blieb ihnen im Hals stecken, als sie herumfuhren und Nikolaus Allgaier vor sich liegen sahen: rücklings mit verrenkten Gliedern, hemdsärmelig, ohne Schuhe. Neben seinem rechten Arm, dessen geborstene Knochen die Haut durchstachen, lag einsam ein zierlich bestickter italienischer Seidenpantoffel.

Allgaier war nicht mehr zu retten, das erkannte Serafina auf den ersten Blick. Sein zur Seite gewandter Kopf lag in einer Blutlache, ein Auge war dunkelrot verschmiert, das andere starr nach oben gerichtet, und der Mund in dem graubärtigen Gesicht stand halb offen, als staune Allgaier noch immer über das, was ihm geschehen war. Rasch beugte sie sich herab und tastete nach seinem Puls. In diesem Augenblick begann er die Lippen zu bewegen, schnappte wie ein Fisch auf dem Trockenen nach Luft und keuchte etwas Unverständliches, das wie «Gott» oder «Tod» klang. Gleich darauf ging ein Zucken durch seinen Körper, und sein Blick brach.

Grethe schlug das Kreuzzeichen und wandte sich ab.

«Heilige Mutter Maria im Himmel», murmelte sie. Da waren

sie schon umringt von den anderen Kirchgängern, die an diesem Sonntagmorgen gleich ihnen die Frühmesse bei den Barfüßern besucht hatten. Manche begannen ungehemmt zu kreischen, andere zu beten.

«Er muss von da oben abgestürzt sein», rief jemand.

Serafina blickte am Haus Zum Roten Eck empor, in dem der Kornhändler Lager, Zahlstube und Wohnstätte hatte. Es war ein festungsartiges dreigeschossiges Steinhaus mit einem hohen Speicher unterm Dach. Dort oben, in luftiger Höhe, war der Seilzug befestigt, dessen loses Ende jetzt hin und her baumelte, während das Türchen zum Speicher weit offen stand.

«Heilige Mutter Maria im Himmel», wiederholte Grethe und tastete nach Serafinas Hand. «Ums Haar wär er auf uns gefallen.»

Neben ihnen waren jetzt ihre Meisterin und der Klostervorsteher der Barfüßer aufgetaucht. Mit schreckensbleichen Gesichtern starrten sie auf den Leichnam zu ihren Füßen und bekreuzigten sich.

«Ist er tot?», fragte Catharina.

Serafina nickte. Währenddessen hatte sich der Gardian neben den Toten gekniet, um ihm die Notabsolution zu erteilen. Dann begann er halblaut die Bußpsalmen zu sprechen, und die Umstehenden, in der Mehrzahl Regelschwestern und Mönche des nahen Klosters, stimmten ein.

Zwei Büttel unterbrachen mit ihren herrischen Rufen ihre Gebete.

«Zur Seite! Lasst uns durch!»

Schwer atmend blieben die beiden Stadtknechte vor dem Leichnam stehen. Ihrem fassungslosen Gesicht war anzumerken, dass sie dergleichen nicht allzu oft zu sehen bekamen.

«Er muss da oben aus der Luke gestürzt sein», sagte der Gardian. «Vielleicht abgerutscht oder das Gleichgewicht verloren.»

«Den hat's ja ganz schön zerschmettert», stieß der jüngere Büttel hervor und blickte angestrengt zur Seite. «Müssen wir da nicht den Stadtarzt holen?»

«Was bist du nur für ein schlaues Bürschchen», spottete der Ältere. «So ganz alltäglich ist der Allgaier schließlich nicht zu Tode gekommen. Also los, geh ihn holen. Er ist entweder zu Haus oder drüben im Münster.»

Serafina erkannte in ihm Gallus Sackpfeiffer, der damals im Zusammenhang mit der Blutwunder-Geschichte den Leichnam des jungen Pfefferkorn vom Scheunenbalken geschnitten hatte. Sie hatte ihn als rechten Grobian in Erinnerung.

«Hat jemand den Sturz beobachtet?» Prüfend blickte Sackpfeiffer in die Runde. Eine der Lämmlein-Schwestern trat vor.

«Ich ... ich hab's gesehen. Mit ausgebreiteten Armen hat er in der Luft gerudert, als ob er Halt suchen wollte – es war so furchtbar!» Hastig schlug sie das Kreuz.

Nach einem Moment des Schweigens warf der Gardian ein: «Jemand muss seine arme Frau benachrichtigen. Sie ist Reichenpfründnerin im Spital.»

«Ich mache das», entgegnete Catharina und bat Heiltrud, sie zu begleiten. Nachdem die beiden in Richtung Große Gass verschwunden waren, nahm Serafina ihre Freundin beim Arm.

«Gehen wir.»

Sie hatte genug gesehen, und außerdem wollte sie in diesem Augenblick um nichts in der Welt Achaz begegnen, der mit Sicherheit schon unterwegs war. Wenn, dann unter vier Augen.

«Der arme Allgaier», sagte Grethe, als sie in das Brunnengässlein einbogen. «Erst wird er im Haberkasten festgesetzt, unschuldig angeklagt, und jetzt hat sein Leben ein solch jähes Ende genommen. Ich hab ihn zwar nie recht leiden mögen, aber einen solchen Tod hat er nicht verdient.»

«Nein, das hat wohl niemand.»

«Hast du verstanden, was er am Ende noch sagen wollte?»

Serafina schüttelte den Kopf. «Ich weiß nicht – es klang wie *Tod* oder *Gott* ...»

Daheim im Haus Zum Christoffel machte sie sich an ihre Stallarbeit, bis Catharina und Heiltrud zurückkehrten und das Glöckchen im Hausflur zum Morgenmahl rief. Schweigend versammelten sie sich um den Tisch.

«Die Allgaierin hat es erstaunlich gefasst aufgenommen», berichtete die Meisterin, nachdem sie das Tischgebet gesprochen hatten. «Ich frage mich, ob sie die Nachricht überhaupt begriffen hat.»

«Kümmert sich jemand um sie?», fragte Mette. «Ich meine, hat sie noch Kinder oder Verwandte in der Gegend?»

«Ja, da ist ein erwachsener Sohn, der in Bologna die Medizin studiert hat und jetzt wieder zurück ist. Er wohnt im Gasthaus Zum Elephanten. Ihre Tochter hat nach Breisach geheiratet, aber ein Bote ist zu ihr unterwegs.»

Serafina kräuselte die Stirn. «Warum wohnt dieser Sohn in einem Gasthaus und nicht in seinem Elternhaus?»

Catharina zuckte die Schultern. «Ich weiß es nicht. Den Kindern bin ich nie begegnet. Eigentlich kenne ich die Allgaierin erst, seitdem sie gelähmt ins Spital gebracht wurde, und das war vor einem Jahr.»

«Warum ist sie gelähmt?»

«Ein Unfall. Sie ist die Stiege vom Speicher herabgestürzt. Man munkelt auch, sie habe sich selbst heruntergestürzt, weil sie an starker Melancholie leidet.»

Nachdem sie eigens für Nikolaus Allgaier eine Andacht abgehalten hatten, klopfte es draußen ans Tor. Wie immer lief Grethe los, um den Besucher hereinzubitten. Es war erneut der Glasmaler Grasmück, er hielt ein in Stoff geschlagenes Päckchen in der Hand.

«Verzeiht die Störung, ehrbare Schwestern. Aber ich habe mich noch immer nicht erkenntlich gezeigt für die wunderbare Heilung meines Furunkels.»

Seine Augen waren gerötet, als habe er geweint.

«Ist es denn abgeheilt mit meiner Salbe?», fragte Serafina. Sie musste daran denken, wie er unverrichteter Dinge von Gisla zurückgekehrt war und doch um eine Behandlung bei ihr gebeten hatte. Das mit den Blutegeln war ihm gar zu eklig gewesen, und so hatte er sie noch zweimal bei ihnen im Hause aufgesucht. Auf Konstanz hatte er sie zu ihrer Erleichterung nicht mehr angesprochen.

«Voll und ganz verheilt, liebe Schwester Serafina, voll und ganz.»

Seine Hände zitterten, während er das Päckchen auf den Tisch legte und auspackte. Zum Vorschein kam ein fein gearbeitetes Madonnenbild aus Glas, in kräftigen, warmen Farben gehalten.

«Wenn Ihr mögt, so könnt Ihr das über Euren Hausaltar hängen.»

«Das ist fürwahr wunderschön.» Der Meisterin war die Bewunderung für das Werk anzusehen. «Daran habt Ihr gewiss lange gearbeitet.»

«Wenn es Euch nur gefällt, freut es mich. Auch wenn man an einem solchen Unglückstag von Freude nicht reden sollte.»

Er schwankte gegen die Tischkante und musste sich festhalten, um nicht zu Boden zu gehen.

«Ist Euch nicht gut?»

«Ach, nur ein wenig schwindlig im Kopf. Diese ganze Aufregung ... Dieser schreckliche Todesfall ...»

Die Meisterin führte ihn zu ihrem Lehnstuhl. «Setzt Euch, Grethe holt Euch etwas zu trinken. – Dann wisst Ihr also von Allgaiers Fenstersturz?»

«Die ganze Stadt spricht ja davon. Es ist so entsetzlich! Dabei bin ich gestern Abend noch mit ihm zusammengesessen, in der kleinen Schenke hinterm Kaufhaus. Da hat er mir, als gutem Freund, das Herz ausgeschüttet. – Ach herrje, ich fass es nicht.»

Er nahm einen kräftigen Schluck von dem Apfelmost, den Grethe ihm gebracht hatte. Serafina wunderte sich nicht wenig über diese Aussage, erinnerte sie sich doch noch sehr wohl daran, wie er bei seinem ersten Besuch über den Kornhändler hergezogen hatte. Aber so waren die Menschen: Sie wünschten einem Nachbarn Pest und Teufel an den Hals, und wenn er dann starb, bejammerten sie ihn. Doch was als Nächstes folgen sollte, verblüffte sie noch mehr.

«Ich fasse es nicht», wiederholte Grasmück. «Sich gegen den Herrn und die Schöpfung so zu versündigen. Erst seine Frau und dann er.»

Serafina begriff sofort. «Wollt Ihr damit sagen, dass er sich das Leben genommen hat?»

Grethe neben ihr riss vor Schreck den Mund auf.

«Leider ist es so. Weil er doch diesen Hostienfrevel angezettelt hatte, um die Juden aus der Stadt zu haben, und dabei, ohne es zu wollen, den armen Kreuzbruder erschlagen hat.» Seine Stimme bebte. «Er hat mir gestern noch beteuert, dass er das alles gar nicht gewollt habe und mit dieser großen Schuld nicht mehr leben könne.»

Erneut griff er nach dem Becher und trank ihn in einem Zug leer. Die Frauen starrten ihn an, als habe er von der Wiederkehr des Messias gesprochen. Ruhiger fuhr er fort:

«Ich habe ihm eindringlich geraten, sich dem Gericht zu stellen und alles zuzugeben, aber er war völlig außer sich, heulte nur, welche Angst er habe vor dem Galgen und der großen Schande hernach für seine Familie. Nun hat er lieber den Freitod gewählt – und wird niemals Frieden finden.» Grasmück wischte sich eine Träne aus dem Auge. «Aber wenigstens hat er eines bewirkt: dass die Juden jetzt frei von Schuld sind. Noch heute Nachmittag sollen sie freigelassen werden. Auf dem Weg hierher habe ich nämlich bei den Gerichtsherren vorgesprochen und ihnen alles erzählt.»

Kapitel 24

Am nächsten Morgen war Serafina gleich nach der Frühmesse in die Neuburgvorstadt geeilt und hatte der Hure Theresia über einen Gassenjungen ausrichten lassen, nichts mehr zu unternehmen. Wahrscheinlich hatte sie längst mitbekommen, dass die Juden frei waren, aber Serafina wollte sichergehen.

Beim Morgenessen dann schlug sie vor, nach Mendel zu sehen. Sosehr das Entsetzen über Allgaiers grauenvollen Tod, den sie hatten mit ansehen müssen, noch immer auf den Frauen lastete, so erleichtert waren sie doch, dass die drei Juden mit dem Schrecken davongekommen waren.

«Wenn seine Verletzung nicht richtig behandelt wird, wird Mendel vielleicht nie wieder sein Handwerk als Schuster ausüben können», führte Serafina ihren Vorschlag aus. «Und wenn er Pech hat, gerät er sogar an einen Bader, der ihm den Daumen abschneidet.»

Die Meisterin stimmte ihr zu, und so zogen sie beide gegen Mittag hinüber in die Große Gass, Serafina mit ihrem Arzneitäschchen über der Schulter. Auf dem Weg dorthin war Volkes Stimme nicht zu überhören. In Grüppchen stand man beieinander und tat mehr oder weniger laut seine Meinung kund. Erschreckend viele bedauerten, dass die Juden noch mal davongekommen waren, und einmal hörten sie gar einen jungen, stutzerhaft gekleideten Edelmann von seinem Pferd herab sagen: «Eigentlich hat der Kornhändler eine gute Tat getan mit seinem vorgetäuschten Frevel – nur schade, dass er sich deshalb das Leben genommen hat.»

Immerhin war alles ruhig vor Mendels Haus, und als sie eintraten, trafen sie ihn in seiner Werkstatt an. Sein Gesicht war von den letzten Tagen gezeichnet, und er war selbstredend auch nicht bei der Arbeit, sondern hockte reglos auf einem Schemel vor der Werkbank, die rechte Hand dick eingebunden. Erst als sie ihm ihr «Gott zum Gruße» zuriefen, sah er auf.

«Friede sei mit Euch», erwiderte er müde. Dann erhob er sich, was ihm sichtlich Mühe machte. Der stattliche Mann hatte innerhalb kurzer Zeit etwas von einem Greis angenommen. Plötzlich tat er Serafina leid.

Er deutete mit einer Kopfbewegung auf seine Rechte.

«Die Schraube hat mir den Daumen zerquetscht. Als dann die anderen Finger drankommen sollten, hab ich aus Schmerz und Verzweiflung gestanden. Ich bin ein Jammerlappen.»

«Nein, das seid Ihr nicht», widersprach ihm die Meisterin mit sanfter Stimme. «Niemand von uns mag sich vorstellen können, was für ein Schmerz das ist. Aber nun ist es vorbei, und Ihr müsst wieder auf Gott vertrauen und guten Mutes in die Zukunft sehen.»

«Nur leider», warf Serafina ein, «kann man ohne Daumen wohl kaum sein Handwerk als Schuster ausüben.»

«Vielleicht doch. Sie haben übersehen, dass ich Linkshänder bin.» Mendel setzte ein gequältes Lächeln auf. «Da hat auch ein Jud einmal Glück.»

«Da habt Ihr wahrhaftig Glück gehabt. Aber ich würde mir

die Wunde trotzdem gern anschauen. Nicht dass noch irgendwann der Brand einschlägt.»

«Das ist sehr fürsorglich von Euch. Gehen wir am besten nach oben. Meine Ruth wird sich freuen, Euch zu sehen. Gehört Ihr doch zu den wenigen, die zu uns gestanden sind. Nun ja, und der Stadtarzt auch – so wie er sich nach der Tortur um mich gekümmert hat.»

«Achaz?» Jetzt erst fiel Serafina wieder ein, was die Magd Irmla ihr gesagt hatte: dass der Stadtarzt ihm, entgegen allen Gepflogenheiten, die frische Wunde versorgt hatte. Gemeinhin tat das nämlich der Scharfrichter.

«Ja, er hat mir versichert, dass er an meine Unschuld glaube, auch wenn ...» Er brach verunsichert ab.

Auch wenn er dich gesehen hat, vollendete Serafina in Gedanken seinen Satz. Und erkannte erleichtert, dass sie dem Stadtarzt unrecht getan hatte. *Er* hatte Mendel gewiss nicht ans Gericht verraten. Doch was blieb, war die Enttäuschung über sein Verhalten ihr gegenüber. Rasch drängte sie den Gedanken beiseite.

«Und stellt Euch vor», fuhr Mendel fort, als sie die Treppe hinaufstiegen, «er hat dafür sogar den Henker bestochen. Nur um mich behandeln zu dürfen. Ein guter Mensch, dieser Medicus.»

Serafina spürte, wie ihr warm ums Herz wurde. Das war der Adalbert Achaz, wie sie ihn zu kennen glaubte.

In der Stube war die Mendelin eben dabei, ihr Jüngstes zu stillen, während die anderen Kinder zu ihren Füßen auf dem Boden kauerten und mit bunt bemalten Kreiseln spielten. Was für ein beschauliches Bild, dachte Serafina. Und doch hing hier der Haussegen gewaltig schief – in mehrfacher Hinsicht.

Freudig überrascht lächelte die Mendelin sie an.

«Friede sei mit Euch, liebe Schwestern.»

«Gott zum Gruße. – Geht es Euch besser?», fragte Catharina.

«Jetzt, wo alles vorbei ist?»

Das zarte Gesicht verdunkelte sich. «Wir Juden werden wohl niemals Ruhe finden.»

Auch Mendel nickte bekümmert. «Da kann unsereins ganz und gar unschuldig sein.»

Serafina entging nicht, wie Ruth Mendelin ihrem Mann einen verbitterten Blick zuwarf. Vielleicht wusste sie ja, wohin es ihn ab und an trieb, vielleicht gehörte sie ja zu jenen Frauen, die ihren Ehegefährten während der Zeit der guten Hoffnung und der Stillzeit nicht an sich heranließen. In diesem Fall konnte Serafina es Mendel fast nachsehen, dass er sich woanders holte, was ihm daheim verwehrt war. Jedenfalls war sie plötzlich froh, dass Mendels nächtliches Geheimnis nicht der Öffentlichkeit hatte preisgegeben werden müssen.

«Wie dem auch sei», die Mendelin erhob sich mit ihrem Kind im Arm, «möchte ich Euch von Herzen danken für Eure Unterstützung. Darf ich Euch von meinem Mandelgebäck anbieten? Und dazu einen Schluck Rotwein?»

«Sehr gern», erwiderte die Meisterin. «Und derweil kann Schwester Serafina nach der Hand Eures Mannes sehen.»

Behutsam und bemüht, den verletzten Daumen nicht unnötig zu berühren, löste Serafina den Verband, der am Daumenrücken um ein Holzstäbchen gewickelt war. Mendel biss sich vor unterdrücktem Schmerz fast die Lippen blutig. Augenscheinlich wollte er sich vor ihr keine Blöße geben.

Auf den ersten Blick sah der Finger wahrlich übel aus: blau geschwollen, der Nagel schwarz und zersplittert und an der Wurzel ein Riss, der allerdings fachmännisch genäht war. Das hätte Serafina einem erfahrenen Wundarzt oder Bader, nicht aber einem studierten Medicus zugetraut.

«Ist er gebrochen? Wegen des Hölzchens, meine ich.»

«Das konnte Achaz fürs Erste nicht sagen.»

«Vielleicht habt Ihr Glück gehabt. Jetzt trage ich erst einmal eine Heilsalbe auf und werde ihn dann erneut fest einbinden. Auch wenn das gleich wieder sehr weh tut. Und in zwei Tagen komme ich wieder.»

Eigentlich hätte Serafina an diesem Abend ruhevoll einschlafen können. Der Schuldige war gefunden – auch wenn er für seine Tat nicht mehr büßen konnte –, und die Unschuldigen waren mit einem blauen Auge davongekommen. Dennoch: Irgendwie beschlich sie das ungute Gefühl, dass hier etwas nicht stimmte. Wenn sie genauer darüber nachsann, stand für sie nur eines so gut wie fest, nämlich dass Allgaiers Fenstersturz kein Unfall war. Wieso hätte der Kornhändler auch am heiligen Sonntag in aller Frühe auf dem Speicher herumhantieren sollen? Die Luke wurde nur geöffnet, wenn Getreidesäcke nach oben gehievt wurden. Also tatsächlich ein Freitod, aus Scham über die Folgen seiner Freveltat, wie es Grasmück gestern geschildert hatte?

Innerlich schüttelte sie den Kopf. In diesem Falle blieben zu viele Fragen offen. Warum hatte beispielsweise Nidank so dreist gelogen, er sei mit dem Kornhändler bei sich zu Hause gesessen? Doch wohl um Allgaier zu schützen, und das selbstverständlich nicht weil er so uneigennützig war, sondern womöglich selbst mit drinsteckte in diesem ganzen Komplott. Das wiederum mochte den Schluss zulassen, dass Allgaier eine Bedrohung dargestellt hatte, wenn er aus seiner Gewissensnot heraus vor Gericht hatte aussagen wollen.

Die andere Frage war: Warum hatte Adalbert Achaz ihr gegenüber so ausdrücklich betont, dass Allgaier unschuldig war? Wusste er vielleicht, wo sich der Mann zur Tatzeit wirklich aufgehalten hatte? Aber warum in aller Welt hatte Achaz das dann nicht vor Gericht angegeben, als man den Kornhändler in den Haberkasten gesperrt hatte? Dass auch der Fischhändler Sebast Fronfischel neulich auf dem Markt so felsenfest von Allgaiers Unschuld überzeugt gewesen war, mochte immerhin daran liegen, dass die beiden verschwägert waren.

Nicht zuletzt war da noch dieser Grasmück, der ihr in seiner Redseligkeit immer undurchsichtiger erschien. Warum gebärdete sich der Glasmaler plötzlich als Allgaiers Freund? Hatte er ihn nicht, als er mit seinem Furunkel bei ihnen aufgetaucht war, noch als Maulhelden und Wucherer geschmäht?

Fragen über Fragen türmten sich vor ihr auf und ließen sie über lange Zeit nicht einschlafen.

Kapitel 25

«Übrigens», sagte Catharina, «wird Adelheid noch bis Martini bei uns bleiben, weil dann erst im Kloster eine Zelle frei wird.»

«Das ist schön», rief Grethe erfreut. «Dann können wir ja noch zusammen den Jahrmarkt besuchen.»

Die Schwestern hatten die Frühmesse beendet und traten hinaus auf den Vorplatz der Barfüßerkirche, der von den ersten Sonnenstrahlen in mildes Licht getaucht war. Noch immer hielt das freundliche Herbstwetter an.

Adelheid lächelte. «Und auch dann wird es kein Abschied auf immer werden. Sonntags ist Besuchszeit im Kloster, und da würd ich mich freuen, euch alle wiederzusehen.»

«Trotzdem wirst du uns fehlen.» Serafinas Bedauern war echt.

Als sie die Stelle erreicht hatten, wo zwei Tage zuvor Allgaiers Leichnam gelegen hatte, schlugen die Frauen unwillkürlich das Kreuzzeichen. Im Straßenschmutz waren noch immer dunkle Flecken geronnenen Blutes zu erkennen.

Da entdeckte Serafina den Bettelzwerg, der in einiger Entfernung verharrte und sie beobachtete.

«Ich bin gleich wieder bei euch», rief sie ihrer Meisterin zu und eilte zu Barnabas.

«Warum begrüßt du uns nicht?»

Der Zwerg verzog das Gesicht. «Weil es Unglück bringt, dort vorbeizugehen. Ihr hättet auch besser die Straßenseite wechseln sollen.»

«Firlefanz! Du solltest lieber für Allgaiers Seelenheil beten. Hast du eigentlich herausgefunden, wo der Rote Luki jetzt haust?»

«Hab ich. In einem Verschlag an der Burgmauer, ganz oben auf dem Berg.»

«Das ist gut. Ich fürchte, ich werde ihn noch mal aufsuchen müssen.»

«Das wird schwirig werden.» Barnabas scharrte mit der Schuhspitze im Straßendreck. «Hab den Roten Luki nämlich eben grad zum Stadtarzt gebracht.»

«Was hast du? Warum das denn?»

«Weil der Stadtarzt das so wollte. Schau, das hier hab ich gekriegt dafür.»

Er griff in seine Gürteltasche und streckte ihr einen ganzen Silberpfennig entgegen. Nach Serafinas Dafürhalten eine ganz und gar unsinnige Belohnung, wusste der Bettelzwerg doch mit Geld wenig anzufangen. Wahrscheinlich würde er es dem nächsten Gassenkind zum Spielen geben, weil die Münze so abgegriffen und zerkratzt aussah.

«Ich wollte eigentlich wissen, was Achaz mit dem Jungen vorhat.»

«Dasselbe wie du. Die Wahrheit in Erfahrung bringen. Das hat er jedenfalls gesagt.»

Von der nächsten Straßenecke aus winkte Grethe ihr zu.

«Ich muss weiter, Barnabas. Gott schütze dich.»

Es erleichterte sie sehr, dass nun auch Achaz herausfinden

wollte, was es mit der Wunde des Betteljungen auf sich hatte. Und ihr selbst ersparte es den Gang hinauf zur Burgmauer.

Als sie zu ihren Gefährtinnen stieß, stellte sie fest, dass die Meisterin fehlte.

«Sie ist noch mal ins Spital», erklärte ihr Heiltrud. «Um der kranken Allgaier-Witwe Trost zu spenden.»

«Schade», meinte Serafina. «Ich hätte sie liebend gern begleitet.»

Rechtzeitig zum Morgenessen war Catharina wieder zurück.

«Die Allgaierin hat uns Schwestern gebeten, beim Begräbnis heute Mittag für ihren Mann zu beten.»

«Auf dem Schindanger etwa?», fragte Serafina mehr als erstaunt. Wer sich selbst richtete, wurde in aller Regel auf dem Wasen vor der Stadt verscharrt oder gar unter dem Galgen.

«Nein, auf dem Münsterfriedhof.»

«Wie das? Er ist doch ein Selbstmörder. Denk nur an Hannes Pfefferkorn damals.»

«Es gilt halt nicht immer das gleiche Maß», meinte Mette bedächtig. «Einer wie Allgaier hat viele Gefolgsleute im Stadtrat. Außerdem war er mit dem Münsterpfarrer befreundet.»

«Nein, das ist es nicht», nahm die Meisterin das Gespräch wieder an sich. «Die Allgaierin selbst hat wohl durchgesetzt, dass sein Tod als Unfall gilt. Mir gegenüber hatte sie gemeint, ihr Mann sei nicht der Mensch, der sich von Schuld und Scham gequält das Leben nehmen würde. Eher wäre er aus der Stadt geflohen, um einer Strafe zu entgehen.»

«Das klingt ja nicht eben liebevoll», entfuhr es Serafina.

Die Meisterin zuckte die Schultern: «Jedenfalls habe ich zugesagt. Und auch dass wir sieben Tage am Grab beten werden.»

Kapitel 26

Auf dem Münsterfriedhof bot sich Serafina ein überraschendes Bild: Der gesamte Stadtrat, alle Zunft- und Gildenmeister der Stadt hatten sich in feierlicher Tracht vor dem Münster versammelt. Sogar die Vorsteher der Freiburger Klöster waren gekommen, woraus zu schließen war, dass Allgaier sich als eifriger Spender hervorgetan hatte. Nicht an der Mauer bei den ungetauften Kindern, wo nach Gnadenbitten auch mal ein Selbstmörder verscharrt werden durfte, weihte der Pfarrer Sarg und Grab, sondern in der Familiengruft der Allgaiers. Die Trauergäste waren demnach allesamt davon überzeugt, dass Allgaiers Tod ein bedauernswerter Unfall gewesen sein musste.

Sie blickte sich suchend um und entdeckte schließlich Achaz, der ein wenig abseitsstand. Entschlossen trat sie neben ihn.

«Jetzt, wo es den zweiten Toten gegeben hat, habt Ihr den Betteljungen also suchen lassen. Warum erst heute?» Sie sah ihn herausfordernd an.

Der Stadtarzt antwortete nicht, sondern blickte stur geradeaus. So deutlich, dachte Serafina, musste er ihr nun auch wieder nicht zeigen, wie unwohl ihm in ihrer Gegenwart war.

Sie ließ sich indessen nicht beirren. «Hat der Junge also gestanden, dass er sich diesen Schnitt gegen Geld hat zufügen lassen?»

Achaz nickte widerstrebend. «Aber von wem, sagt er nicht.

Dann würd man ihm nämlich die Kehle aufschneiden, behauptet er.» Seine Stimme war rau.

«Wo ist er jetzt?»

«Einstweilen im Rathauskerker. Wenn er nicht redet, wird er in den Christoffelsturm gebracht.»

Das ist doch schon mal was, dachte sie. «Warum aber», bohrte sie weiter, «verschweigt dieser Luki dann so hartnäckig die Wahrheit? Wenn Allgaier der Übeltäter war, wie Grasmück behauptet, dann hat der Junge doch jetzt, wo er tot ist, nichts mehr zu befürchten.»

«Aber das sagte ich Euch doch die ganze Zeit: weil Allgaier unschuldig war!»

«Ich sag Euch etwas andres: Weil da nämlich eine ganze Reihe hoher Herren mit drinstecken. Deswegen hat der Junge immer noch Angst. Und vielleicht war Allgaier mürbe geworden, hat aussagen wollen – und musste deshalb sterben. Ihr selbst habt doch die Leiche beschaut, Achaz.»

Er räusperte sich. «Nun gut, Schwester Serafina. Da Ihr Eure Nase ohnehin in alles steckt und es bald herausfinden werdet, verrat ich es Euch gleich. Aber nur wenn Ihr versprecht, vorerst Stillschweigen zu bewahren.»

«Das werd ich, verlasst Euch drauf.»

«Alsdann – es ging tatsächlich ein Kampf voraus. Jemand hat Allgaier ein blaues Auge geschlagen, und auch sonst hab ich Schlagspuren am Körper festgestellt. Und dann hat dieser Unbekannte die Luke geöffnet und Allgaier aus dem Fenster gestoßen.»

Serafina hielt die Luft an. Jetzt fiel ihr ein, was Allgaier im Augenblick des Sterbens auch gesagt haben könnte: Nicht *tot* oder *Gott*, sondern *Mord*!

«Er ist also gemeuchelt worden?»

«Ich fürchte, ja. Die Heimlichen Räte haben den Speicher besichtigt und vor der Luke auf dem staubigen Dielenboden zahlreiche frische Fußspuren entdeckt – die von Allgaiers Pantoffeln, vermischt mit denen von festem Schuhwerk.»

«Aber die Witwe – sie glaubt doch nach wie vor an einen Unfall. Oder?»

Achaz nickte. «Das soll auch so bleiben. Für diesmal verhalten sich die Herren Richter erstaunlich klug: Neue Aufregung in der Stadt soll unbedingt vermieden werden, jetzt, wo mit den Juden Ruhe eingekehrt sei. Und so ist man mit dem Rat übereingekommen, die Sache mit dem Mord vorerst geheim zu halten. Also kein Wort zu irgendwem!»

«Aber ja doch, Achaz. Oder vertraut Ihr mir nicht mehr?»

Er zuckte die Achseln. Plötzlich sah er sie eindringlich an, und in seinen sanften, hellbraunen Augen spiegelte sich so etwas wie Traurigkeit oder Enttäuschung. Nach einem Augenblick des Schweigens fragte er leise:

«Was habt Ihr mit Grasmück zu schaffen, Serafina?»

«Was fangt Ihr schon wieder mit Grasmück an?», fragte sie verwirrt zurück. «Rein gar nichts hab ich mit diesem Schwatzmaul zu schaffen, außer dass ich sein hässliches Furunkel behandelt hab.»

Da auf einmal schoss es ihr durch den Kopf, dass diese Seitenhiebe mit Konstanz zu tun haben mussten. Wo doch Grasmück ebenfalls darauf beharrte, ihr dort schon einmal begegnet zu sein. Lag darin etwa die Ursache für Achaz' garstiges Verhalten ihr gegenüber?

«Ihr glaubt, wir kennen uns von ... von früher?»

In diesem Augenblick begann die Trauergemeinde laut das

Paternoster zu beten. Gleich würde der Sarg hinuntergelassen werden.

Ohne Achaz' Antwort abzuwarten, eilte Serafina zu ihren Gefährtinnen zurück. Als sie sich noch einmal umwandte, bemerkte sie, wie Achaz ihr hinterherstarrte. Die Meisterin, zu der sich Bruder Matthäus, der Prior der Wilhelmitenmönche, gesellt hatte – ein wenig zu nahe, wie Serafina befand –, strafte ihr unbotmäßiges Verschwinden mit einem tadelnden Blick, und so sprach Serafina die Gebetsworte mit umso lauterer Stimme mit.

Wenngleich der Kornhändler nicht sonderlich beliebt gewesen schien, hatten viele der Umstehenden Tränen in den Augen. Auf das *Amen* hin war ein lauter Schluchzer zu hören, und Serafina blickte zur Allgaierin, die man in einer Sänfte herbeigetragen hatte und die jetzt von Tochter und Sohn auf einem Schemel dicht beim Grab gestützt wurde. Mit eisiger Miene starrten sie alle drei auf den Sarg. Nein, von ihnen hatte keiner aufgeschluchzt, und das befremdete Serafina nun doch. Dafür hatten Grasmück und vor allem seine schöne Frau Benedikta mit den Tränen zu kämpfen.

Noch befremdlicher waren die Worte von Allgaiers Sohn, als die Meisterin ihm wenig später ihr Beileid bekundete. Er hatte sich bereits vom Grab abgewandt, und Serafina hörte ihn sagen: «Ich brauche keinen Trost – meines Vaters Tod rührt mich nicht. Er allein hat die Mutter zum Krüppel gemacht mit seinen ewigen Weibergeschichten!»

Als sie den Friedhof verließen, sah sie im Schatten der Friedhofsmauer den Stadtarzt bei Ratsherr Nidank stehen. Die beiden schienen in ein heftiges Wortgefecht verwickelt, ihren ärgerlichen Mienen nach zu urteilen. Schließlich stapfte Achaz aufgebracht davon.

Serafina, deren Gefährtinnen schon weitergegangen waren, fasste sich ein Herz und trat auf den Ratsherrn zu.

«Warum habt Ihr Allgaier fälschlicherweise entlastet?», fragte sie ihn. «Er war nämlich gar nicht bei Euch zu Hause, weil Ihr zu der Zeit mit dem Küster im Bären wart. Etwa weil auch *Euch* daran gelegen war, die Juden loszuwerden?»

Sie hatte damit gerechnet, dass Nidank aufbrausen würde, nicht aber dass er sie, nach kurzem Erstarren, freundlich beiseitenahm.

«Was redet Ihr da, Schwester Serafina? Ich hatte mich schlichtweg im Tag geirrt, denn ich hatte in letzter Zeit viel um die Ohren. Nun ja, Schwamm drüber. Jetzt, wo Allgaier tot ist, wird wohl niemand mehr herausfinden, ob er tatsächlich der Übeltäter war oder auch nicht. Wohl aber wird nun zu ermitteln sein, wer ihn zu Tode gebracht hat.»

Serafina tat ahnungslos.

«So war es denn gar kein Unfall?»

«Ach! Das habt Ihr noch nicht herausgefunden? Ihr seid doch sonst immer die Spitzfindigkeit in Person.» Er betrachtete sie lauernd. «Nun tut nicht so scheinheilig. Euer Freund Achaz hat den Leichnam schließlich untersucht und Euch gewiss brühwarm berichtet, dass die Richter den Fall jetzt untersuchen. Das hat er eben gerade selbst zugegeben. Ohnehin scheint Ihr mir enger verbunden mit ihm, als es für eine Begine schicklich ist.»

Serafina wollte schon zu einer Entgegnung ansetzen, als Nidank weitersprach.

«Im Übrigen solltet Ihr Euren Spürsinn lieber auf den Stadtarzt richten, anstatt ehrbare Ratsleute zu verdächtigen.»

«Was soll das heißen?»

«Ganz einfach: Der Kornhändler hatte eine gewichtige Stimme im Stadtrat und war rundweg dagegen, Achaz nach seiner Probezeit, die jetzt zu Ende geht, als Stadtarzt zu übernehmen. Hierbei hatte er bereits einige auf seine Seite gezogen, zumal Achaz kein Freiburger ist. Stattdessen wollte er seinen Sohn durchsetzen, der in Bologna fertig studiert hat und nun wieder in der Stadt ist. Euer Achaz hätte also allen Grund, den Allgaier im Streit aus dem Fenster zu befördern! Die Luke geöffnet, ein kleiner Schubs nur, und schon ...

«Hört auf! So blöde kann ein Mensch gar nicht sein, dass er seine eigene Schandtat als Mord anzeigt. Das genau nämlich hat Achaz nach der Untersuchung der Leiche getan.»

«Ich würde es eher einen vortrefflichen Winkelzug nennen. Denkt mal darüber nach.»

Mit einem vielsagenden Lächeln auf den Lippen wandte sich der Ratsherr zum Gehen.

Serafina war sprachlos. Konnte das sein? Schließlich war Achaz ja von Anfang an von Allgaiers Unschuld überzeugt gewesen, hatte aber dennoch nichts unternommen. Weil er froh war, ihn damit aus dem Weg zu haben? Und als Allgaier dann freikam, hatte er ihn im Streit selbst aus dem Weg geschafft ...

Als sie sich auf den Heimweg machte, war sie noch völlig benommen von diesem Gedanken. Plötzlich wurde ihr alles zu viel, und sie hatte nur noch das Bedürfnis, sich ganz aus dieser Sache herauszuhalten.

Kapitel 27

Wie von den Richtern beabsichtigt, hatte sich in der Stadt inzwischen die Kunde verbreitet, dass der Ratsherr und Kornhändler Nikolaus Allgaier durch einen verhängnisvollen Unfall zu Tode gekommen sei, nachdem er am Abend zuvor den Hostienfrevel und den unbeabsichtigten Totschlag des armen Kreuzbruders vor einem Zeugen zugegeben und dabei seine Tat zutiefst bereut habe. Manche sprachen von einem gerechten Gottesurteil, andere wiederum bedauerten seinen Tod. Zumindest blieb es auch am Tag nach Allgaiers Bestattung ruhig, was die Juden betraf.

Serafina hatte den Auftrag, wie versprochen nach Mendels Hand zu sehen. Zuvor aber wollte sie Laurenz Wetzstein aufsuchen, um sich zu versichern, dass die Juden auch weiterhin unbehelligt blieben. Das wenigstens hatte sie sich noch als Aufgabe auferlegt – der Rest ging sie nichts mehr an.

Sie hoffte, den Ratsherrn bei sich zu Hause anzutreffen, im Beisein seiner Frau. Serafina mochte die Wetzsteinin, sie war eine offene und herzliche Frau, die ihre Sammlung unterstützte und hin und wieder zum Sonntagsessen erschien. Obwohl sie im Wohlstand lebte und ihr Ehegenosse als Zunftmeister der Bäcker hohes Ansehen genoss, war sie alles andere als dünkelhaft.

Die Wetzsteins wohnten im Herzen der Stadt, wo sich die beiden Hauptstraßen kreuzten. Als Serafina jetzt gegen die Tür klopfte, musste sie nicht lange warten, bis ihr die Hausmagd öffnete.

«Ist die Hausherrin da?»

«Ja. Kommt nur herein, Schwester.»

Die Magd führte sie auf einer ausladenden Treppe nach oben, wo sie gegen eine Tür klopfte.

«Eine der freundlichen Armen Schwestern möchte Euch besuchen, Herrin.»

«Lass sie nur herein», hörte Serafina eine Frauenstimme sagen.

Wenig später saß sie mit der Wetzsteinin am Stubentisch, von der Magd mit frischem Most und Gebäck bedacht, während die beiden jüngsten Kinder friedlich in der Ecke spielten.

«Was also führt Euch zu mir, Schwester Serafina? Gibt es wieder Ärger mit den Lämmlein-Schwestern, wegen des Webstuhls?»

«Nein, nein. Das hat unsere Meisterin mit ihnen im Frieden geregelt. Eigentlich hatte ich eine Frage an Euren Mann. Es geht um diesen Hostienfrevel und die Juden.»

«Ach, da fürchte ich, Ihr seid umsonst gekommen. Er ist zu einer außerordentlichen Sitzung geladen. Aber vielleicht kann ich Euch weiterhelfen.»

«Ihr habt doch gewiss von diesem Bettelknaben gehört, den die Juden angeblich hatten meucheln wollen.»

«O ja, was für eine unsägliche Lügengeschichte. Nur gut, dass sich der Stadtarzt diesen Burschen noch einmal vorgenommen hat. Doch leider ist die Geschichte nicht so gut ausgegangen, wie man es sich um der Wahrheit willen gewünscht hätte.»

«Aber hat er denn nicht seine Missetat gestanden?»

Die Wetzsteinin stieß einen bekümmerten Seufzer aus. «Das schon. Aber da er um nichts in der Welt den Anstifter verraten wollte, hätte er heut früh ins Marterhäuschen am Christoffelstor sollen, zum ersten Grad der Tortur. Und auf dem Weg dorthin ist er entwischt.»

Serafina glaubte sich verhört zu haben. «Das darf doch nicht wahr sein. Wie kann ein so schmächtiges Kerlchen den Stadtknechten entwischen?»

«Leider ist dem so. – Ihr kennt den Jungen?»

«Und ob. Ich hab ihn ja ausfindig gemacht und selbst gesehen, dass er nur einen Kratzer auf der Brust hatte.»

«Dann hatte der Stadtarzt den Hinweis also von Euch?» In einer Mischung aus Missbilligung und Bewunderung schüttelte die Wetzsteinin den Kopf. «Da habt Ihr Euch aber weit vorgewagt. So wie damals beim Blutwunder.»

Sie schenkte sich und Serafina Most nach.

«Darf ich Euch etwas fragen, Schwester Serafina?»

«Gern.»

«Warum tut Ihr das alles?»

Mit dieser Frage hatte Serafina nicht gerechnet. Sie selbst hatte noch nie darüber nachgedacht. Einen Moment lang herrschte Stille im Raum.

«Ich weiß es nicht», erwiderte sie schließlich. «Vielleicht sehe ich eher als andere, wo Unrecht geschieht.»

Dabei dachte sie daran, wie viel Unbill und Willkür sie in ihrem Leben schon erlitten hatte und dass darin der Grund liegen mochte.

«Wie dem auch sei», riss die Wetzsteinin sie aus ihren Gedanken. «Von Laurenz weiß ich, dass die Richter alles daransetzen werden, Licht in die ganze Sache zu bringen. Man hat bereits

Reiter ausgesandt, um den Betteljungen aufzuspüren. Bis alles restlos aufgeklärt ist, dürfen die Juden die Stadt zwar nicht verlassen, aber es geschieht ihnen nichts. Wie es jetzt aussieht, haben die Juden mit dem vermeintlichen Knabenmord nichts zu schaffen. Wir alle gehen davon aus, dass Allgaier auch hierbei der Anstifter war.»

Nur dass der Rote Luki dann kaum Grund gehabt hätte, so hartnäckig zu schweigen und sogar zu fliehen, dachte Serafina. Aber das sollte nicht mehr ihre Sache sein. Wenigstens für Mendel und die anderen Juden war etwas erreicht, und das erleichterte sie mehr als alles andere.

Sie erhob sich. «Ich will Euch nicht länger die Zeit stehlen. Habt ganz herzlichen Dank für die Bewirtung. Und für Eure Offenheit.»

Die Wetzsteinin winkte ab. «Ihr wisst doch, wie gern ich mit Euch und Eurer Meisterin plaudere. Kommt doch bald einmal wieder vorbei.»

Mendels Werkstatt war verschlossen und verriegelt. Aus dem Nachbarhaus drang lautes Hämmern und Poltern, und Serafina warf einen neugierigen Blick durch das offene Hoftor ins Innere. Ein Fuhrmann lud gerade eine Lieferung Bauholz ab.

Sie klopfte heftig gegen Mendels Haustür, um den Lärm zu übertönen, als diese sich auch schon öffnete. Heraus trat Fischhändler Fronfischel, mit mehr als missmutiger Miene.

«Gott zum Gruße, Meister.»

Doch der sonst so leutselige Mann murmelte nur einen undeutlichen Gruß und eilte an ihr vorbei in seine Hofeinfahrt.

«Ist da wer?», rief von oben das Hausmädchen der Mendels.

«Schwester Serafina von Sankt Christoffel.»

Das Mädchen kam die Treppe herunter.

«Tretet nur ein, Schwester. Ihr wollt gewiss zu Meister Mendel, wegen der Hand.»

Serafina schloss die Haustür hinter sich.

«Ist er denn im Haus?»

Das Mädchen nickte und wies nach oben. «Ich bring Euch zu ihm.»

«Was wollte denn der Fischhändler hier?»

«Unser Nachbar? Ach, immer das Gleiche», gab sie zur Antwort. «Aber meine Herrschaften wollten ihn heute nicht empfangen, weil sie nicht beim Essen gestört werden wollten.»

In der Küche, in der es stark nach Zwiebeln und Knoblauch roch, saß die ganze Familie um den Tisch, vor sich einen Eintopf aus Kohl und Pilzen. Serafina hatte nicht daran gedacht, dass bei den vornehmen Bürgern mittags eine warme Mahlzeit aufgesetzt wurde, und entschuldigte sich für die Störung.

«Das macht doch nichts.» Ruth Mendelin erhob sich und überließ ihren Platz dem Hausmädchen, das mit dem Füttern der Kinder fortfuhr. «Mendel und ich sind ohnehin fertig. Kommt nur mit in die Stube.»

Serafina folgte den beiden, und dabei entging ihr nicht, dass Mendel den Arm um seine Frau legte und sie für einen Moment den Kopf an seine Schulter schmiegte. Es sah ganz so aus, als hätten sie, nach dem Schrecken der letzten Tage, wieder zueinandergefunden, und Serafina durchfuhr ein Gefühl der Freude.

Auch für diesmal wurde sie mit Selbstgebackenem und diesem samtenen, ungewürzten Rotwein bewirtet. Einen solch guten Tropfen kannte sie nur aus dem Blauen Mond, wenn ihre Freier sie hierzu eingeladen hatten.

«Ihr glaubt gar nicht, wie froh wir Schwestern sind, dass sich für Euch nun alles zum Guten gewendet hat», sagte sie, während sie sich an die Arbeit machte.

Mendel nickte. «Ja, jetzt wird hoffentlich wieder Ruhe in unser Leben kehren. Und heute früh», er lachte auf, «haben schon wieder die ersten wegen Geldgeschäften angeklopft.»

«Wer ist eigentlich bei Euch und Euren Freunden alles verschuldet?», fragte sie, ganz gegen ihren Willen.

Mendel verzog das Gesicht. «Da könnte ich Euch eine ganze Liste nennen. Um schnell zu Geld zu kommen, sind wir Juden ja gut genug.»

«Ratsherr Nidank auch?», entfuhr es ihr.

«Das war er. Aber unlängst hat er überraschend ein kleines Vermögen geerbt und sofort alle Schuld beglichen.»

Dann stimmte es also, was man sich erzählte. Somit war Nidank wohl endgültig als Verdächtiger eines möglichen Komplotts zu streichen. Doch da war immer noch Grasmück, der laut Achaz auf viel zu großem Fuße lebte, nur um seiner schönen Frau ein glanzvolles Leben zu ermöglichen.

«Was ist mit dem Glasmaler, Fridlin Grasmück?»

«O ja, der ist bei uns allen verschuldet. Aber ich selbst geb ihm nichts mehr. Der gute Mann lebt ja völlig über seine Verhältnisse.»

«So kannst du das nicht sagen, Mendel», warf seine Frau vorsichtig ein. «Er selbst gönnt sich nichts. Das ist alles wegen dieser Frau, die er vergöttert. Diese Benedikta ist verwöhnt und geldgierig.»

Da war sie ja schon einen guten Schritt weiter, dachte Serafina. Vorsichtig entfernte sie den Verband von Mendels Daumen, während Ruth Mendelin sie aufmerksam beobachtete.

«Es verheilt besser, als ich gedacht hätte!», sagte Serafina.

Mendel lächelte. «Euer Stadtarzt hat mich auch gut verarztet nach der Tortur. Er möcht grad einer von unseren jüdischen Ärzten sein.»

«Ich denke, wenn wir alle zwei Tage den Verband wechseln und frische Heilsalbe auftragen, könnt Ihr die Hand bald wieder gebrauchen.»

Sie zog den Tiegel mit der Salbe aus ihrer Schultertasche und versorgte damit die Verletzung. Am Ende war der Daumen wieder geschient und frisch eingebunden.

«Ich habe Euch genau zugesehen, Schwester», sagte Ruth Mendelin, und ihr bislang immer so vergrämtes Gesicht leuchtete. «Ich könnte das fortan selbst machen, und Ihr habt Zeit für andere Kranke.»

«Wenn Ihr wollt – gerne!»

Es schien tatsächlich ein neuer Wind im Hause Mendel zu wehen, und Serafina wünschte den beiden in Gedanken alles Gute. Vom Nachbarhaus her begann es wieder heftig zu poltern.

«Die Fronfischels nebenan bauen wohl um?», fragte sie, während sie ihr Handwerkszeug wieder in die Tasche packte.

Mendel nickte. «Ja, es wird wohl langsam eng bei ihnen, so gut gehen die Geschäfte.»

«Ich hoffe, die sind bald fertig», warf die Mendelin ein. «Dieser Krach den ganzen Tag. Die Kleinen können mittags nicht mehr einschlafen. Manchmal denk ich, die machen mit Absicht solchen Lärm.»

«Habt Ihr denn Streit miteinander?», fragte sie die Frau.

«Streit? Das nicht gerade.»

Der Schuster runzelte die Stirn. «Und wie nennst du das dann, wenn er mit seinen Fässern ständig meine Werkstatttür versperrt? Oder was war das, als sein Weib im Sommer wochenlang im Hof die Fischabfälle hat in der Sonne liegen lassen? Von dem Gestank sind wir fast ohnmächtig geworden. Und weil wir uns beschwert hatten, grüßt sie uns nicht mehr.»

Seltsam, dachte Serafina. Hatte der Fischhändler ihr gegenüber doch von seinen jüdischen Nachbarn regelrecht geschwärmt.

«Ja, die Else ist schon ein garstiges Weib», pflichtete die Mendelin ihm bei, «und sie hetzt ihren Mann gegen uns auf. Aber Fronfischel selbst ist eigentlich ein guter Mensch, wir konnten als Nachbarn nie über ihn klagen.»

«Wann begreifst du's endlich, Ruth? Die gute Nachbarschaft ist vorbei. Die Fronfischels», wandte er sich an Serafina, «haben nämlich ein Aug auf unser Haus geworfen.»

«Ihr sollt es verkaufen?»

«Ja. Fronfischel hatte im Sommer einige Male nachgefragt, aber ich habe ihm klar gesagt, dass wir hier nicht wegwollen. Dann hat er endlich Ruhe gegeben.»

Sein Blick verfinsterte sich, und er nahm einen tiefen Schluck aus seinem Becher.

«Das ging gut bis neulich, vor etwa zwei Wochen. Da war der Fischhändler hier und fing wieder damit an. Aber wir sind bei unserem Nein geblieben. Außerdem war der Preis, den er geboten hat, lächerlich!»

Serafina runzelte die Stirn. «Und eben gerade wollte er erneut nachfragen, habe ich recht?»

«Ja, aber wir haben ihn gleich wieder hinausgeschickt.»

Kapitel 28

Noch ganz in Gedanken versunken, verabschiedete sich Serafina von den Mendels. Doch anstatt nach Hause zu gehen, kehrte sie in die Barfüßergasse zurück, wo sie vor dem Haus Zum Pilger stehen blieb. Mit etwas Glück war Achaz jetzt zu Hause, denn auch er gehörte zu denen, die ein warmes Mittagsmahl zu sich nahmen. Ihre Gefährtinnen würden sich zwar längst fragen, warum sie so lange bei Mendel brauchte, aber das war nun unwichtig.

Sie war der Lösung ganz nahe, indessen brauchte sie Unterstützung bei ihrem Vorhaben. Und der Einzige, der ihr hierzu einfiel, war trotz allem der Stadtarzt. Kurz zögerte sie – dass sie Nidanks Verleumdung, Achaz habe den Kornhändler im Streit vom Dach gestoßen, einen Augenblick lang für bare Münze genommen hatte, beschämte sie jetzt zutiefst.

Dann gab sie sich einen Ruck. Entschlossen hob sie die Hand, um zu klopfen, als die Tür auch schon aufschwang und Achaz' kräftige hochgewachsene Gestalt erschien.

«Ihr wollt zu mir?»

Verblüfft sah er sie an, und Serafina ließ die Hand sinken.

«Ja. Aber ich sehe, Ihr seid auf dem Sprung.»

«Das lässt sich auch später erledigen. – Braucht Ihr meinen ärztlichen Rat, oder seid Ihr schon wieder auf Mörderjagd?»

«Lasst diesen spöttischen Unterton, Adalbert Achaz», entgegnete sie schärfer als beabsichtigt. «Ich komme eben von Mendel und brauche Eure Hilfe. Übrigens bin ich froh, dass Ihr es wart und nicht der Henker, der seine Wunden versorgt hat. Es scheint gut zu heilen.»

«Danke für die schmeichelhaften Worte, Frau Wundärztin. Aber wenn Ihr jetzt vielleicht zur Sache kommen könntet? Ihr seid gewiss nicht hier, um Fachgespräche zu führen.»

«Nein, beileibe nicht.» Sie verschränkte die Arme. «Ich weiß zwar immer noch nicht, warum Ihr neuerdings so ruppig gegen mich seid – aber jetzt müsst Ihr mir helfen.»

Rasch blickte sie sich um, ob niemand in ihrer Nähe war. Dann flüsterte sie:

«Ihr müsst mich zu Fronfischel begleiten, weil ich einen Zeugen brauche.»

«Zu Fronfischel?»

«Fragt nicht lang, sonst ist er weg.»

Er betrachtete sie eindringlich – eine Spur zu lange, wie sie befand. «Habt Ihr Euch wieder in etwas hineingeritten?»

«Keine Sorge. – Kommt Ihr also mit?»

«Einverstanden. Aber zuvor möchte ich von Euch wissen, auf was ich mich da eigentlich einlasse.»

«Nicht hier auf der Straße.»

Er ließ sie in den Flur eintreten, und sie erzählte ihm leise von ihrem dringlichen Verdacht und ihrem Vorhaben.

«Eine kühne Behauptung. Aber sie klingt einleuchtend.»

«Es kann gar nicht anders sein, Achaz.»

«Das, was Ihr vorhabt, kann Euch den Hals brechen, wenn es nicht klappt. Ist Euch das bewusst?»

«Lasst mich nur machen. Gehen wir.»

Der Fischhändler selbst öffnete ihnen die Tür. Er wirkte mehr als erstaunt, sie beide zu sehen.

«Es tut mir leid, aber ich hab wenig Zeit. Bin auf dem Weg zum Salzhändler.»

«Nur auf ein Wort, Meister.» Achaz lächelte ihn an.

«Nun gut, dann kommt herein.»

«Ist Eure Frau auch zu Hause?», fragte Serafina, während sie ihm die Treppe hinauf folgten. Das Hämmern und Klopfen vom Hof her schmerzte fast in den Ohren. Dazu roch es beißend nach Fisch.

«Ja, warum?»

«Ich war doch eben bei den Mendels, wie Ihr wisst. Und da dachte ich, Euch als Freunden und guten Nachbarn überbringe ich die traurige Nachricht zuerst.»

Erwartungsvoll blieb Fronfischel stehen. «Traurige Nachricht?»

«Gleich, Meister. Nicht hier.»

Sie trafen Else Fronfischelin in der Küche an, wo sie der Köchin Anweisungen für das Abendessen gab. Vom Äußeren her war sie das ganze Gegenteil ihres Mannes: klein, dick und untersetzt, mit mürrisch heruntergezogenen Mundwinkeln.

Achaz bat sie, die Köchin kurz hinauszuschicken, was die Fronfischelin nur widerwillig tat. «Was gibt es denn so Geheimnisvolles?», fragte sie.

«Leider», begann Serafina, «leider geht es Euren lieben Nachbarn nun doch an den Kragen. Das mit Allgaier hat sich als böses Gerücht erwiesen. Die Büttel sind schon drüben, um Mendel und seine Frau abzuholen, ihre Schuld scheint erwiesen. Auch die Kinder werden wohl nicht verschont. Es ist ein Jammer!»

«Ach herrje!» Fronfischels leuchtende Augen straften seine Trauermiene Lügen. «Die armen Leut.»

Sein Weib hatte sich weit weniger im Griff.

«Ich hab dir doch gesagt, wie vorschnell das alles war», giftete sie ihren Mann an. «Den Hof zu verbauen, jetzt, wo wir ...»

«Schweig!»

Achaz hob begütigend die Hand. «Ach, Meister Fronfischel, es ist doch stadtbekannt, dass Ihr ein Auge auf Mendels Haus habt. Nun könnt Ihr Euch glücklich schätzen, nicht wahr?»

«Nein, nein – so dürft Ihr nicht denken, fürwahr nicht! Andererseits ...»

«Andererseits ist es gut, nun den wahren Schuldigen zu haben», ergänzte Serafina begütigend. «Zumal Ihr ja, wie Ihr mir auf dem Markt neulich selbst gesagt habt, fest von Allgaiers Unschuld überzeugt wart.»

«Mein armer Bruder», warf die Fronfischelin in jammervollem Tonfall ein und schlug das Kreuzzeichen. «Ihn solchermaßen zu verdächtigen, und jetzt ist er tot! Ihr ahnt nicht, wie tief ihn dieser falsche Verdacht getroffen hat – das allein hat ihn ins Grab gebracht! Dabei hat mein Mann ihn an jenem Abend mit eigenen Augen beim Münsterfriedhof gesehen, er ging dort in aller Ruhe spazieren.»

«Jetzt halt endlich dein schwatzhaftes Maul, Weib!»

«Ach!» Serafina blickte den Fischhändler scheinbar überrascht an. Das lief ja besser als gedacht. Gleich würde die Falle zuschnappen. «So wart Ihr also auch am Münster, an dem besagten Abend?»

Er wand sich wie einer seiner Fische im Netz. «Nun ja, ich brauchte noch frische Luft, nach dem Fischgestank den ganzen Tag. Das mach ich öfter.»

«Dann wundert mich, dass Ihr das vor Gericht nicht angegeben habt. Aber wie dem auch sei – der Mendel wird jetzt dafür bezahlen müssen. Nach der zweiten Tortur wird er sein Geständnis wohl kaum widerrufen, und bald schon wird draußen vor den Mauern der Scheiterhaufen lodern. Auf Kuhhäuten gebunden wird man ihn und seine Frau und seine kleinen Kinder zum Richtplatz schleifen und in die Flammen werfen wie alte Stücke Holz. Habt Ihr schon mal das Schmerzensgebrüll gehört, wenn jemand bei lebendigem Leibe verbrennt? Oder den Geruch von verbranntem Menschenfleisch gerochen? Der zieht tagelang durch die Gassen, sag ich Euch ...»

«Hört auf!»

«Gut, lassen wir das. Eine andere Frage: Haltet Ihr eigentlich Hühner?»

Verunsichert zwinkerte er mit den Augen. «Was soll diese Frage?»

«Ganz einfach: Das angebliche Hostienblut war nichts als Hühnerblut.» Ihre Stimme wurde hart. Jetzt musste sie die Katze aus dem Sack lassen. «Und noch etwas: Unser Medicus hier hat den Jungen ausfindig gemacht und zum Reden gebracht.»

Achaz nickte. «Dem Luki scheint es näherzugehen als Euch, dass eine ganze Familie qualvoll den Flammentod sterben soll. Und so hat er ausgepackt.»

Der Fischhändler schwankte gegen die Wand.

«Es sieht nicht gut aus für Euch, Fronfischel», bemerkte Achaz kalt.

«Ich wollt das alles nicht», stieß der Mann hervor. «Hab doch gar nichts gegen den Mendel, wollte nur sein Haus, nicht seinen Tod, das müsst Ihr mir glauben ... Und das mit dem Kreuzbruder, das war doch nur ein leichter Schlag ... Ein bisschen Schlafmittel im Wein ...»

«Ist Euch eigentlich klar, dass Ihr einen Menschen umgebracht habt?»

«Ich ... O Gott ... Wollte doch nicht ...»

«Wer steckt noch alles mit drin?», unterbrach Serafina sein Gestammel. «Eure Freunde, die hoch verschuldet sind und Euch dafür bezahlt haben? Ich hab doch selbst gesehen, wie Ihr von Grasmück einen Beutel überreicht bekommen habt, vor seiner Werkstatt. Habt Ihr oder die anderen deshalb den Allgaier ermordet? Weil er am Ende Gewissensqualen bekam und alles verraten wollte?»

Achaz zog erstaunt die Brauen hoch. «Grasmück? Er hat Euch Geld überreicht? Wofür?»

Statt eines weiteren Geständnisses begann Fronfischel zu wimmern: «Mit Allgaiers Tod hab ich nichts zu tun. Und das mit dem Hostienfrevel und dem Betteljungen war ich ganz allein.»

«Was war dann mit dem Küster?», bohrte Serafina weiter. «Habt Ihr ihn bestochen, das Münster später als sonst zu verschließen?»

«Oder war er gar eingeweiht?», setzte Achaz nach. «Mir ist nämlich durchaus bekannt, dass Ihr Euch mit dem Küster, dem Wundarzt und Nidank zum heimlichen Glücksspiel trefft. Da lernt man sich gut kennen.»

«Nein – ich hatte Nidank nur gebeten, ihn an diesem Abend trunken zu machen. Weil ich etwas vorhätte.»

Also doch! Nidank hätte nur zwei und zwei zusammenzählen müssen, um zu wissen, wer da im Münster zugange war, und hatte dennoch geschwiegen. Und nahm dafür sogar eiskalt den Feuertod der Juden in Kauf. Dieser Erzschelm! Wieder einmal hatte er Dreck am Stecken – und wieder einmal würde er ungeschoren davonkommen.

Jetzt ließ Achaz nicht locker: «Wer sagt uns, dass Allgaier Euch nicht ertappt und hernach erpresst hat? Zufällig war ich selbst nämlich auch am Münster vorbeigekommen und habe ihn dort herumlungern sehen.»

«Niemals hätt ich so was tun können, ich schwör's bei Gott! Der Allgaier ist doch mein Schwager!»

Damit begann Fronfischel ganz erbärmlich zu heulen. Sein Weib hob drohend die Faust.

«Lasst endlich meinen Mann in Ruh und schert Euch von dannen!»

Mit böser Miene baute sich Achaz vor ihr auf. Die Frau reichte ihm nicht mal bis zur Brust. «Erst wenn die Stadtknechte hier sind. Solange bleibe ich bei Euch. – Schwester Serafina, geht Ihr eben in der Ratskanzlei vorbei? Für alle Fälle gebe ich Euch ein Schreiben mit.»

Er wandte sich an Fronfischel. «Ihr habt doch gewiss Papier und Feder im Haus?»

Der Fischhändler nickte und ließ sich kraftlos auf die Küchenbank sinken, ein einziges Häufchen Elend. Sein Blick ging in Richtung seiner Frau: «Du wolltest es so, hast mir immer wieder zugesetzt, endlich zu handeln, um an das Haus zu kommen», flüsterte er. «Jetzt siehst du, was dabei herausgekommen ist.»

Aus irgendeinem Grunde glaubte Serafina ihm. Es war ihm allein um Mendel und dessen Haus gegangen, schließlich hatte er Löw und Salomon sogar vor dem Rat entlastet. Und wahrscheinlich hatte ihn dieses Weibsstück tatsächlich zu alledem aufgestachelt. Mit dem Mord an Allgaier allerdings waren sie damit keinen Schritt weiter.

Kapitel 29

Niemand unter den Freiburgern mochte glauben, was bald schon jedem zu Ohren kam: Der ehrenwerte Fischhändler Sebast Fronfischel war der Freveltat überführt worden, hierzu angestachelt durch seine eigene Ehegenossin. Im Übrigen hatte sich Fronfischel ohne Gegenwehr von den Stadtweibeln abführen lassen und wartete jetzt im Verlies des Christoffelsturms auf sein weiteres Schicksal.

Nach Fronfischels Festnahme hatte der Stadtarzt Serafina in ehrlicher Bewunderung und ohne jeglichen Spott in der Stimme seine Hochachtung ausgesprochen.

«Hut ab, Schwester Serafina! Ich hätte niemals gedacht, dass Eure waghalsige Finte mit dem Betteljungen Erfolg haben würde. Was Ihr da eben geleistet habt, war ein wahrhaft ausgeklügeltes Possenspiel.»

«Bloß dass es alles andere als zum Lachen war.» Sie verzog das Gesicht. «Mag sein, dass der Fischhändler wirklich im Alleingang unterwegs war. Das glaub ich ihm sogar. Aber ich hätte mir gewünscht, dass wir mit Fronfischel zugleich Allgaiers Mörder überführt hätten.»

«Jetzt lasst endlich gut sein. Die Sache im Münster und der vermeintliche Knabenmord sind aufgeklärt. Und was Allgaier betrifft: Hierzu wurde ein neues Blutgericht gewählt. Es wird

Euch freuen zu hören, wer jetzt zu den Heimlichen Räten gehört – nämlich Laurenz Wetzstein.»

«Das ist wirklich eine gute Nachricht!»

«Was ich damit sagen will: Die Aufklärung des Mordes ist in besten Händen. Widmet Euch also dem barmherzigen Dienst am Menschen, Eurem Garten und meinetwegen auch Eurer neuen Berufung als Salbenmischerin und Heilerin. Aber lasst in Gottes Namen die Finger von diesem Mord.»

Sie biss sich auf die Lippen. Er hatte ja recht. Doch in einer anderen Sache wollte sie nicht so schnell aufgeben.

«Ihr habt vorhin gesagt, dass Ihr Allgaier an jenem Abend beim Münster gesehen habt. Warum habt Ihr mir das die ganze Zeit verheimlicht?»

Da er schwieg, fuhr sie fort: «Aber dann hätte er ja erst recht der Frevler sein können.»

«Eben nicht. Er war nämlich in Gesellschaft.»

«Mit wem? Mit seiner gelähmten Frau wird er wohl kaum einen Abendspaziergang gemacht haben. – So redet doch!»

Er warf ihr ein hilfloses Lächeln zu.

«Ein andermal, Serafina, ein andermal. Erst muss ich etwas zu Ende bringen.»

Nachdem sie dann in der Ratskanzlei dem Schreiber ihre Aussage in die Feder gesprochen und mit ihrer Unterschrift besiegelt hatten, hatte Achaz sich nicht davon abbringen lassen, sie nach Hause zu begleiten. Er wollte ihr Unannehmlichkeiten ersparen und ihrer Meisterin erklären, warum sie so lange fortgeblieben war. Auf Serafinas Bitte hin hatte er ihren Anteil an der Aufklärung des Falles so gut wie ausgespart, doch Catharina war deutlich anzusehen gewesen, dass sie den Ausführungen des Stadtarztes nicht so recht Glauben schenkte.

Auch wenn Serafina den Entschluss gefasst hatte, sich nun aus der Mordsache herauszuhalten, hatte sie am Morgen darauf alle Mühe, sich auf ihr Tagwerk einzulassen. Bei der Stallarbeit entwischten ihr die Hühner nach draußen und flatterten auf die Gasse, beim Putzdienst im Haus kippte ihr versehentlich der Eimer mit dem Schmutzwasser um, und sie konnte wieder von vorne beginnen. Dabei kreisten ihre Gedanken nicht nur um Allgaiers nach wie vor rätselhaften Tod, sondern auch um Achaz' seltsames Verhalten. Zwar schien sich sein Ingrimm gegen sie gelegt zu haben, dafür war er das ganze Wegstück von der Kanzlei ins Haus Zum Christoffel stumm neben ihr hergetrottet, und ihr war nicht entgangen, wie er sie wiederholt von der Seite gemustert hatte. Immer stärker hatte sie den Verdacht, es könnte mit Grasmücks Besuchen bei ihr zusammenhängen. Wo er und der Glasmaler sich doch aus der Zeit des Konstanzer Konzils kannten. Aber was hatte das mit ihr zu tun? Nun gut – wenn Achaz nicht reden wollte, dann würde sie es eben über Grasmück herausfinden müssen. Und das gleich heute.

Sie war froh, dass sie an diesem Tag weder zum Krankendienst noch zum Totengebet an Allgaiers Grab eingeteilt war, sondern Grethe beim Einkauf begleiten sollte. Für den nächsten Tag war nämlich ein großes Abschiedsessen für Adelheid vorgesehen, bevor sie sich tags drauf noch einmal alle zusammen auf dem Martinimarkt vergnügen wollten und Adelheid danach ins Kloster Adelhausen begleiten würden.

Als Serafina und Grethe an Fronfischels Stand vorbeikamen, war die Laube mit Brettern vernagelt. Ein paar Mägde standen davor und zerrissen sich das Maul über den Fischhändler.

«Eigentlich ist es jammerschade», sagte Grethe. «Bei ihm am Stand gab's immer was zu lachen und zu tratschen. Ehrlich,

Serafina – ich kann's immer noch nicht fassen, dass er das wirklich getan haben soll.»

Serafina zuckte die Schultern. «Ich denk, er ist ein schwacher Mensch. Hat sich zum Handlanger seines Weibes gemacht.»

«Die Fronfischelin ist eine Giftschlange. Das war sie schon immer. Hat nicht mal geweint am Grab ihres Bruders. – Ich frag mich bloß, wie du das alles herausgefunden hast.»

«Das war der reine Zufall.»

Grethe grinste. «Erzähl mir doch nichts, Serafina. Du hast wieder Spürhund gespielt. Aber weißt du was? Das nächste Mal könntest du mich ruhig einweihen. Irgendwann brichst du dir noch mal den Hals, wenn du so weitermachst.»

Serafina dachte an ihren missglückten Versuch, den Roten Luki bei der Grafenmühle zu treffen, und gab ihr insgeheim recht. Sie musste besser auf sich aufpassen.

Zuletzt, mit vollbepackten Körben, machten sie sich noch auf den Weg zum Weinmarkt, um für ihr Festessen ein Fässchen Burgunderwein zu bestellen.

«Jetzt, wo wir den Bettelzwerg mal brauchen könnten, ist er nicht da.» Grethe stellte ihren Korb ab und wischte sich über die Stirn. «Sieh mal, ist das nicht Allgaiers Sohn dort drüben?»

Am Stand der Geldwechsler lehnte tatsächlich der frischgebackene Medicus aus Bologna. Er war mit dem dicken Metzgermeister Grieswirth in ein angeregtes Gespräch vertieft und ließ dabei hin und wieder ein leises Lachen hören. Äußerlich war er ein Spiegelbild seines Vaters, nur eben in jungen Jahren: groß und schwer, mit vollem braunem Haar und dem weichen, breiten Mund eines Genussmenschen.

Serafina stieß ihre Freundin mit der Schulter an. «Komm!»

Der junge Allgaier erkannte sie nicht sofort, doch als Grieswirth sie beide als Schwestern von Sankt Christoffel vorstellte, hellte sich seine Miene auf.

«Ach, Ihr gehört zu den Seelschwestern am Grab meines Vaters? Ich weiß Eure Dienste wohl zu schätzen, aber ehrlich gesagt», seine Züge verhärteten sich, «ist das verlorene Liebesmüh.»

«So dürft Ihr nicht denken», entgegnete Serafina.

«Ihr kennt meinen Vater nicht. Da müsste im Fegefeuer schon ein Wunder geschehen, dass er da wieder herausfindet.»

Serafina stutzte. Ohne jedoch auf diese herzlose Bemerkung einzugehen, fragte sie: «Und wie geht es Eurer lieben Frau Mutter?»

«Besser als vorher, würde ich sagen», und mit *vorher* meinte er ganz offensichtlich Allgaiers Tod. «Aber habt dennoch Dank für Eure Anteilnahme.»

«So wollen wir Euch nicht länger stören, Medicus. – Ach, eine Frage hätte ich noch: Wollt Ihr Euch denn in Freiburg niederlassen? Als Arzt, meine ich?»

«Das Gerücht hat wohl mein Vater in die Welt gesetzt?» Er verzog spöttisch den Mund. «Das sieht ihm gleich. Damit er mit mir als gelehrtem Sohn prahlen kann, wo er selbst gerade mal einigermaßen lesen und schreiben konnte, als Trödlersohn. O nein, ich habe bereits einen Ruf nach Ulm, und meine arme Mutter werd ich dorthin mitnehmen.»

Sie schleppten ihre voll bepackten Körbe nach Hause. An der Türschwelle sagte Serafina: «Kannst du den Einkauf allein in die Küche tragen? Ich muss noch einmal zurück in die Stadt.»

«Nein.» Grethe verschränkte die Arme. «Außer du sagst mir, wo du hin willst.»

Serafina stieß einen Seufzer aus. «Also gut. Ich will zu Grasmück – eine ganz und gar persönliche Angelegenheit. Aber das brauchst du der Meisterin nicht auf die Nase binden. Oder sag ihr, falls sie fragt, es würde um sein Furunkel gehen.»

Kapitel 30

Die Münsterglocke schlug zu Mittag, als sie die Werkstatt des Glasmalers erreichte. Das Tor war verschlossen, die Holzläden vor die Fenster gezogen. Das erschwerte natürlich ihr Vorhaben, Grasmück allein zu sprechen. Nun gut, dann musste es anders gehen.

Sie klopfte mehrmals gegen die Haustür, bis ihr die Hausherrin selbst öffnete. Benedikta hatte verweinte Augen. Ihr offenes Haar hing ungekämmt über die Schultern, auf dem Oberteil ihres bestickten Hauskleids waren Flecken von Essensresten zu sehen.

«Ist Euer Mann zu Hause? Ich wollte ein letztes Mal nach seinem Furunkel sehen. Nicht dass es sich wieder neu entzündet.»

«Seltsam, der Stadtarzt war deshalb heute auch schon hier», sagte sie langsam. «Aber Fridlin arbeitet dieser Tage im Münster, weil dort doch zwei seiner Glasmalereien eingesetzt werden sollen.»

«Adalbert Achaz? Aber der hatte mit der Behandlung Eures Mannes doch gar nichts zu schaffen.»

«Ich weiß auch nicht.» Sie wirkte völlig kraftlos. «Aber er war sehr nett zu mir. Hat mir sogar ein Stärkungsmittel gegeben, wegen meiner Schwindelanfälle.»

«Seid Ihr denn krank?»

«Nein, nein. Nur ein wenig müde. Aber so kommt doch herein, es geht ein kalter Wind.»

«Gerne. Aber nur auf ein paar Worte.»

Im Flur roch es nach aufgebrühten Würsten. Serafina schloss hinter sich die Tür.

«Wird er zum Mittagessen kommen?»

«Ach, ich fürchte, nein.» Sie schluckte.

Serafina musterte sie. «Ihr solltet Euch hinlegen. Ihr seht gar nicht gut aus. – Euch bedrückt doch etwas? Hattet Ihr Streit mit Eurem Mann?»

Benedikta schüttelte erst den Kopf, dann nickte sie. «Er wird wohl wieder auswärts essen.»

Ihr war deutlich anzusehen, dass sie mit den Tränen kämpfte.

«Das tut mir leid.» Serafina strich ihr über die Schulter.

«Und wahrscheinlich betrinkt er sich wieder in seiner Lieblingsschenke, gleich beim Kaufhaus», platzte es aus Benedikta heraus.

Serafina blieb noch einen Moment bei ihr sitzen, dann verabschiedete sie sich. In der Tür drehte sie sich noch einmal um. «Kennen wir beide uns eigentlich aus Konstanz?», fragte sie, einer plötzlichen Eingebung folgend.

«Nicht dass ich wüsste.»

«Seltsam. Ich hätte wetten können, dass ich Euch und Grasmück dort vor Jahren einmal begegnet bin.»

«Nein, das kann nicht sein. Ich bin mit ihm erst seit einem Jahr verheiratet.»

«Ach – und dann musstet Ihr schon bald darauf Eure Heimatstadt verlassen? Das wird Euch sicher schwergefallen sein. So hoff ich doch, dass Ihr glücklich miteinander seid?»

«Nun ja, mein Vater hatte das in die Wege geleitet», erwiderte

Benedikta leise und sah dabei alles andere als glücklich aus. Sie wirkte plötzlich wie ein halbes Kind, mit ihrem offenen Blondhaar und diesem zarten, faltenlosen Gesicht.

In diesem Augenblick tauchte wie aus weiter Ferne ein Bild in Serafinas Kopf auf: Marie! Das Mädchen Marie war die schönste der Huren im Blauen Mond gewesen und noch sehr jung. Sie sah Benedikta sehr ähnlich, hatte aber dunkle Augen gehabt. Und diese Marie hatte einen ganzen Sommer lang – den Sommer, bevor Serafina Konstanz verlassen hatte, jetzt erinnerte sie sich wieder – einen Stammfreier gehabt. Von jetzt auf nachher blieb er weg, und es hieß, er habe eine junge Braut gefunden, die schönste Bürgersfrau von Konstanz. Ein drahtiger, rotbärtiger Bursche war das gewesen, schwatzhaft und manchmal ein wenig aufbrausend, wenn er zu viel getrunken hatte.

Das musste Fridlin Grasmück gewesen sein! Heute trug er keinen Bart mehr und die Haare länger, deshalb hatte sie ihn nicht erkannt. Und sie hatte auch nie mit ihm zu tun gehabt, weil er nur Augen für die ganz Jungen gehabt hatte. Aber *er* musste sie erkannt haben! Und damit wusste er auch von ihrem Vorleben – ein mehr als beunruhigender Gedanke!

Und trotzdem: Was in aller Welt hatte das mit Achaz zu tun? Was immer auch die beiden verband, sie würde es herausfinden.

Kapitel 31

Sie kam zu spät. Der Wirt der kleinen Schenke, in der sich vorwiegend auswärtige Kaufleute zum Mittagstisch einfanden, schüttelte bedauernd den Kopf.

«Meister Grasmück ist eben hinaus. Ihr habt ihn um ein Ave-Maria verpasst. – Wollt Ihr vielleicht etwas zu trinken? Um Gotteslohn natürlich.»

«Einen kleinen Schluck Most vielleicht?»

Ihr war noch immer ganz flau im Magen von der Erkenntnis, dass Fridlin Grasmück ihre Vergangenheit als Hure kannte.

Da jeder Platz besetzt war, blieb sie am Schanktisch stehen, bis der Wirt ihr den Becher brachte. Ohnehin war es absonderlich genug, dass eine Arme Schwester sich in ein öffentliches Wirtshaus begab.

«Danke, Meister.»

«Nichts für ungut. Eine von Euch Regelschwestern hat mal meine alte Mutter gepflegt, da bin ich heut noch froh drum.»

«Kennt Ihr den Glasmaler gut?»

«Na ja, wie man seine Gäste eben kennt. Eigentlich ist er ein netter Kerl, großzügig dazu, was das Begleichen der Zeche angeht. Bloß reizen sollt man ihn nicht. So wie neulich – Gott hab ihn selig – der Allgaier. Das war ein Donnerwetter zwischen den beiden, sag ich Euch. Und dann kam auch noch Allgaiers

Sohn hinzu, dieser junge Schnösel, und ist mit der Faust gegen seinen eigenen Vater! Ich hab dann alle drei vor die Tür gesetzt. Wir sind hier schließlich keine Vorstadtkaschemme.»

Serafina reichte ihm den leeren Becher. «Habt Dank für die Erfrischung. Ich muss weiter. Gottes Segen mit Euch.»

Sie beschloss, die Unterredung mit Grasmück auf den Nachmittag zu verschieben, wenn sie ohnehin noch einmal hinaus zu Gisla, der Kräuterfrau, musste, und hatte es plötzlich eilig, nach Hause zu kommen. Auf dem Weg zurück ins Brunnengässlein könnte man ja, ohne große Umwege, kurz in der ehrwürdigen Herberge Zum Elephanten vorbeischauen, wo der junge Allgaier abgestiegen war. Um dort herauszufinden, ob der frischgebackene Medicus schon öfters Händel mit seinem Vater gehabt hatte, vielleicht ja gerade auch vor Allgaiers Tod. Sie brauchte bloß bei den Schankmädchen oder den Wirtsleuten nachfragen, galten doch die einen wie die anderen gleichermaßen als schwatzhaft ... Aber nein! Sie schüttelte den Kopf. Hatte sie sich nicht geschworen, sich im Zaum zu halten?

«Potzsackerment! Aus dem Weg!»

Der Schrei des Kutschers ließ Serafina zur Seite springen. Ums Haar wäre sie vor ein Fuhrwerk gelaufen, das aus der engen Rossgasse in die Große Gass einbog. Es war mit zahlreichen Kisten beladen, und dahinter marschierte gemessenen Schrittes der junge Allgaier.

«Seid Ihr nicht eine der Christoffelsschwestern?», sprach er sie an. «Das hätt bös ausgehen können.»

«Da war ich wohl zu sehr in Gedanken.»

«Dann gebt nur acht – da kommt gleich der nächste Wagen.»

Und wirklich näherte sich schon das zweite Fuhrwerk und

rumpelte an ihnen vorbei. Für diesmal türmten sich auf der Ladefläche allerlei häusliche Gerätschaften.

«Tja, da fährt er dahin, der Hausrat meines Vaters.»

«Ihr räumt das Haus leer, Medicus?»

«Es wird verkauft. Und morgen schon werden meine Mutter und ich nach Ulm abreisen.»

Serafina zögerte nur kurz. Dann brach es aus ihr heraus: «Lagt Ihr im Zwist mit Eurem Vater? Ich meine, kurz vor seinem Tod?»

«Und ob, liebe Schwester, und ob.» Sein Blick wurde durchdringend. «Ihr habt doch wohl nicht von diesem unseligen Gerücht gehört, jemand habe meinen Vater gemeuchelt?»

Sie hielt seinem Blick stand. Da entspannten sich seine Züge, und er lachte laut auf.

«Und jetzt glaubt Ihr, ich hätte Hand an meinen Alten gelegt! Ihr seid ja eine ganz Schlaue. Aber ich muss Euch enttäuschen – ich hatte am Sonntag verschlafen, und zur Stunde, als mein Vater zu Tode kam, saß ich im Elephanten beim Morgenmahl. Mindestens zehn Leute können das bezeugen.»

Beschämt erkannte Serafina, dass sie mit ihrem Vorstoß zu weit gegangen war.

«Es tut mir leid, ich wollte Euch nicht zu nahe treten. Aber schließlich sind wir mit der Seelsorge für Euren Vater beauftragt. Erlaubt Ihr mir deshalb noch eine letzte Frage?»

«Nur zu.»

«Ich habe gehört, dass Ihr in der Schenke beim Kaufhaus mit Eurem Vater neulich handfest aneinandergeraten seid. An jenem Abend, als auch Grasmück, der Glasmaler, mit ihm im Streit lag.»

«Ja, und?»

«War das der Abend vor dem Todesfall?»
«Ja», kam die Antwort kurz und bündig. Dann eilte er davon, den beiden Fuhrwerken hinterher.

Serafina sah ihm wie vom Donner gerührt hinterher. Von wegen, Allgaier habe am Vorabend seines Todes vor Verzweiflung geheult, wie es Grasmück den Beginen geschildert hatte. Das war schlichtweg erlogen! Stattdessen hatten sich die beiden in den Haaren gelegen, wie sie nun von zwei Zeugen wusste.

Wie hatte sie nur so blind sein können? Jetzt erst wurde ihr klar, was an Grasmücks Geschichte hinten und vorne nicht stimmte. Er allein nämlich und niemand sonst hatte behauptet, Allgaier habe sich aus Schuldgefühlen heraus das Leben genommen, und hatte dies sogar vor die Ratsherren getragen. Hatte also in voller Absicht gelogen, wobei ihm der Anfangsverdacht gegen den Kornhändler gerade recht gekommen war. Dabei hatte er nur leider nicht bedacht, dass Fronfischel den Frevel inzwischen gestanden hatte. Es gab einen einzigen Grund, warum Grasmück sich diese Lügengeschichte ausgedacht hatte: weil er selbst den armen Mann vom Dachboden gestoßen hatte!

Aber warum nur? Was hatte er für einen Grund, ihn aus dem Weg zu räumen? Hatten die beiden doch mit dem Hostienfrevel zu tun – Grasmück, weil er hoch verschuldet war, Allgaier, um lästige Gegenspieler auszuschalten? Dem widersprach allerdings eine Tatsache gewaltig: Warum sollte Fronfischel, wo er doch geständig war, die beiden jetzt noch schützen?

Völlig versunken in ihre Überlegungen, machte sie sich auf den Heimweg. Dabei ließ sie vor ihrem inneren Auge noch einmal ablaufen, was geschehen war: Fronfischel wollte das Haus der Mendels in seinen Besitz bringen, war zu später Stunde in die Kirche eingedrungen und hatte dabei dem alten Kreuzbruder einen Schlag versetzt und einen betäubenden Trank eingeflößt, um ungestört seinem schändlichen Tun nachgehen zu können. Vor oder nach begangener Freveltat hatte Fronfischel den Kornhändler auf dem Friedhof gesehen, genau wie Achaz. In Gesellschaft, wie der Stadtarzt ihr gesagt hatte. Aber was tat der Kornhändler zu so später Stunde auf dem Münsterfriedhof? War er in finstere Geschäfte verwickelt und deshalb von seinem Widersacher zu Tode gebracht worden?

Man wusste ja, dass sich nach Einbruch der Dunkelheit allerlei zwielichtige Gestalten im Schatten des Münsters trafen: Geschäftemacher und Gesindel wie Hehler oder Schmuggler ebenso wie heimliche Liebespaare.

Sie schlug sich gegen die Stirn. Das war es! Es gab überhaupt keinen Zusammenhang zwischen der Judensache und dem Mord. Hatte nicht auch der junge Allgaier den eigenen Vater wegen seiner ewigen Weibergeschichten verflucht?

Grasmück hatte Allgaier, diesen stadtbekannten Weiberhelden, aus Eifersucht getötet! *Seine* Benedikta, die er vergötterte und deretwegen er sich in Schulden stürzte, hatte sich mit Allgaier zu später Stunde auf dem dunklen Münsterfriedhof vergnügt und war dabei von Fronfischel und Achaz beobachtet worden. Und von einem der beiden hatte Grasmück das erfahren.

Jetzt erklärte sich auch, warum es Benedikta so schlechtging, warum sie bei Allgaiers Beisetzung so sehr geweint hatte. Schließlich war ihr Geliebter grausam zu Tode gekommen. Und wahrscheinlich hatte auch der heftige Streit zwischen Achaz und Grasmück damit zu tun. Blieb nur die Frage, warum Achaz ihr nicht einfach erzählt hatte, dass Grasmücks Weib und der

Kornhändler eine heimliche Liebschaft hatten, wo er die beiden doch gesehen hatte.

«Da bist du ja endlich!» Grethe stand vor dem Tor und hatte offenbar nach ihr Ausschau gehalten.

«Hat etwa die Meisterin nach mir gefragt?»

«Das nicht, sie ist noch im Spital. Aber ich hab mir Sorgen um dich gemacht. Was hast du denn so lang bei diesem Grasmück gemacht?»

«Ich hab ihn gar nicht angetroffen. Und deshalb muss ich nochmals los.»

«Wohin?»

«Na, eben zum Glasmaler.»

«Serafina! Sag mir sofort, was du im Schilde führst.»

«Später.» Sie wollte schon davoneilen, als sie sich eines Besseren besann.

«Ich muss noch mal kurz ins Haus.»

Sie rannte hinein, hastete durch den Flur und die große Stube in Catharinas Schreibkammer. Dort suchte sie sich Papier und Feder und begann zu schreiben.

Grethe, die ihr gefolgt war, äugte ihr über die Schulter. «Was schreibst du da?»

Serafina wusste, dass ihre Freundin gerade einmal den eigenen Namen kritzeln konnte.

«Warte. Ich bin gleich so weit.»

Die Feder flog nur so über das Papier. Hoffentlich konnte dieser Schreiberling ihre Zeilen überhaupt lesen.

«Wenn die Münsterglocke die zweite Mittagsstunde schlägt und ich noch nicht zurück bin», sie faltete das Papier zusammen, «bringst du das hier in die Ratskanzlei. Es muss sofort gelesen werden.»

Kapitel 32

«Ach, Ihr seid es wieder?»
Diesmal blickte Benedikta Grasmückin nicht gerade erfreut von ihrer Handarbeit auf, als Serafina hinter der Magd durch die Stubentür trat. Sie saß auf der Bank eines dieser neuartigen grün glasierten Kachelöfen, die von der Küche nebenan beheizt wurden, und hielt ihren Stickrahmen ins Licht eines Hängeleuchters, der mit teuren Wachskerzen bestückt war. Inzwischen war sie ordentlich zurechtgemacht, mit einer glitzernden Schleierhaube auf dem hochgesteckten Haar und leichtem Wangenrot im Gesicht. Nur die Flecken schimmerten weiterhin auf ihrem Kleid.

Kurz zuvor hatte sich Serafina noch überlegt, ob sie Fridlin Grasmück zuerst im Münster aufsuchen sollte, dann aber beschlossen, dass es besser sei, zu Benedikta zurückzukehren. Sie war das schwächste Glied in der Kette und würde am ehesten reden. Schließlich ging es hier um nichts Geringeres als einen Meuchelmord. Außerdem hatte Serafina in ihrer Nachricht niedergeschrieben, dass sie im Hause Grasmück zu finden sei. Als sie dann in der Permentergasse angekommen war, hatte sie zu ihrer Überraschung den Glasmaler hinter dem offenen Fenster seiner Werkstatt entdeckt und sich heimlich unter dem Fenstersims vorbei zur Haustür geschlichen. Es schien fürwahr das Beste, erst einmal Benedikta auf den Zahn zu fühlen.

«Ich wollte noch einmal nach Euch sehen», sagte Serafina sanft. «Ob es Euch bessergeht inzwischen. Wie Ihr sicher gehört habt, kenne ich mich in der Kräuterheilkunde gut aus.»

«Da seid Ihr umsonst gekommen», entgegnete Benedikta und machte keinerlei Anstalten, sie in die Stube zu bitten. «Die Tropfen des Stadtarztes haben bestens geholfen.»

«Nun, dann verzeiht die Störung. Aber etwas muss ich Euch doch noch fragen, bevor ich gehe.»

Serafina machte ungebeten einen Schritt in die Wohnstube und sah sich um. Stellte sich Grasmücks Haus von außen eher bescheiden dar, so hätte man diesen Raum für das Prunkzimmer eines Handelsherrn halten können. Allein der teure Kachelofen und der zu hübschen Tier- und Pflanzenmustern zusammengesetzte Fliesenboden! Dazu waren die beiden Fenster nicht mit Häuten bespannt wie bei ihnen, sondern mit verbleiten Scheiben aus kostbarem Berner Glas gefertigt. In der Mitte des Raums stand ein Tisch, verborgen unter hellem Damasttuch, das bis zum Boden reichte, auf den Bänken rundum waren rotsamtene Sitzkissen verteilt. Dort, wie auch auf der eisenbeschlagenen Truhe, auf den Gesimsen und in den Mauernischen, fand sich überall Schnickschnack und Zierrat: kunstvoll verzierte Kästchen, Zinnkrüge mit Deckel, mit Spitzen versehene blütenweiße Zierdeckchen, ein Salzfass mit gedrechselten Füßen, ein in Silber gefasstes Straußenei. Und in den Fenstern hingen zwei vergoldete Käfige mit Singdrosseln.

Das Auffallendste indessen war eine in kräftigen Farben bemalte Wand: Ritterburgen auf schroffen Felsen waren dort zu sehen, jagende Reiter mit ihren Hunden, eine Palmenlandschaft wie im Heiligen Land. Bestimmt hatte Grasmück das selbst geschaffen. Auch die niedrige Balkendecke war bunt bemalt, mit roten Rosen in triefgrünem Rankenblattwerk.

«Schön habt Ihr es hier. Euer Ehegefährte gibt sich ja alle Mühe, Euch das Wohnen so angenehm als möglich zu machen.»

«Nun, ich musste ihn schon ein wenig drängen. Er selbst hat kein Auge für so etwas.»

«Dann kommt Ihr sicher aus gutem Hause?»

Achaz' Arznei schien Erfolg gehabt zu haben, denn die noch zu Mittag so aufgelöst wirkende junge Frau hatte ihr Selbstbewusstsein wiedererlangt.

«Das will ich meinen», entgegnete sie kühl und gebot der Magd mit einer Handbewegung, sich zurückzuziehen. «Hattet Ihr nicht eine Frage?»

«Ja, ganz recht. Auf Allgaiers Beerdigung konnte man sehen, wie sehr Euch sein Tod mitgenommen hat – kanntet Ihr ihn denn gut?»

Eine leichte Röte überzog ihr hübsches Gesicht.

«Er war ein guter Freund von uns, nichts weiter.»

«Nichts weiter? Mir schien, Ihr wart sehr traurig. Und seid es noch immer.»

«Darf man um einen guten Freund nicht weinen?» Ihre Stimme wurde schrill. «Schließlich hatte er uns damals aufgenommen, bis wir unser eigenes Heim beziehen konnten. Und es hat uns wahrhaftig an nichts gefehlt, so großzügig, wie er immer war.»

Ihre Augen füllten sich mit Tränen.

Sie tat Serafina plötzlich von Herzen leid. Aber jetzt musste sie das Ganze zu Ende bringen.

«Manchmal», begann sie leise, «wird aus Freundschaft zwischen Mann und Frau auch Liebe. Ihr seid gesehen worden, Allgaier und Ihr. Abends auf dem Münsterfriedhof.»

Fassungslos, mit offenem Mund, starrte Benedikta sie an. Ihr Stickrahmen fiel zu Boden. Dann sprang sie von der Ofenbank auf.

«Das ist Verleumdung! Eine niederträchtige Verleumdung! Niemals war Allgaier mir mehr als ein guter Freund!»

«Guter Freund! Dass ich nicht lache!»

Ohne dass ihn jemand bemerkt hatte, stand der Glasmaler plötzlich in der offenen Stubentür.

«Zum Hahnrei hat er mich gemacht, dieser hinterfotzige Scheißkerl, hat mir das Liebste auf der Welt genommen.» Sein Gesicht war wutverzerrt. «Ich elender Narr hab's nicht glauben wollen, was doch vor aller Augen geschah. Bis dieser Fronfischel mich draufgestoßen hat und ich ihn dafür bezahlen musste, damit sein geschwätziges Marktweibermaul mich nicht in der ganzen Stadt zum Gespött macht. Aber dem nicht genug: Auch der Stadtarzt hat euch gesehen.»

Er packte seine Frau bei den Schultern und schüttelte sie grob.

«Ohne alle Scham hat man euch turteln sehen wie die Vögel, mitten im Kirchgarten des Münsters.»

Serafina zog ihn weg. «Lasst sie los, Ihr tut ihr weh.»

«Mir hat man wehgetan! So sehr kann das Höllenfeuer nicht schmerzen, wie es in meinem Innern brennt.»

Mit einem Mal schluchzte er auf und stürzte vor Benedikta auf die Knie.

«Aber jetzt wird doch alles gut, nicht wahr? Du liebst mich doch? Das mit dem Kornhändler war doch nichts Ernstes, und jetzt, wo er tot ist ...»

Er hielt inne und wandte sich Serafina zu. Die Wut kehrte in seine Miene zurück.

«Was glotzt Ihr so, Begine? Oder soll ich besser sagen: Hure?»

Bei seinem letzten Wort war Serafina zusammengezuckt. Also doch! Er kannte sie aus dem Blauen Mond! Währenddessen war er wieder auf die Füße gekommen und stieß sie vor die Brust.

«Hinaus mit dir! Fort!»

Er wollte sie zur Tür hinausdrängen, doch Serafina entwischte seinem Griff.

«So schnell werdet Ihr mich nicht los, Fridlin Grasmück. Warum habt Ihr diese Lügenmär in die Welt gesetzt, Allgaier hätte Euch den Hostienfrevel gebeichtet und sich am nächsten Morgen vom Speicher gestürzt? In Wirklichkeit hattet Ihr einen lautstarken Streit, wie mir der Wirt erzählt hat.»

Grasmück erstarrte, und Serafina trat einen Schritt zur Seite. Obwohl ihr kalter Schweiß den Rücken herunterrann, gab es jetzt kein Zurück mehr. Es musste heraus.

«Ich will es Euch sagen: Um davon abzulenken, dass *Ihr* den Kornhändler gemeuchelt habt. Aus Wut, aus Eifersucht, aus Verzweiflung.»

Seine Frau kreischte auf. «Ich hab's gewusst! Ich hab's die ganze Zeit gewusst!»

Sie stürzte sich auf ihn und trommelte mit den Fäusten gegen seine Brust.

«Du hast ihn umgebracht... Du bist sein Mörder... Ich hasse dich!»

«Der Erzschelm hat's nicht besser verdient. Er hat dich mir weggenommen, dich mit Schmuck und teuren Kinkerlitzchen überhäuft. Als ich ihn zur Rede stellte, hat er mir sogar ins Gesicht gelacht! Er hat mich ausgelacht...», seine Stimme überschlug sich, «... und da hab ich ihm die Faust in die grinsende Fratze geschlagen. Die Stiege hinauf auf den Speicher ist er geflohen, der feige Hund, und hat mich von dort oben Schlappschwanz und Rotznase geheißen. Da bin ich ihm nach und hab ihn ...»

Erschrocken hielt er inne. Sein Gesicht lief dunkelrot an, als er jetzt Serafina am Handgelenk packte. «Dass du ja das Maul hältst!»

«O nein! Das könnt Euch so passen! Ich werde aufs Rathaus gehen, und Eure Frau wird mich begleiten. Und dort aussagen, was wir beide aus Eurem Mund gehört haben.»

«Ha! Kein Mensch wird dir glauben», brüllte er, und die Adern an seinen Schläfen schwollen dick an. «Wer glaubt schon einer Hure! Und mein Weib wird rein gar nichts sagen. Weil sie weiß, wie sehr ich sie liebe.»

Vergebens versuchte Serafina, ihn abzuschütteln. Dabei starrte sie Benedikta an.

«Kommt Ihr also mit? Bitte!»

Die junge Frau hielt sich am Tisch fest. Sie war leichenblass und rührte sich nicht. Schließlich schüttelte sie den Kopf.

«Da hast du's.» Mit einem Ruck drehte Grasmück Serafina den Arm auf den Rücken. «Und dich werd ich schon noch zum Schweigen bringen ...»

«Ihr könnt mir gar nichts tun!»

«Das wirst du ja sehen.»

Er schleuderte sie gegen die Wand, gegen die so kunstvoll bemalte Wand, geradewegs inmitten des Palmenhains, in dem sich ein Liebespaar bei den Händen hielt. Mit einem Aufschrei stürzte sie zu Boden, spürte, wie es ihr warm die Schläfe herabrann.

Nur eine Armeslänge entfernt stand einer dieser schweren

Zinnkrüge – sie musste sich wehren gegen diesen Verrückten, streckte zitternd die Hand nach dem Krug aus, doch da hatte er sie schon zurückgerissen. Mit schnellem Griff zog er eines der Zierdeckchen von der Truhe und rollte es zu einem Strang zusammen. Damit band er ihr die Hände auf den Rücken.

«Lasst mich sofort los!», schrie sie ihn an. Längst hatte die nackte Angst sie gepackt. Dieser Rasende war zu allem fähig. Trotzdem gelang es ihr, sich zusammenzureißen.

«Es ist vorbei für Euch, Grasmück. Meine Gefährtinnen bringen zu dieser Stunde ein Schreiben in die Kanzlei. Da steht drin, wo ich bin und was Ihr getan habt.»

«Ich glaub dir kein Wort.» Seine flache Hand landete schmerzhaft in ihrem Gesicht. «Und jetzt werd ich dich fortschaffen, weit fort.»

Voller Verzweiflung brach plötzlich ein Lachen aus ihr heraus.

«Wie soll das gehen? Wollt Ihr so mit mir durch den helllichten Tag marschieren, an Hinz und Kunz vorbei?» Sie wurde ruhiger. «Seid doch vernünftig, Grasmück. Macht nicht alles noch schlimmer.»

Immerhin schien sie ihn zum Nachdenken gebracht zu haben, denn er wich einen Schritt zurück und schwieg. Sie musste Zeit gewinnen. Noch hatte sich Grethe gewiss nicht auf den Weg gemacht.

«Gut. Dann eben anders. Benedikta, hilf mir, sie auf den Speicher zu schaffen.»

«Fridlin! Was hast du vor, um Himmels willen?»

«Das wirst du schon sehen. Heut Nacht kommt die Dreckkarre in unsere Gasse, um die Abortgruben zu leeren. Und dieses Miststück hier werden sie unbemerkt mitnehmen. Dafür werd ich schon sorgen, glaub mir.»

Kapitel 33

Im selben Augenblick, als Grasmück Serafina in den Flur zerrte, klopfte es unten hart gegen die Haustür.

«Aufmachen!», ertönte eine herrische Männerstimme. «Sofort aufmachen, Grasmück!»

Serafina schickte ein Stoßgebet zum Himmel, dass das die Büttel waren – auch wenn es schier nicht sein konnte.

«Los, hinauf mit dir.»

Er drückte sie in Richtung Dachstiege. In ihrer Not trat Serafina um sich und biss ihrem Widersacher in den Handrücken. Grasmück jaulte laut auf.

«Dass dir die Pestilenz ankomm!» Er schlug ihr erneut ins Gesicht. «Da hinauf, sag ich dir!»

«Aufmachen! Wir wissen, dass Ihr da seid!»

Gewaltsam zwang Grasmück sie die Treppe hinauf. Sie begann zu brüllen: «Zu Hilfe! Zu Hilfe!»

Unten an der Haustür krachte und polterte es, immer wieder, bis Holz splitterte. Als die Männer ins Haus stürmten, hatten sie und ihr Widersacher erst die halbe Höhe der engen, steilen Holzstiege erreicht, so heftig wehrte sich Serafina.

«Halt! Das Spiel ist aus, Grasmück!»

Der Glasmaler fuhr herum, und Serafina nutzte die Gelegenheit, um ihm in die Kniekehlen zu treten. Er verlor das Gleichgewicht, torkelte die Stufen hinunter und stürzte zu Boden – direkt zu Füßen des Stadtarztes!

Serafina traute ihren Augen nicht.

«Was ... was macht Ihr denn hier?»

Die Erleichterung stand Achaz ins Gesicht geschrieben. «Das sehr Ihr doch. Euch aus der Patsche helfen.»

Er trat zur Seite, damit die Büttel ihre Arbeit machen konnten. Es war wiederum Gallus Sackpfeiffer mit seinem jüngeren Kumpan, die bereits gestern den Fischhändler abgeführt hatten und jetzt Grasmück unsanft in die Höhe zerrten. Angesichts des gezückten Kurzschwerts und Sackpfeiffers böse rollenden Augen in dem schwarzbärtigen Gesicht leistete der Glasmaler keinerlei Widerstand.

Serafina stolperte mit weichen Knien die Stiege hinunter, die Hände noch immer auf den Rücken gebunden. Erschrocken sah Achaz sie an.

«Ihr blutet ja! – Wartet.»

Rasch befreite er sie von ihrer Fessel und tupfte ihr mit dem blütenweißen Spitzentuch das Blut von Schläfe und Wange. Ganz behutsam ging er dabei vor, und seine Hand berührte dabei ihr Gesicht.

Derweil hatten die Büttel Grasmücks Hände mit einem Strick vor den Bauch gebunden. Dessen hasserfüllter Blick blieb an Serafina hängen.

«Du elende Hure! Das wirst du mir büßen!»

Sie bemerkte, wie Achaz die Faust ballte, stellte sich zwischen die beiden und verzog das Gesicht zu einem verächtlichen Lächeln.

«Einer wie Ihr sollte den Mund nicht zu voll nehmen, Grasmück. Ihr habt es gehört, Männer», wandte sie sich an die Stadtknechte, «jetzt beleidigt dieser Mörder auch noch eine ehrwürdige Arme Schwester.»

«Soll ich ihm eins aufs Maul geben?», fragte der Jüngere, ein mit Muskeln bepackter Kerl.

«Lasst nur, er wird seine Strafe bekommen.» Zu ihrer eigenen Überraschung war sie mit einem Mal die Ruhe selbst. «Am besten nehmt ihr die Grasmückin gleich mit, sie kann sein Geständnis bezeugen.»

Von nebenan hörte man jetzt leises Schluchzen, und Serafina betrat die Stube, wo Benedikta zusammengesunken auf der Bank kauerte. Über ihr Gesicht liefen die Tränen.

Serafina setzt sich neben sie und legte ihr den Arm um die Schultern.

«Es tut mir aufrichtig leid für Euch. Wenn Ihr wollt, bleibe ich an Eurer Seite.»

Das Schluchzen wurde heftiger. «Wie hat er das nur tun können?»

«Aus Wut – aus gekränkter Ehre – aus Liebe zu Euch ... Nun kommt, Ihr müsst vor Gericht aussagen.»

Behutsam zog Serafina sie in die Höhe und führte sie hinaus.

«Gehen wir», befahl Gallus Sackpfeiffer. Sein finsterer Blick wanderte zwischen Achaz und Serafina hin und her. «Das ist jetzt schon der zweite Übeltäter, den Ihr uns liefert. Ihr solltet Euch besser um weniger gefährliche Angelegenheiten kümmern.»

Trotz dieser Zurechtweisung war aus seinem Tonfall eine gewisse Bewunderung zu hören.

«Ich danke Euch, dass Ihr so schnell gekommen seid, Gallus», sagte Serafina. «So hat also meine Mitschwester die Nachricht früher als gedacht in die Kanzlei gebracht.»

«Welche Nachricht?»

«Seid Ihr denn nicht auf mein Schreiben hin gekommen? Ich hatte darin meinen Verdacht niedergeschrieben und zur Sicherheit um zwei Büttel gebeten ...»

Gallus Sackpfeiffer schüttelte verdutzt den Kopf. «Der Stadtarzt hier hat alles veranlasst.»

«Achaz?»

«Nun ja», der Stadtarzt zog Serafina beiseite, «schon gleich als ich herausgefunden hatte, dass bei diesem Fenstersturz jemand nachgeholfen haben musste, hatte ich Grasmück im Sinn. Ihr habt doch unseren lautstarken Streit selbst mitbekommen, in der Woche vor Allgaiers Tod – da war er bei mir hereingestürmt und wollte wissen, ob es wahr sei, dass ich am Abend des Hostienfrevels am Friedhof vorbeigekommen sei. Ich wusste sofort, worauf er hinauswollte, und hab ihm auf den Kopf zugesagt, dass ich Allgaier mit Benedikta beobachtet hätte. Und dass der Kornhändler damit unschuldig sei. Da ist er vollends aus der Fassung geraten, wie Ihr Euch erinnert. Als er dann Allgaier öffentlich des Judenhasses beschuldigte, wurde mir klar, dass ihm dessen Verhaftung gerade recht kam. Und plötzlich war Allgaier tot, nachdem er Grasmück angeblich seine Schuld gebeichtet hatte. Dass dieser Mann rasend vor Eifersucht werden kann, ist ja kein Geheimnis.»

Er sah Grasmück nach, wie er sich gleich einem Schlafwandler die Steintreppe zur Haustür hinunterführen ließ, gefolgt von seiner weinenden Frau.

«Aber warum habt Ihr ihn dann nicht schon längst angezeigt?»

«Weil ich keine Beweise hatte. So bin ich heute Morgen zu seiner Frau, um ihr das Stärkungsmittel zu bringen, und habe sie ganz nebenbei gefragt, warum sie am Sonntag allein zur Frühmesse gekommen war. Sie meinte, ihr Mann habe unbedingt das Marienbild für die Christoffelsschwestern fertig rahmen wollen, um es ihnen hernach vorbeizubringen.»

«Das hat er getan – zuvor aber ist er bei Allgaier vorbei, um ihn zur Rede zu stellen», ergänzte Serafina. «Und hat dabei die Beherrschung verloren.»

Achaz nickte. «So habe ich es vermutet. Ich bin dann noch einmal ins Haus zum Roten Eck, auf den Speicher hinauf, und hab mir die Fußspuren angesehen. Da waren tatsächlich deutliche Spuren von derbem Schuhwerk, ganz wie es Grasmück immer trägt. Ebenjene Schuhe, mit denen er jetzt auch vorgeführt wird.»

«Ihr da oben!» Sackpfeiffer wurde ungeduldig. «Worauf wartet Ihr noch? Ihr müsst gleichfalls vor den Richtern aussagen. Also los jetzt!»

«Wir kommen.»

Serafina ahnte, dass das alles noch nicht die ganze Wahrheit war. Als sie durch die zerschlagene Haustür traten, kamen ihnen zwei weitere Stadtknechte entgegen.

«Sackerment – was ist denn hier geschehen? Wir dachten, wir sollten den Glasmaler ins Rathaus bringen?»

Achaz blickte Serafina an, in einer Mischung aus Tadel und Belustigung.

«Da sind sie also, Eure Retter! Reichlich spät, wie ich meine.»

Kapitel 34

Obwohl Serafina entschieden Einspruch erhob, durfte sie die Grasmückin nicht in die Kanzleistube begleiten. Dabei hatte die arme Frau kaum noch die Kraft, sich auf den Beinen zu halten. Stattdessen wies der Gerichtsdiener sie und Achaz an zu warten, um als Nächstes ihre Aussagen dem Schreiber in die Feder zu sprechen.

«Warten wir besser draußen», schlug der Stadtarzt vor.

Sie betraten den fast menschenleeren Platz bei den Barfüßern. Bald würde der Feierabend eingeläutet werden, und die Gassen würden sich mit Handwerkern, Knechten und Taglöhnern füllen, die sich auf den Weg ins nächste Wirtshaus machten. Grasmück und seine Frau konnten froh sein, dass ihnen auf dem Weg hierher kaum jemand begegnet war.

Achaz brach das Schweigen zwischen ihnen zuerst.

«Ihr beide kennt euch also wahrhaftig aus Konstanz!»

«Ihr meint Grasmück?» Zu ihrem Ärger wurde sie verlegen. «Ja, Ihr habt recht. Er hat mich gleich erkannt. Ich für meinen Teil allerdings hab lange gebraucht, um herauszufinden, *woher* er mich kennt. Er war der Stammfreier von Marie, einer unserer Jüngsten – und deshalb ist er mir auch niemals aufgefallen. Außerdem hatte er damals einen Bart.»

Sie verschränkte herausfordernd die Arme. «Schade nur, dass

Ihr mich nicht draufgebracht hattet. Dass hätte mir nämlich einiges Kopfzerbrechen erspart. Ich mache jede Wette, dass Ihr genau wusstet, woher Grasmück mich kannte. Offenbar beschämt Euch meine Vergangenheit mehr als mich selbst.»

«Aber nein ... Unsinn ... Ich dachte nur – ich dachte, er wär *Euer* Freier gewesen», stammelte Achaz.

«Und wenn schon», erwiderte sie knapp. Dann schwieg sie.

Achaz sah zu Boden. «Ich glaube, ich bin Euch noch eine Erklärung schuldig, Schwester Serafina.»

«Das denke ich auch. Vor allem frage ich mich, warum Ihr, als Allgaier eingesperrt war, den Richtern nicht gesagt habt, dass er zum Zeitpunkt des Hostienfrevels mit Benedikta zugange war. Und warum Ihr die ganze Zeit mehr als garstig zu mir wart.»

«Ihr habt ja recht, Serafina.» Linkisch berührte er ihren Arm, und Serafina spürte, wie ihr Groll augenblicklich dahinschmolz. «Ich wusste von Anfang an, dass Allgaier nichts mit dem abscheulichen Frevel zu tun haben konnte. Als er dann ganz überraschend festgenommen wurde – warum auch immer – und am nächsten Tag Grasmück bei mir auftauchte, wollte ich, dass er seine Frau zwingt, vor Gericht die Wahrheit zu sagen und den Kornhändler zu entlasten. Andernfalls würde ich selbst das tun. Da hat Grasmück die Beherrschung verloren: Er wolle keinesfalls vor der ganzen Stadt als Hahnrei dastehen, er würde die Sache selbst ins Reine bringen.»

Er machte eine Pause, und Serafina warf ihm einen auffordernden Blick zu.

«Ich solle bloß mein Maul halten, hat er mir gedroht. Sonst würde er von dem noch immer ungeklärten Todesfall damals in Konstanz herumerzählen und dann hätte ich meine Probezeit verwirkt und könnte mir meine endgültige Vereidigung als

Stadtarzt an den Hut stecken. Weil ich damals nämlich allzu vorschnell auf Unfall befunden hätte, nur um eine der Huren zu schützen und ihr auch noch erfolgreich zur Flucht zu verhelfen.» Er holte tief Luft. «Und ebendiese Hure lebe nun völlig unbehelligt in der Freiburger Schwesternsammlung Zum Christoffel.»

Serafina erbleichte. Ihre Gedanken überschlugen sich: Konnte es sein, dass Grasmück an jenem Tag, als dieser gewalttätige Freier zu Tode kam, zufällig auch im Blauen Mond war? Damals waren ja sämtliche Freier und Huren gaffend in der Tür gestanden. Oder hatte er es von Marie erfahren, weil er trotz seines Verlöbnisses mit Benedikta noch immer Verbindung zu ihr hielt?

«Woher weiß er das alles?», stieß sie hervor.

Achaz ließ ihren Arm los, als habe er sich verbrannt, und starrte wieder zu Boden. «Angeblich von Euch.»

«Von mir? Der soll doch stracks zur Hölle fahren, dieser Lügenbeutel!»

«Ich sag's doch: Er hat mir weisgemacht, dass er damals Euer Lieblingsfreier gewesen wäre. Und dass ... und dass ...»

«Jetzt spuckt es schon aus, Adalbert Achaz.»

«Dass er sich, unter dem Vorwand eines Furunkels, hier in Freiburg wieder an Euch rangemacht habe. Und dass Ihr Euch nur allzu bereitwillig ihm angeboten hättet. – Einmal Hure, immer Hure, hat er mir mitten ins Gesicht gesagt.»

«Ich fasse es nicht, Achaz. Ihr habt ihm dieses Lügengespinst wirklich und wahrhaftig abgenommen?»

Er warf ihr einen schmerzvollen Blick zu. «Glaubt mir, Serafina: Wenn er in diesem Augenblick nicht gegangen wäre – ich hätte ihn windelweich gedroschen!»

Da konnte sie nicht anders und musste laut auflachen. «Ihr hättet Euch sogar für mich geprügelt?»

Verlegen zuckte der Stadtarzt die Schultern.

Sie wurde wieder ernst. «Trotzdem. Ihr hättet dem Gericht sagen müssen, dass Allgaier nicht der Frevler war.»

«Ich weiß, dass ich jetzt vor Euch als Feigling dastehe. Aber es ging mir nicht nur um meine Anstellung als Stadtarzt, vielmehr wollte ich *Euch* schützen. Wollte Euer neues Leben nicht gefährden, auch wenn Grasmück mich glauben ließ, dass Ihr nach wie vor ...» Er stockte. «Wie dem auch sei. Außerdem war ich mir sicher, dass die Grasmückin ihren Liebhaber entlasten und die Wahrheit sagen würde, wenn es hart auf hart gekommen wäre.»

«Und wenn nicht?»

Wieder schaute er reichlich ratlos drein.

«Hört zu, Achaz. Ihr hättet mir das alles schon viel früher erzählen müssen. Dann hättet Ihr von mir auch erfahren, dass ich mit Grasmück nie etwas zu tun hatte. Stattdessen habt ihr mich angeherrscht und angeschnauzt, habt Euch aufgeführt wie ein ... wie ein eifersüchtiger Ehegenosse.»

Sie hielt inne. Was redete sie da? Konnte es wirklich sein, dass Achaz eifersüchtig war? Sie schob den Gedanken rasch beiseite, obwohl ihr nicht entging, dass Achaz bei ihren letzten Worten puterrot geworden war. «Jedenfalls habt Ihr Euch so seltsam benommen, dass ich schon geglaubt hatte, Ihr hättet selbst Dreck am Stecken.»

«Ihr habt mich tatsächlich verdächtigt? Des Mordes oder des Hostienfrevels?»

Jetzt war es an ihr, unsicher zu werden. «Ach herrje, ein bisschen schon ... Nicht wirklich ...»

Er seufzte.

«Ich kann's Euch nicht verdenken, wo ich mich wie ein Kindskopf benommen habe. Wir sollten künftig einander mehr vertrauen.» Seine Augen begannen wieder zu leuchten. «Darf ich Euch zur Wiedergutmachung zum Martinimarkt ausführen, der übermorgen beginnt? Es soll ein schönes Weinfest geben und einen Tanzboden.»

Sie musste lachen.

«Als ehrbare Arme Schwester werd ich wohl kaum an Eurem Arm über den Jahrmarkt wandeln. Ihr habt schon wieder vergessen, dass ich von ganzem Herzen eine Begine bin.»

Kapitel 35

Pünktlich zu Beginn des Martinimarktes hatte der Herrgott den Freiburgern wunderbares Spätherbstwetter beschert. Ein blitzblanker Himmel spannte sich über die Stadt, der frische Ostwind der letzten Tage hatte sich gelegt, und die wärmenden Sonnenstrahlen ließen die Menschen vergessen, dass der dunkle, unwirtliche Winter vor der Tür stand. Zudem hatte es die Stadt geschafft, die wichtigsten Straßen und Plätze vom Unrat zu befreien. Von Sonnenaufgang bis Sonnenuntergang waren am Vortag die Dreckkarren durch die Gassen gerumpelt, eine ganze Heerschar von Taglöhnern und Mistdirnen war damit beschäftigt gewesen, die Brunnen zu putzen und Misthaufen und Tierkadaver, Schlacht- und Küchenabfälle aufzuladen und aus der Stadt zu schaffen. Selbst die Trittsteine und Bretter wurden entfernt, damit die schweren Wagen der Händler freie Zufahrt hatten. Streunende Hunde wurden erschlagen, freilaufende Schweine eingefangen und zum Heilig-Geist-Spital getrieben, wo sie darauf warteten, bis zum Abend von ihren Besitzern ausgelöst oder vom Spitalmetzger geschlachtet zu werden.

«Was für ein schöner Tag!» Grethe reckte ihr Gesicht in die Sonne. «Wohin wollen wir zuerst?»

Vor ihnen strömten die Menschen dicht an dicht die große Freiburger Marktstraße auf und ab, lachten und schwatzten erwartungsfroh, während in der Luft der köstliche Duft nach gebratenen Zwiebeln und Würsten, nach Spanferkel und Hammel am Spieß schwebte. Serafina warf einen verstohlenen Seitenblick auf Adelheid. Nach dem Jahrmarkt würden sie sie ins Kloster Adelhausen begleiten, und die junge Frau schien hierüber mehr als glücklich. Blieb nur zu hoffen, dass sie diesen Entschluss nie bereute.

«Laufen wir erst einmal quer durch», schlug die Meisterin vor, und alle anderen nickten.

Vom Martinstor bis zum Christoffelstor, ja bis hinüber zu den überdachten Lauben an der Friedhofsmauer des Münsters reihten sich die mit bunten Wimpeln geschmückten Verkaufsstände, boten Händler aus nah und fern ihre Waren feil. Kostbare Farbpülverchen und unbekannte Spezereien, edle Seide aus Genf, flämische und englische Tuche sowie sündhaft teure Pelze aus dem Osten fanden sich neben so Alltäglichem wie irdenen Töpfen und eisernen Pfannen, Amuletten und Wunderpillen, Schleifen, Spitzen, Bändern und Borten.

Die Frauen schlenderten zwischen den Ständen hindurch, begrüßten hier ihren freundlichen Nachbarn Pongratz, dort die Wetzsteinin, die mit ihren Kindern unterwegs war, oder den dicken Metzger Grieswirth, vor dessen Laube ein halber Ochse am Spieß gedreht wurde. Immer wieder blieben sie stehen, strichen beim Pelzhändler über weiches Silberfell, hielten sich ein paar Schritte weiter bestickte Duftsäckchen unter die Nase oder ließen mit Goldfäden durchwirkte Schmuckbänder durch die Finger gleiten.

«Da könnte man wahrhaftig schwach werden», flüsterte Grethe Serafina ins Ohr. «Sich nur einmal so richtig hübsch herausputzen.»

Serafina musste lachen. «Deine graue Kutte steht dir doch ausgezeichnet zu deinen roten Wangen.»

Doch auch sie genoss diese ungewohnt bunte Vielfalt, die dem Auge überall geboten war. Und der Krämermarkt war längst nicht alles. Auf der Spitaltreppe hatte ein Zeitungssänger seine in grellen Farben gemalten Tafeln aufgestellt und kündete in holprigen Reimen von allerlei Sensationen draußen in der Welt. Am Fuße der Treppe lockte eine Handleserin mit verheißungsvollem Lächeln in ihr kleines schwarzes Zelt, weiter unten, vor dem Gasthaus Zum Elephanten, hatten die Wirtsleute einen blumenbekränzten Tanzboden errichtet. Und überall, wo sich nur ein klein wenig Platz fand, boten Gaukler ihre Künste dar. Sie entdeckten einen bulligen, halbnackten Mann mit glänzenden Muskeln und einem Fell um die Hüften geschlungen, der Eisenketten zerriss, als seien sie Papiergirlanden, wichen zurück vor einem Tierbändiger mit seinem zottigen Tanzbären, bestaunten junge Leute in hautengen Gewändern, wie sie auf Händen gingen oder in atemberaubenden Sprüngen und Drehungen durch die Luft wirbelten oder einen Riesen, der Steine zerkaute wie andere Leute Honigkuchen.

Der Lärm allerdings war den Frauen, die so ruhig in ihrem kleinen Anwesen lebten, gewöhnungsbedürftig. Allein die Marktschreier übertönten sich gegenseitig in ihrem Buhlen um Kundschaft, dazu drangen von allen Seiten dumpfe Trommelschläge durch die Luft, dann wieder die schrillen Klänge von Flöten, irgendwo spielten Fiedler und Sackpfeifer zum Tanz auf, priesen Starstecher, Zahnreißer und Bruchschneider mit lautem Geschrei ihre blutigen Dienste an.

Zwischen Fischbrunnen und Gerichtslaube, wo es etwas ruhiger zuging, machten sie halt.

«Lasst uns ein wenig verschnaufen», bat Mette und lehnte sich an den Brunnenrand. «In meinem Alter wird's einem schnell mal zu viel.»

«Sollen wir dich nach Hause bringen?», fragte Catharina besorgt.

«Aber nein! Es geht gleich wieder. Wir haben doch noch längst nicht alles gesehen.»

Gleich hinter dem Brunnen befand sich auch der neu errichtete steinerne Schandpfahl. Dort hatte man gestern Sebast und Else Fronfischel, nachdem ihre Strafe von der Kirchenkanzel des Münsters öffentlich verkündet worden war, bis zum Mittagsläuten ins Halseisen gestellt, um sie sodann vom Scharfrichter unter Rutenstreichen auf ewig aus der Stadt zu treiben.

Serafina hatte hiervon nur gehört – weder sie noch ihre Gefährtinnen waren mit dabei gewesen. Sie wusste aber auch, dass das Gericht mit diesem Urteil dennoch eine große Gnade hatte walten lassen, stand doch auf Totschlag gemeinhin der Galgen, auf Hostienschändung das noch viel qualvollere Radebrechen.

Als hätte Grethe ihre Gedanken gelesen, sagte sie mit Blick auf den Pranger: «Das ging ja reichlich fix mit dem Urteil über die Fronfischels. Dazu so milde.»

«Es gab wohl etliche Gnadenbitter unter den Bürgern», erwiderte die Meisterin. «Sonst wäre die Strafe weit härter ausgefallen.»

«Wahrscheinlich kommen ihre Fürbitter alle aus den Reihen der Judenhasser», konnte sich Serafina nicht verkneifen zu sagen. Trotz allem machte sie das eher traurig. Sie hatte den Fischhändler immer gemocht, und selbst wenn die beiden mit dem Leben davongekommen waren – ihre Ehre und ihre Heimat hatten sie auf immer verloren.

«Weiß man schon, was mit Grasmück geschieht?», fragte sie die Meisterin.

«Das Blutgericht tagt erst nach dem Jahrmarkt. Aber seiner Hinrichtung wird er wohl nicht entkommen. Beten wir, dass er seine Reue zu erkennen gibt und ihm der mildtätige Hieb mit dem Richtschwert zuteilwird.»

«Die arme Benedikta», murmelte Serafina.

Die Meisterin nickte. «Immerhin noch die ehrenvollste Art, zu Tode gerichtet zu werden. Und eine christliche Bestattung gebührt ihm dann auch. Wie auch immer – wir werden ihn bei seinem letzten Gang mit unseren Gebeten begleiten.»

«Wollen wir an diesem schönen Tag nicht über etwas anderes reden?», bat Grethe mit flehendem Blick. Dann hob sie den Arm und winkte in Richtung Martinstor. «Seht nur, da kommt ja unser Bruder Matthäus.»

Serafina entging nicht, wie Catharinas Augen zu leuchten begannen, als der Prior der Freiburger Wilhelmiten sich jetzt mit einem freundlichen «Gelobt sei Jesus Christus» zu ihnen gesellte. Nicht zum ersten Mal fragte sich Serafina, ob nicht auch ihre Meisterin ihr kleines Geheimnis hatte.

Der hagere, entsagungsvoll wirkende Mönch lächelte sie an. «Nun, Schwester Serafina – ich habe gehört, Ihr habt schon wieder Untersuchungsrichter gespielt?»

«O nein, für diesmal bin ich nur mitten hineingeraten.»

Die Meisterin runzelte die Stirn. «So könnte man es auch bezeichnen. Wisst Ihr», wandte sie sich an Bruder Matthäus, «wie man unsere Mitschwester inzwischen nennt? Die tollkühne Begine von Sankt Christoffel.»

Der Mann im weißen Mönchshabit lachte. «Wie dem auch sei – ich habe dieser Tage nur Gutes über Schwester Serafina gehört.»

Ein Ausrufer mit einer Trommel vor dem Bauch, im buntscheckigen Gewand der Gaukler gekleidet, ließ ihr Gespräch verstummen.

«Kommt, ihr Leut, zu unserm Spiel – kommt zuhauf und kommt gar viel! Der heil'ge Martin heißt das Stück, mit Akrobatik, Kurzweil und Musik.»

Ein schneller, lautstarker Trommelwirbel folgte.

«Kommt zur weitberühmten Straßburger Compania, die nur heut und morgen ihr grandioses, meisterhaftes, Geist und Herz zu Tränen rührendes Gastspiel gibt, gleich hinter dem Weinmarkt. In einer Stunde geht's schon los, ihr werdet sehn: Es wird famos!»

Unter weiteren Trommelwirbeln entfernte sich der Mann wieder.

«Lasst uns dort hingehen», bat Grethe. «Das ist spaßig und erbaulich zugleich.»

«Von wegen erbaulich», knurrte Heiltrud. «Diese Laienspiele kennt man doch. Erst zeigen sie den Heiligen, und dann geht das Ganze, zum großen Gelächter der Leut, in eine derbe Posse über.»

«Wir können es uns ja mal ansehen», sagte Catharina. «Aber zuvor würde ich gern etwas essen. Mein Magen knurrt schon bei all diesen leckeren Angeboten. – Möchtet Ihr uns nicht begleiten, Bruder Matthäus?»

Der Prior nickte hocherfreut, und so stellten sie sich an den Stand eines Vogelfängers an, der gebratene Spießvögel mit süßer Brühe übergossen verkaufte.

«Davon muss ich ja zwei essen, um satt zu werden», maulte Grethe leise.

«Das ist wohl wahr», hörte Serafina hinter sich eine Männerstimme sagen. «Gleich nebenan gibt es Hammelkeule, in riesigen Portionen.»

Sie drehte sich um und erblickte Adalbert Achaz.

«Gott zum Gruße, Schwestern. Es war ganz schön schwer, Euch in diesem Gewühl zu finden», sagte er und nickte der Meisterin zu.

«Nun, dann könnt Ihr ja jetzt mit Schwester Grethe bei der Hammelkeule anstehen», gab Serafina keck zurück. In Wirklichkeit aber freute sie sich, den Stadtarzt zu sehen.

«Ich würde Euch gern auf einen guten Tropfen zum Weinmarkt entführen, Schwester Serafina. – Ist das gestattet, Meisterin?»

Catharina lachte hell auf. «Mein lieber Medicus, was denkt Ihr Euch? Ihr könnt doch nicht mit Schwester Serafina allein über den Jahrmarkt schlendern? Nein, das wäre ganz und gar unschicklich.»

«Und wenn ich mitkomme?», fragte Grethe. «Bitte!»

«Dagegen wäre wohl wirklich nichts einzuwenden», mischte sich Bruder Matthäus ein und zwinkerte Catharina zu. «Nicht einmal aus meiner Sicht als Geistlicher.»

«Nun gut – ich gebe mich geschlagen. Aber Ihr bleibt dort, und in ein, zwei Stunden treffen wir uns alle am Weinmarkt.»

Kapitel 36

Serafina drückte ihrer Freundin dankbar die Hand, als sie sich in Richtung Christoffelstor durch die Menschenmassen schoben. Es war an der Zeit, dass sie und der Stadtarzt sich versöhnten nach all diesen Aufregungen, und wo wäre die Gelegenheit besser als bei einem Becher Wein inmitten fröhlicher Menschen.

Gleich neben der Laube der Geldwechsler hatten die Weinhändler drei lange Reihen von Tischen und Bänken aufgebaut, dazu einen mit buntem Weinlaub geschmückten Schanktisch. Dahinter hatten die Gaukler bereits ihren Bühnenwagen präpariert, dessen Seitenflächen mit Masken und Figuren in schreienden Farben bemalt waren. An hohen Stangen hing zwischen bunten Wimpeln ein Blechschild mit dem verschnörkelten Schriftzug «Straßburger Compania», dazu kündete das mannshohe Bildnis eines Reiters, in einen langen roten Mantel gehüllt, vom Spiel um Sankt Martin.

Sie reihten sich am Ausschank unter die Wartenden ein.

«Darf ich Euch beide auf einen guten Burgunderwein einladen?», fragte Achaz. Er wirkte aufgeregt wie ein kleiner Junge.

Serafina lächelte. «Gern.»

«Nun, für mich vorerst nicht.» Grethe stieß ihre Freundin heimlich in die Seite. «Ich will mir erst die Spielleute aus der

Nähe ansehen. Sucht euch nur schon einen Platz auf den Bänken. Das wird schwer genug sein, voll, wie es ist.»

Serafina sah ihr nach, wie sie hinter dem Ausschank verschwand. Sie wusste nicht recht, ob sie Grethes Winkelzug für gut befinden sollte. Deren graue Tracht verschwand in der Meute der Schaulustigen, die sich vor dem Gauklerwagen sammelte.

«Wenn Ihr mögt», sagte Achaz, «könnt Ihr neben dem Ausschank warten, bis ich an der Reihe bin. Von dort habt Ihr einen guten Blick auf die Gaukler.»

Fast war Serafina das recht. Die Nähe zu Achaz inmitten dieser durstigen Männer und Frauen hatte sie unsicher gemacht. Sie stellte sich beiseite und beobachtete die Spielleute, die jetzt auf dem Wagen allerlei Possen und Kunststücke darboten, bis das eigentliche Schauspiel beginnen würde.

Serafina war wie gebannt. Da gab es einen Feuerspeier, der unter Zischen seine glühenden Wolken in die Luft blies, einen halbwüchsigen Jungen, der ihn derweil auf den Händen umrundete, einen Messerwerfer, der sein Gegenüber sozusagen an die Wand nagelte, an jenes Bildnis des heiligen Martin übrigens, was die anwesenden Pfaffen und Mönche nicht gerade erfreuen dürfte. Dazu schlug ein junges Mädchen, mit den schwarzen, bis über den Rücken fallenden Locken und den schmalen Gesichtszügen offenkundig eine Welsche, in anmutigen Tanzbewegungen das Tamburin.

Der Halbwüchsige, der lediglich mit einer weiten blau-rot gestreiften Hose und breitem Ledergürtel bekleidet war, sprang wieder auf die Beine, ließ sich einen Ball nach dem anderen zuwerfen und beförderte sie nacheinander in die Luft. Mit sieben Bällen spielte er am Ende, beschrieb damit Kreise, warf sie unter den Beinen hindurch, drehte sich um die eigene Achse.

Beifall brandete auf, als er sie nacheinander wieder auffing, um den letzten noch eine Weile auf seinem nackten, schmalen Rücken zu balancieren. Als er sich wieder aufrichtete, stockte Serafina der Atem: Auf seinem linken Schulterblatt zeichnete sich ein dunkles Muttermal ab.

«Lasst mich durch!»

Grob drängte sie die Zuschauer vor sich zur Seite. Als sie den Bühnenwagen erreichte, war der Junge bereits heruntergeklettert und schüttelte sich das halblange blonde Haar. Er stand mit dem Rücken zu ihr. Das sichelförmige Muttermal war jetzt deutlich zu erkennen, bis das dunkle Mädchen ihm eine Jacke über die Schulter legte und einen Kuss auf die Wange drückte.

Schwer atmend blieb Serafina vor ihm stehen.

«Vitus?»

Der Junge fuhr herum.

Er blickte sie an, und auf seiner Nasenwurzel bildete sich eine steile Falte. «Wer seid Ihr?»

Serafina spürte ihre Knie weich werden.

«Erkennst du mich denn nicht?»

Da füllten sich die hellbraunen Augen des Jungen mit Tränen.

«Komm!» Sie nahm ihn beim Arm und zog ihn abseits des Bühnenwagens. Sie vergaß die vielen Menschen um sich herum, fasste Vitus an den Händen und begann zu weinen.

«Bist du es wirklich?», flüsterte der Junge.

Sie konnte nicht sprechen, nur heftig nicken. Noch immer starrte er sie ungläubig an, murmelte etwas wie: «Es ist so lange her ...», dann warf er sich ihr in die Arme und begann ebenfalls zu weinen.

So standen sie lange Zeit eng umschlungen, die Leute strömten rechts und links an ihnen vorüber, ohne sich um sie zu kümmern. Schließlich löste Serafina sich von ihm.

«Vitus, mein Junge – auf diesen Augenblick hab ich so sehr gehofft!» Sie holte tief Luft und trat einen kleinen Schritt zurück. «Wie erwachsen du geworden bist. Ein junger Mann ... Ich – ich hatte immer geglaubt, du wärest in der Schweiz.»

«War ich auch.» Seine Stimme klang rau und ungewohnt männlich. «Aber im Frühjahr hab ich eine neue Truppe gefunden.»

«Ist die Dunkle dein Mädchen?»

Vitus lächelte stolz. «Ja. Sie heißt Madlena.»

«Warum bist du fort aus Konstanz? Von einem Tag auf den andern verschwunden?»

«Das Leben bei den Benediktinern war nichts für mich.»

«Du hättest es mir vorher sagen müssen.»

Seine Miene verfinsterte sich. «Bruder Klaus, mein Erzieher, hatte mir gesagt, dass ich dich nicht wiedersehen soll. Weil du eine Käufliche wärst. Ich hab dann den Vater Abt gefragt, und er hat mir gesagt, dass das stimmt. Da bin ich fort.»

«Weil du dich geschämt hast.»

«Ja. Damals hab ich mich vor den anderen geschämt.» Er sah ihr in die Augen. «Heut würd ich mich nicht mehr schämen. – Aber jetzt, jetzt bist du so etwas wie eine Nonne, nicht wahr?»

«Eine Begine, ja. Ein freundliche Arme Schwester, wie man uns hier nennt.»

«Aber warum?»

«Ach, Vitus – da gibt es so viel zu erzählen. Als ich ganz jung war, noch jünger als du, da hab ich als Dienstmagd bei Bürgersleuten gearbeitet, und dort ...»

Sie brach ab und schüttelte den Kopf. Es war nicht die richtige Zeit, nicht der richtige Ort für solche Offenbarungen.

Er strich ihr scheu über die Wange. So kurz diese Berührung auch war, so war sie doch voller Zärtlichkeit. «Bis morgen sind wir noch hier. Ich könnte dich besuchen.»

«Das geht nicht. Ich lebe mit anderen Beginen zusammen und niemand ...»

«Niemand weiß, dass du einen Sohn hast. Ich verstehe.»

Er schob trotzig die Unterlippe vor.

«Aber vielleicht können wir uns trotzdem wiedersehen», sagte sie hastig. «Ich könnte hierher zu deinen Vorführungen kommen.»

In diesem Augenblick ertönte ein durchdringender Pfiff, dann ein Trommelwirbel.

«Hochverehrtes Publikum, wir sind bereit: Der heil'ge Martin ist nicht weit. Da seht, wie er geritten kommt ...»

Überlautes Hufgeklapper ertönte.

«Du musst gehen. Dein Spiel fängt an.»

«Ich spiele nicht mit. Noch nicht. Aber ich muss hinter der Bühne helfen.»

«Dann geh, mein Junge. Geh! Ich komme morgen wieder hierher.»

Sie zog ihn noch einmal an sich, um ihn dann in Richtung Bühne zu schieben. Er drehte sich um: «Wir fahren immer das Rheintal auf und ab. Ich werde öfters in Freiburg sein.»

Vor ihren Augen verschwamm es. Sie fühlte sich überglücklich und todtraurig zugleich. Warum durfte sie nicht einfach Mutter sein, Mutter dieses wunderbaren Jungen?

Wie durch einen Schleier sah sie in einiger Entfernung den Stadtarzt warten. Er hielt zwei Krüge in der Hand und starrte zu ihr herüber. Ganz sicher hatte er ihre Begegnung mit Vitus beobachtet. Ihre erste Regung war wegzulaufen.

«Kommt Ihr?», rief er ihr zu. Eine Gruppe trunkener Gesellen schob sich zwischen sie, und sie nutzte die Gelegenheit, sich die Tränen wegzuwischen.

«Ich komme.»

Sie folgte Achaz zu den Bänken, die sich jetzt erheblich geleert hatten. Wahrscheinlich wollten die meisten das Spektakel um Sankt Martin sehen.

«Hier!» Er reichte ihr den Krug, nachdem sie neben ihm Platz genommen hatte. «Ich hab schon gekostet. Sehr gut.»

Ihre Hand zitterte, als sie den Krug entgegennahm, und sie setzte zu einem tiefen Schluck an. Der Wein war stark, und am liebsten hätte sie ihn in einem Zug ausgetrunken.

«Serafina?» Er berührte sie sacht bei der Schulter. «Ist alles in Ordnung?»

Sie antwortete nicht.

«Er ist Euer Sohn, nicht wahr?»

Er hatte leise gesprochen, so leise, dass sie zuerst glaubte, sich verhört zu haben. Sie schüttelte den Kopf, dann nickte sie.

«Woher wisst Ihr ...»

«Ihr hattet einmal vor langer Zeit so etwas angedeutet. Außerdem sieht er Euch ähnlich.»

Noch immer brachte sie kein Wort über die Lippen.

«Wann habt Ihr ihn das letzte Mal gesehen?»

Sie schluckte. Darüber brauchte sie nicht lange nachzudenken. «Vor sechs Jahren, in Konstanz. Jetzt ist er sechzehn. – Er heißt Vitus», fügte sie leise hinzu.

«In Konstanz, sagt Ihr? Ihr hattet in Konstanz die ganze Zeit über einen Sohn?»

«Er ist im Kloster Petershausen aufgewachsen. Man hat ihn mir bald nach der Geburt weggenommen. Aber ich hab ihn jeden Sonntag heimlich besucht.»

Sie spürte plötzlich, wie gut es tat, dieses Geheimnis mit jemandem teilen zu dürfen. Auch Grethe würde sie es erzählen, heute noch.

«Ich habe erlebt, wie er laufen und sprechen gelernt hat», fuhr sie fort. «Wie aus dem Kind ein ungestümer Knabe wurde, dem kein Baum, keine Mauer zu hoch war. Und eines Tages war er plötzlich weg, aus dem Kloster geflohen.»

Achaz wirkte betroffen.

«Es muss furchtbar sein für eine Mutter», sagte er schließlich, «wenn ihr das Kind genommen wird. Und sie das eigene Kind auch noch verheimlichen muss.»

Verstohlen drückte er ihre Hand.

«Möchtet Ihr mir nicht alles erzählen?»

Sie spürte der Wärme seiner Berührung nach, bevor sie ihm die Hand wieder entzog.

«Das werde ich vielleicht. Aber nicht heute. Ich glaube, ich muss erst selbst begreifen, dass ich meinen Sohn wiedergefunden habe. – Ach, Achaz», sie warf ihm einen verzweifelten Blick zu, «was ist, wenn ich ihn nun zum zweiten Mal verliere?»

«Das wird nicht geschehen.»

Sie schwiegen. Das Gelächter hinter dem Ausschank wurde lauter, ging über in tosenden Beifall.

«Mir kommt da gerade ein Gedanke.» Achaz' Augen begannen zu leuchten. «Ich müsste am frühen Abend nochmals bei Metzgermeister Grieswirth vorbei. Neuerdings hat er auch noch Schwierigkeiten beim Wasserlassen. Ihr könntet mich begleiten und ihm einen Eurer Kräutertränke mitbringen. Das ist rasch erledigt, und hernach würde ich Euch, mit Erlaubnis der Meisterin, in den Elephanten zum Abendessen einladen. Ganz zufällig könnte dort dann Euer Vitus auftauchen und sich zu uns setzen. Ihr müsst ihm nachher nur Bescheid geben. – Was haltet Ihr davon?»

Serafina verschlug es die Sprache.

«Das erlaubt die Meisterin nie und nimmer», brachte sie schließlich heraus.

«Täuscht Euch nicht in meinen Überredungskünsten.» Er strahlte sie an. «Wenn's drauf ankommt, kann ich Frauen gegenüber äußerst liebreizend sein.»

Serafina starrte auf ihren Weinkrug. Dass sie zusammen mit einem Mannsbild ein Wirtshaus aufsuchte, würde gleich mehrfach gegen ihre Hausregeln verstoßen. Der verlockende Vorschlag des Stadtarztes, der ihr Herz für einen kurzen Moment hatte schneller schlagen lassen, löste sich in nichts auf.

«Ich dank Euch von ganzem Herzen. Aber das geht nicht.»

«Hoppla – so mutlos kenne ich Euch gar nicht. Aber Ihr habt wohl recht. Wir beide können nicht einfach Seite an Seite in ein Wirtshaus marschieren. Und deshalb wird uns zum Krankenbesuch wie auch zum Abendessen Eure Freundin Grethe begleiten. Glaubt mir, das bekomme ich hin.»

Vor Rührung füllten sich ihre Augen erneut mit Tränen, diesmal vor Glück. «Ihr seid schon manchmal ein verrückter Kerl, Adalbert Achaz.»

«Störe ich?» Vor ihnen erschien mit glühenden Wangen Grethe. «Was ist mit dir, Serafina? Du siehst irgendwie traurig aus.»

«Nein, du störst überhaupt nicht.» Serafina lächelte. «Und ich bin nicht traurig, im Gegenteil. Heut ist der wunderschönste Tag seit langem.»

Glossar

Adelhausen – alter Name für einen Teil des heutigen Stadtteils Wiehre rund um den Annaplatz. Siehe auch *Kloster Adelhausen*

Antoniusfeuer – Vergiftung durch ein von Mutterkorn (Pilzerkrankung) befallenes Getreide. Mit Absterben der Gliedmaßen, Durchfall, Wahnvorstellungen. Früher meist tödlich

Armenfriedhof – In der *Neuburg-Vorstadt*, Merian-/Rheinstraße. Kapelle später als Armenspital genutzt.

Armenspital – In Freiburg: Ableger des *Heilig-Geist-Spitals* für Bedürftige. Befand sich etwa auf der Kreuzung Merianstraße/Rheinstraße

aufziehen – schmerzhafte Foltermethode: Die Arme wurden auf den Rücken gebunden und an einer Seilwinde nach oben gezogen, oft noch mit Gewichten an den Füßen. Dabei kam es meist zum Ausrenken der Schultergelenke

Aussatz – Lepra. Die Aussätzigen wurden in Leprosenhäusern isoliert; in Freiburg war es das *Gutleuthaus*

Ave-Maria – lat.: Gegrüßet seist du, Maria. Grundgebet der katholischen Kirche

barbieren – veraltet: rasieren

Barfüßer – volkstümlich für Franziskanerorden

Barfüßergasse – heute: Franziskanerstraße

Beginen – (in Freiburg auch Regelschwestern genannt) Gemeinschaft christlicher Frauen, die ein frommes, eheloses Leben in ordensähnlichen Häusern führten und sich u. a. der Krankenpflege und Sterbebegleitung widmeten. Wurden immer wieder als Ketzerinnen verfolgt

Bettelvogt – Mittelalterlicher Armenpfleger, Aufseher über die einheimischen Armen und Bettler. Oft selbst ehemalige Bettler

Blutgericht – (auch: Hochgericht, Malefizgericht) Gericht für Schwerverbrechen, die mit Lebens- oder Körperstrafen geahndet wurden

Bootslände – siehe *Lände*

brandig – absterbendes Gewebe, von Wundbrand betroffene Körperstelle

Bruchschneider – auf die Behandlung von äußeren Eingeweidebrüchen spezialisierter ambulanter Heilkundiger

Brunnengässlein – heute: Brunnenstraße

Büttel – auch Stadtweibel, Scherge, Steckenknecht, Stadtknecht: Gerichtsdiener von niedrigem Rang in der mittelalterlichen Strafverfolgung; vollzieht bisweilen auch die Leibesstrafen

Chor – Altarraum in Kirchen, der früher den Geistlichen und Mönchen vorbehalten war

Christoffelstor, Christoffelsturm – ehemaliges inneres Stadttor in die *Neuburgvorstadt* am nördlichen Ende der heutigen Kaiser-Joseph-Straße. Hier wie auch in einigen anderen Türmen der Stadttore befand sich das Gefängnis. Siehe auch *Turm*

Dreisam – Fluss durch Freiburg; lag früher dichter an der Altstadt als heute

Elendenherberge – Herberge für Arme und Pilger

Eucharistiefeier – Abendmahlsfeier der christlichen Kirchen mit Brot (Hostien) und Wein, in Anlehnung an das letzte Mahl Jesu Christi vor der Kreuzigung

Exkremente – tierische und menschliche Ausscheidungen (Harn, Kot)

Fischbrunnen – einstmals Brunnen am Fischmarkt, an Stelle des heutigen Bertoldsbrunnens

Gardian – Klostervorsteher einer Franziskanerniederlassung

Gerichtslaube – die ursprüngliche Gerichtslaube stand bis ins 15. Jh. beim heutigen Bertoldsbrunnen. Das, was heute fälschlicherweise «Gerichtslaube» genannt wird, stellt das älteste Freiburger Rathaus dar, siehe *Ratsstube*

Gertrudis – Datumsangabe nach der heiligen Gertrud: 17. März

Gilde – Genossenschaft der Kaufleute

Gloria – Kurzform für «Gloria in excelsis Deo», ein kirchlicher Lobgesang

Gotteslohn – um Gotteslohn: umsonst

Grautuch – grobes, flauschiges Wollgewebe

Große Gass – heute: Kaiser-Joseph-Straße. War damals Haupt- und Marktgasse mit zahlreichen Verkaufsständen

Gugel – mittelalterliche Kragenkapuze der Bauern, die

später mit überlangem Kapuzenzipfel zur Kopfbedeckung höherer Stände wurde

Gutleuthaus – Siechenhaus der Leprakranken, zum Schutz vor Ansteckung immer außerhalb der Stadt; in Freiburg etwa auf dem Zwickel Basler Straße/Kronenstraße

Haberkasten – Gefängniszelle im alten Freiburg, siehe *Predigerturm*

Habit – Ordenstracht von Nonnen und Mönchen, Farbe je nach Ordenszugehörigkeit

Habsburger – altes europäisches Herrschergeschlecht, das über Generationen hinweg die deutschen Könige und römisch-deutschen Kaiser stellte. Von 1368 bis 1805 unterstand Freiburg, als Teil der österreichischen Vorlande, mit wenigen Unterbrechungen dem Haus Habsburg

Halbpfennig – da der Pfennig die kleinste Münzeinheit war, wurden die Münzen geteilt; auch Scherf(lein), Hälbling genannt

Haus zur kurzen Freud – mittelalterliches Freiburger Bordell oder «Frauenhaus» in der nördlichen *Neuburg-Vorstadt*, nahe heutigem Karlsplatz

Hausarme – einheimische «ehrbare» Arme, die auf Almosen angewiesen waren und nicht als Bettler in Erscheinung traten

Herrenpfründe – Altersversorgung wohlhabender Bürger im mittelalterlichen Spital, gegen hohe Eintrittszahlung

Heilig-Geist-Spital – bürgerschaftliche Freiburger Einrichtung der öffentlichen Fürsorge, die im Lauf des

MA immer vermögender wurde; befand sich an der heutigen Kaiser-Joseph-Straße zwischen Marktgasse und Münsterstraße

Heimliche Räte – Ermittlungsrichter und öffentliche Ankläger im mittelalterlichen Gerichtsverfahren Freiburgs. Ihnen zur Seite standen Beisitzer

Hübschlerin – alte Bezeichnung für Prostituierte. Es gab viele weitere Umschreibungen, wie leichte Fräulein, freie Töchter, offene/gemeine Frauen oder heimliche freie Frauen

Judenhut – spitzer, oft gelber Hut als Teil der jüdischen Tracht; ab 1380 vielerorts als Kleiderzwang (wie auch gelber Ring auf der Kleidung), der die Juden als Minderheit deklarierte

Kanzlei – städtischer Verwaltungssitz. Die erste Kanzlei Freiburgs war ein bescheidenes Häuschen an der Stelle des heutigen Alten Rathauses

kardätschen – Kämmen der Wolle, als Vorstufe des Spinnens

Kloster Adelhausen – ehemaliges Dominikanerinnenkloster, ursprünglich südwestlich des heutigen Annaplatzes (Stadtteil Wiehre) gelegen; bekannt für seine Mystikerinnen

(der) Kötzin Regelhaus – hist. Freiburger *Regelhaus*, befand sich in der Franziskanerstraße 9, im Haus zum Pilgerstab

Konzil von Konstanz – unter König Sigismund einberufene Versammlung (5. 11. 1414 bis 22. 04. 1418), die zur Zeit des Schismas (Papst und Gegenpapst) die Einheit der Kirche wiederherstellen sollte

Krempelbank – Vorrichtung zum Krempeln oder Kardätschen (Kämmen) von Wolle, die anschließend versponnen werden kann

Kreuzaltar – Volksaltar für Kirchenvolk und Laien, während der Hochaltar den Chorherren und Geistlichen vorbehalten war

Küster – auch Mesner: Verantwortlicher für die Gerätschaften des Gottesdienstes, für Schließung, Glockengeläut, Beleuchtung u. a.

Kyrie – von Kyrie eleison, griech. «Herr, erbarme dich». Eröffnungsgesang des christlichen Gottesdienstes

Lämmlein – siehe *Regelhaus zum Lämmlein*

Lände – Anlegeplatz von Booten, Schiffen, Flößen

Laienbruder – Laienmitglieder eines Klosters ohne Weihen, die zur Entlastung der Mönche/Nonnen die körperlichen Arbeiten verrichteten

Lauben – hier: überdachte, nach den Seiten offene Verkaufsstände

Lehener Tor – ehemaliges Stadttor von der Innenstadt in die Lehener Vorstadt auf der heutigen Bertoldstraße (Ecke Rotteckring)

Lehener Vorstadt – ehemalige westliche Vorstadt im Bereich heutige Bertoldstraße/Stadttheater; nur dünn besiedelt, mit Gärten, Rebland und zwei Frauenklöstern

Lettner – (hohe) Schranke in der Kirche, die den Altarbereich der Mönche/Priester (*Chor*) von dem der Laien trennt

Lichtmess – Datumsangabe nach Maria Lichtmess: 2. Februar. Traditionell der Beginn des Bauernjahres, an dem die Arbeit draußen auf dem Feld wieder aufgenommen wurde

Malefizgericht – siehe *Blutgericht*

Marktbeschicker – Markthändler

Marterhäuslein – Folterkammer, an den Freiburger *Christoffelsturm* angebaut

Martini – Datumsangabe nach dem heiligen Martin: 11. November

Martinstor – früher auch Untertor genannt. Eines der noch bestehenden inneren Stadttore auf der südlichen Kaiser-Joseph-Straße

Maut – Abgabe, Wegzoll für die Benutzung von Straßen, Brücken, Toren

Meister Eckhart – berühmter Theologe, Philosoph und Mystiker des Spätmittelalters (1260–1328). Als Ketzer verurteilt

Melancholie – alte Bezeichnung für depressive Krankheitszustände

Neuburg(vorstadt) – ehemalige nördliche Vorstadt rechts und links der heutigen Habsburgerstraße. War eher ärmlich, mit Einrichtungen der städtischen Fürsorge

Obertor – alter Name des heute noch bestehenden Freiburger Schwabentors; der Turm ursprünglich zur Stadtseite hin offen, erst 1547 mit einer steinernen Wand geschlossen

Obolus – (ursprünglich griechische Münze) kleiner Geldbetrag, Spende, auch Bestechungsgeld

Paradiesvorstadt – alter Stadtteil von Konstanz westlich der Altstadt

peinliche Befragung – Folter, um dem Angeklagten ein

Geständnis zu erpressen; abgeleitet von Pein nach dem lateinischen poena für Strafe

Permentergasse – Gasse der Permenter, alter Name für Pergamentmacher. Heute Gauchstraße

Pestilenz – alter Name für Pest; zumeist für alle tödlich ansteckenden Krankheiten verwendet

Pfleger – hier: Verwalter/Treuhänder einer Stiftung, einer Kirche, eines Klosters, eines Spitals; aus den Reihen der Ratsherren erwählt

Pfründe – siehe *Armenpfründe* oder *Herrenpfründe*

Predigerturm, Predigertor – ehemaliges Freiburger Stadttor; stand bis 1866 an der Ecke Rotteckring/Unterlinden. Im oberen Stock des Turmes war der sog. Haberkasten, eine «bessere» Gefängniszelle (wohl mit Fensteröffnung) für den Bürger

Prior(in) – Klostervorsteher(in) in Orden, die keine Äbte kennen, z. B. – Dominikaner(innen)

Radebrechen – Rädern: Ein schweres Wagenrad wurde auf Arme und Beine gewuchtet, bis alles mehrfach gebrochen war. Danach wurde der Körper (der Tod trat nicht unbedingt ein) zur Abschreckung auf das Rad gebunden, welches dann auf einen Pfahl gesteckt und aufgerichtet wurde

Rappenpfennig – alte Freiburger Silbermünze

Ratsstube – ältestes Freiburger Rathaus (Turmstraße), das heute fälschlicherweise «Gerichtslaube» genannt wird. Die ursprüngliche *Gerichtslaube* als öffentlicher Gerichtsort lag am heutigen Bertoldsbrunnen, also mitten im Marktgeschehen

Refektorium – klösterlicher Speisesaal

Regelhaus – Beginengemeinschaft unter eigener Hausregel, die Aufnahme, Hausordnung und Lebensführung festlegte. War eng mit den Bettelorden (Franziskaner, Dominikaner) verbunden, jedoch ohne sich ihnen einzugliedern

Regelhaus zum Lämmlein – historisches Freiburger *Regelhaus*, befand sich an der Gauchstraße/Ecke Merianstraße

Regelschwester – siehe *Beginen*

Rosenkranz – katholische Gebetsfolge mittels einer Perlenkette mit angehängtem Kreuz, bei der die Perlen für die einzelnen Gebete stehen

Rossbollen – süddt. für Pferdeäpfel

Rossgasse – heutige Rathausgasse im Abschnitt Kaiser-Joseph-Straße bis Rathausplatz

Sackpfeife – altes Blasinstrument ähnlich dem Dudelsack, mit plärrendem Klang

Sakristei – kleiner Nebenraum der Kirche, wo Messgerätschaften aufbewahrt werden und sich der Priester auf die Messe vorbereitet

Säftehaushalt – veralteter medizinischer Begriff nach der Viersäftelehre der Antike, die auch die mittelalterliche Medizin prägt: Krankheiten entstehen, wenn die vier Säfte Blut, Schleim, schwarze und gelbe Galle nicht mehr im Gleichgewicht sind

Sankt Peter – ehemalige Pfarrkirche in der *Lebener Vorstadt*, auf Höhe des heutigen Konrad-Adenauer-Platzes

Schabbat, Schabbes, Sabbat – im Judentum der siebte Wochentag, der Ruhetag, an dem keine Arbeit verrichtet werden soll. Er dauert von Sonnenuntergang des Freitags bis Eintritt der Dunkelheit am Sonnabend

Scharwache, Scharwächter – bewaffnete Wachmannschaft, die anfangs von Stadtbürgern gestellt wurde, später von besoldeten Wächtern in städtischen Diensten

Scherflein – siehe *Halbpfennig*

Schindanger – (auch: Schindacker, Wasen) dörfliches/städtisches Grundstück außerhalb der Mauern, wo Tierkadaver verwertet und verscharrt wurden. Auch Grabstätte von Menschen, denen die christliche Bestattung verwehrt war, wie Selbstmördern oder in der frühen Neuzeit Prostituierten

Schneckenvorstadt – südliche Handwerkervorstadt vor dem Freiburger Martinstor; heute noch weitgehend erhalten

Schneckentor – ehemaliges äußeres südliches Stadttor, der Schneckenvorstadt vorgelagert; im Bereich Kaiser-Joseph-Straße/Ecke Holzmarkt

Schröpfen – Erhitzte Schröpfköpfe aus Horn, Glas, Metall werden auf angeritzte Hautstellen luftdicht angesetzt. Beim Abkühlen entsteht in den Schröpfköpfen ein Unterdruck, wodurch Blut durch die Haut gesogen wird. Dadurch sollen dem Körper schlechte Säfte entzogen werden, siehe *Säftehaushalt*

Schultes – siehe Schultheiß

Schultheiß – vom Landesherrn eingesetzter Amtsträger, Gemeindevorsteher mit Gerichtsgewalt. Auf dem Dorf: Schultes oder Schulze genannt

Schwesternsammlung – siehe *Beginen*

Seelschwestern – (auch Seelnonnen, Totenfrauen) Frauen,

die Dienste rund ums Sterben und den Tod übernehmen. Dies war auch ein wichtiger Tätigkeitsbereich der Beginen

siech – krank, altersschwach

Spezereien – alte Bezeichnung für Gewürzwaren

Spinnrocken – stabförmiges Gerät, an dem beim Garnspinnen die noch unversponnenen Fasern befestigt werden

Spitalpfleger – siehe *Pfleger*

Stadtweibel – siehe *Büttel*

Starstecher – auch Okulisten: Wanderheiler, die mittels einer Nadel die getrübte Augenlinse («grauer Star») wegstachen

Staupenschlag – auch Stäupen: Auspeitschen mit einem Reisigbündel

Steckenknecht – siehe *Büttel*

Steige – flaches Kistchen

Stutzer – altertümlich für übertrieben modischer, aufgeputzter Mensch

Tabernakel – Aufbewahrungsgehäuse (oftmals prachtvoll verziert, als Ort der Anbetung) für die geweihten Hostien, die nach der *Eucharistiefeier* übrig sind

Tappert – knielanger, häufig seitlich geschlitzter Überwurfmantel

Thurner-Schwestern – siehe: *Thurnerin Regelhaus*

(der) Thurnerin Regelhaus – historisches Freiburger Regelhaus, von einer Witwe aus dem Geschlecht der Thurner gestiftet; befand sich in der Schiffstraße 14

Trippen – Unterschuhe aus Holz, die wegen des Straßendrecks unter den normalen Schuhen getragen wurden

Turm – die Stadttürme dienten auch als Gefängnisse; die schmutzigen, fensterlosen Verliese lagen oft im Untergeschoss. Der einzige Zugang erfolgte von oben her durch ein Loch in der Decke, das sogenannte «Angstloch»

Ungeld – Verbrauchssteuer auf Lebensmittel, ähnlich unserer heutigen Mehrwertsteuer

Urinschau – Prüfung des Morgenurins auf etwaige Krankheiten; von der Antike bis in die frühe Neuzeit wichtigstes Mittel der medizinischen Diagnose

verbrämt – umsäumt

Vesper – längeres, ursprünglich klösterliches Stundengebet zum Abend (ca. 18 Uhr), das auch in den Pfarrkirchen für Laien praktiziert wird

Vorsteherin – Leiterin eines Klosters

Wasen – siehe Schindanger

Wechselbalg – abergläubische Vorstellung eines von Hexen oder Teufeln untergeschobenen Säuglings (Balg) im Austausch gegen das eigene Kind

Wechselbrief – heute: Wechsel. Jahrhundertealtes Wertpapier bzw. Zahlungsmittel

welsch, Welsche – veraltet für fremdländisch/Fremde aus romanischen Ländern

Winkelbordell – heimliches, nicht offiziell zugelassenes Freudenhaus (der Begriff «Bordell» wurde schon im Mittelhochdeutschen verwendet!)

Wolfshöhle – alter Freiburger Gassenname: Die Vordere Wolfshöhle ist die heutige Herrenstraße, die Hintere Wolfshöhle die heutige Konviktstraße

Würi – alter Name für den heutigen Stadtteil Wiehre,

gebildet aus den ehemals eigenständigen Dörfern Oberwiehre, Unterwiehre und Adelhausen

Wundarzt – (Bader, Scherer) im Gegensatz zum gelehrten Medicus ein Handwerksberuf (Arzt der kleinen Leute). Untersteht wie die städtische Hebamme und der Apotheker dem i. d. R. studierten Stadtarzt

Zattel – gezackter oder in Bögen und Zungen geschnittener Stoffrand/Ziersaum

Zeitung – veraltet für: Nachricht, Ereignis

Zerberus – Höllenhund der griechischen Sage, der den Eingang zur Unterwelt bewacht; allg. für grimmigen, kampfbereiten Wächter

Zunft – christliche Genossenschaft von Handwerkern vom Mittelalter bis ins 19. Jh., zur Wahrung gemeinsamer Interessen